田润◎著

用白描手法和平实语言 讲述了一个农村青年艰难而不屈的人生经历

Bi shui Weiping

长篇小说

90年代初 流火七月 毒辣的太阳烤得地面热烘烘的
荣城县考生正在有序地走向决定他们命运的考场
田建新也欢快地随着人流走进去……

天津出版传媒集团

天津人民出版社

图书在版编目（CIP）数据

碧水为凭 / 田润著. –– 天津：天津人民出版社，
2022.12

ISBN 978-7-201-19063-1

Ⅰ.①碧⋯ Ⅱ.①田⋯ Ⅲ.①长篇小说 – 中国 – 当代
Ⅳ.①I247.5

中国版本图书馆CIP数据核字（2022）第235175号

碧水为凭
BISHUI WEIPING

出　　版	天津人民出版社	
出版人	刘　庆	
地　　址	天津市和平区西康路35号康岳大厦	
邮政编码	300051	
邮购电话	（022）23332469	
电子信箱	reader@tjrmcbs.com	

责任编辑	岳　勇
装帧设计	燕　子

印　　刷	四川科德彩色数码科技有限公司
经　　销	新华书店
开　　本	710毫米×1000毫米　1/16
印　　张	15
字　　数	302千字
版次印次	2023年2月第1版　2023年2月第1次印刷
定　　价	68.00元

田润和她的小说

我认识田润的时候，田润在妇联工作。那时我没听说田润有特别突出的文学禀赋。一晃多少年过去了。在一次文学采风活动中，田润见到我，居然赠给我一本她新近出版的长篇小说《苍山作证》。我顿觉惊讶——田润何时写起小说来了，而且一出手就是长篇！其时我已退休赋闲，随着年龄增长，惰性也渐长，偶尔写点小文还凑合，写长篇连想都不敢想。而田润虽比我年小许多，但此时也该到了娶媳嫁女的年龄了。那洋洋30余万字的长篇小说，别说构思创作，连敲打出来都不是易事啊！

从此，我对田润便多了几分认知，更多了几分钦佩。

此后，我常见田润有律诗及散文发表于报刊及网络媒体。其散文《茅岩河，土家人的母亲河》在全国"庆祝新中国成立七十周年·祖国在我心中"征文比赛中胜出，由《民族文学》择优选发。可见田润的文学创作，除了刻苦之外，其笔下的功夫也是了不得的。

日前，田润微信告诉我，说她又创作了一部20万字的长篇小说，嘱我为其作序。想想田润的为人为文，我欣然应允。

这部题为"碧水为凭"的长篇小说，田润用白描手法和平实语言，讲述了一个农村青年艰难而不屈的人生经历。小说是从20世纪90年代初开始写起，主人翁高考落榜之后，以不屈的精神同命运抗争。为了跳出"农门"，多病的父母不惜举债通过办户口让他考上了国企合同工。可正当他事业看好，命运要发生转机的时候，却遭遇国企改革，工人下岗。在举目无亲的城市里，他白手起家，艰苦创业。其间，他经历过创业的种种艰辛和世俗的冷嘲热讽。但他最终以坚强和自信赢得市场，以诚实和善良收获了爱情。事业取得成功之后，他又以满腔的热情回馈生他养他的故土，最终赢得家乡村民的一致赞誉。

小说从20世纪90年代初写到当下的精准扶贫。主人翁的命运始终和这个时代紧紧相连，而这个时代是一个波澜迭起、日新月异的时代。因此，阅读田润这部小说，实际上是在品读这个时代，品读这个时代的发展与变迁，品读这个时代的多姿与多彩。

这是一部充满正能量的励志小说。小说中人物以及罗织在人物间的故事情节真实可信。我甚至猜想，这该不是田润为她身边某个熟悉的人物写的传记吧！因为我真切感受到小说的主人翁触手可及，小说讲述的故事就发生在我们身边——或许这就是田润刻意追求的艺术效果吧！

据我所知，田润也是从农村走出来的孩子，经一路拼搏才得以成就她无憾的人生。在小说中，田润精心刻画的主人翁形象何尝没有她自己的影子呢！田润对文学的热爱与追求不就是她奋斗不懈、励志图强的最好证明吗？

向田润学习。

覃儿健

2020 年 2 月于张家界随缘斋

覃儿健，张家界市永定区人。土家族，中共党员。1971 年参加工作，先后任过电影放映员、文化局干部、党史办干部、县委办公室秘书、乡党委书记、政协秘书长、工厂厂长、旅游局局长、文联主席等职，兼任张家界市作家协会副主席、永定区作协主席二十余载。现已退休。20 世纪 70 年代末开始业余文学创作，发表作品二百余万字。出版过《张家界的传说》（合作），以及《张家界掌故》《张家界笑话》《故乡的河》《一个乡党委书记的手记》《匪酋》《申诉》等文学专著。其长篇小说《申诉》（作家出版社出版）、中篇小说《匪酋》《无字碑》（均于《中国法制日报》文学副刊连载）在全国有较大影响。

目 录

第一章　参加高考

天界山脚下，弯弯曲曲的碧水河碧蓝碧蓝的，绕荣城而过，将小县城分为南北两半。河畔的荣城县一中，此时，正在进行高考。

田建新在奋笔疾书。那是流火的七月，毒辣的太阳烤得地面热烘烘的。教室里出奇地安静，只听得见头上几个破旧的吊扇发出噗噗声。

他几门功课都考得很顺利，在做最后一张试卷时，也是飞快地写满，大约用去整个考时一半的时间，他就做完了题目，仔细检查一遍后，没有发现什么问题，就坐在座位上估算分数。

田建新微微抬头，只见坐在右边的表弟凡卫民，口中含着笔，翘着嘴，茫然无措，卷子还有一大片空白。他摇摇头，苦笑一下，心想：

"看来，这小子还不知道怎么答题呢，可这毕竟不是自己能帮到的事，没办法啊。"

他正在专心估算分数，不想卷子却放歪了，那是 90 年代初的试卷，长长的几张，其中一张散开后，吊在课桌边，被坐在他左边的考生扫了一眼，那人迅速抄了两个选择题。这时，一直想抄他试卷而不得的表弟眼馋了，嘟哝着嘴，很生气的样子。

表弟气呼呼的样子恰巧被他偶尔抬头时看见，他很疑惑，凡卫民见他还不知情，就用笔敲了几下自己的试卷，他便马上警觉，发现试卷被人抄袭，就瞬间将卷子收好。

离交卷还有一点时间，田建新再将试卷检查一遍后，认为实在查不出什么问题了，就将试卷折叠好，准备交卷。

这时，到点铃铛声催命似的响起，监考老师威严的声音穿透整个考场：

"考试时间到，大家停笔离场。"

田建新和凡卫民马上走出考场，两人一起回家。他们所居住的天界山，海拔有 1000 多米，最大、最陡峭的一座山的山脊上，一条绕山盘旋的羊肠小路，连接着外面的世界。他与表弟时常在这样的山道上艰难跋涉，他们都知道，如果再耽误时间，天黑之前，是无论如何爬不上山顶的。

从考场出来后，拐了两个弯，渡过了碧水河，他们正在往回家的路上赶。一路上，表弟翘着嘴，也不怎么理建新，他以为表弟考砸了心情不好，也没有在意，当他们走到邻村一所新修的小学门前时，只见那里人声鼎沸，两人便禁不住停下脚步看热闹。

这时，很多村民将小学的操场围了一层又一层，在一阵又一阵惊喜的尖叫声中，这里迎来了乡政府车队、县教育局车队，那些很少见过世面的村民，目睹了乡长、乡党委书记、县教育局局长的风采。于是，很多人热血沸腾，个个睁大了眼睛，惊喜声连连不断：

"哇，我们村小学就是作数，搞个新修校舍庆典，连乡政府的乡长、书记都请来了。"

"还有县教育局局长呢，车好新啊，算是开眼界了。"

那些村民还在叽叽喳喳时，突然发现乡政府领导、县教育局局长都站在校门口眼巴巴望着公路边。不一会儿，更加气派的车队向这里驶来，其中一辆崭新的小轿车"嘎"的一声停在大门口，一个小伙子从驾驶室下来后，马上打开车门，然后一手抵住车门上面，避免撞到车里面人的脑袋，一手提着公文包。众人惊奇地瞪大了眼睛：

"哎呀，里面坐着的人是谁？竟然享受这样的待遇？"

正当他们看呆时，只见一个干练的年轻人慢悠悠从车里走出来。这时，村小学校长、村主任、村支书、乡长、乡党委书记、县教育局局长分别站成两排，围绕着那个人，笑容满面地弓着身，伸出双手迎接：

"热烈欢迎张县长检查指导工作，我们如沐春风啊。"

众人听到"张县长"三个字时，均张大了嘴巴，以为自己听错了，相互问道：

"什么？刚才那个年轻人是县长，我没听错吧？"

"肯定是的，要不然乡政府的乡长、书记，还有县教育局局长怎么会对他那样恭敬？"

"哎呀，那我们村真牛，连县长大人都请来了，我此生也没有白活啊，见到了那么大的官，让一让，让我看清楚县长大人长啥模样。"

众人抑制不住兴奋，嘴巴都合不拢，叽叽嘎嘎不停，凡卫民眼尖，当看清楚了那个人是谁时，便惊喜地高叫道：

"那不是我村的张大毛吗？"

随着表弟手指的方向，建新看见一个穿戴得体的年轻人正在笑容灿烂地与那些人一一握手。那人猛然听见这个异样的尖叫声，循声望去，发现公路旁边傻傻站着的田建新和凡卫民，便迎面向他们走来，满面春风地与他们打招呼：

"是建新和卫民啊。"

继而，这位张县长便将眼光移向建新，竖起大拇指，微笑着说道：

"建新，我妈经常对我提起你，说你在班上年年考第一，是个考重点大学的料，对了，我刚刚从高考考场出来，你们学校领导向我介绍的几个尖子生中，就有你的名字，咱们天界山出人才啊，这次考得怎么样？"

建新低着头默不作声，表弟抢着替他答道：

"他肯定考得好，还没到时间就交卷了。"

他们正说着话，站在旁边的司机将一个皮质的公文包和一包蓝色外壳的烟递给这个正在说话的人，当听清楚了两个学生是领导的老乡时，就凑上前，讨好地说道：

"张县长，你们村确实是个藏龙卧虎之地啊。"

张县长开怀大笑，接着观一下天色，再向前面陡峭的天界山望了望，吩咐司机：

"你送一下我这两个小老乡，天不早了。"

见县长发了话，司机乖巧地点点头，然后，便叫建新和卫民上车，两人钻入车中，在车内，田建新和凡卫民奇怪于司机对这条路为什么这么熟，司机自豪地回答他们："我两年前爬山到过天界山村，当时是接县长的老娘进城。"

几个人年龄差不多，又有张县长这个共同话题，自然聊得愉快。表弟羡慕地说道：

"张县长前几年带回山上的老婆，像歌星一样漂亮，皮肤白嫩得能掐出水来，说话声音也好听，当时村里人都围着他老屋观看。"

司机见卫民说这话，便有意维护自己的领导：

"锦程县长也不容易啊，他大学毕业后，分配在县委机关，人生地不熟的，从办公室做起，凭着自己的硬本事和吃苦耐劳的精神，一步步当上副县长，直到今年，才分得一套新房子，又有了可爱的儿子，才真正开始走运啊。"

见前面公路旁边正在修房子，路两旁堆着沙子，建新上下山经常从这里路过，很多人都认识，就主动下车，叫人移走沙子。

他下车一看，只见几个本村民工正挥舞着铁铲、锄头在干活，衣服、鞋子上糊满了泥巴，看见建新从车上下来，就围着他起哄：

"咋的，建新考上状元了？还是小车送的，真牛啊！"

建新便将如何遇着从本村出去的张县长，县长叫司机送他们回家等情况告诉了本村人，那些人边移沙子边感叹：

"以前，张大毛父亲为送他读书，只好烧炭卖。在一个大雪天里，可怜的老人，上绝壁砍那根最大的杂木树时，摔死了，李寡妇一个人将儿子拉扯大，还将他送入大学，不容易呢。"

"是呀，好在张大毛争气，考上了大学，大学毕业后，分到县城，听说现在已经当官了，老娘也跟着进城享福去了。"

"我们这些考不上大学的人，现在就只能挖泥巴，刨沙子，连老婆都娶不上，真正人跟人无法比啊。"

那些人还在喋喋不休，小车已经开到天界山脚下，两人下车后，田建新目送着车子消失，他远望碧水河，信心满满。

就要爬山了，表弟一路经历这些事，心里冲击很大，也不与建新多说话。田建新认为凡卫民过一阵就会好的，也懒得理表弟，两人一路别扭着上山。

第二章　名落孙山

田建新到家刚刚吃过晚饭，远房舅妈罗金莲便拽着卫民来到他家，父亲田祥军搬来椅子，又用衣袖揩了一下灰，客气地叫来人坐，母亲凡桂英倒上凉茶笑着叫二人喝。没想到罗金莲屁股刚沾板凳就气鼓鼓地嚷嚷道：

"建新，卫民爹与你妈是叔伯姐弟不是？哎，就算不是亲戚，也是一个村的人吧，你就那样做得出来？"

建新爹了解儿子，见这女人如此生气，便不解地问道：

"他舅妈，究竟发生什么事了，值得你那样生气？"

这女人撇着嘴，讥讽道：

"哼，什么事，问你儿子去。"

凡桂英定睛看着儿子，建新不解地摇头。那女人涨红着脸，继续质问：

"装得还挺像啊，跟没事人一样，我就问你一句话，你考试时，能让别人抄试卷，为什么就不能让我家卫民抄一下？"

建新惊疑地瞪了一眼卫民，表弟却说："你给左手边的人抄了两道题，却不给我抄。"

听卫民一说，田建新才想起来自己当时什么情况，然后，便将考场中的情形一五一十地说与几个大人听。还问舅妈自己到底做错什么了，值得这样大张旗鼓跑上门来问罪。

父亲为了缓和矛盾，就跟着打圆场。不想那女人根本听不进去，还一把鼻涕一把泪地胡搅蛮缠：

"就你家建新想跳出农门，难道我家卫民就不想？"

建新爹见这女人竟然来家里哭哭啼啼，也来气了：

"他想就让他加油学习啊。难不成就学着怎样抄别人试卷？"

卫民妈听见建新爹说出这种话来，气得喘着粗气吼道：

"我们怎么会摊上这样的亲戚？"

一直没有出声的凡桂英，听远房弟媳竟然说这种绝情话，抬头看见堂屋板壁上粘贴满的奖状，想起儿子的不易，便热血上涌，用手指着那些奖状，对前来家里撒泼的妇人问道：

"弟媳妇，你瞪大眼睛仔细看看，我儿子是怎样努力的，他一定要上重点大学的，难道让你儿子拉下水不成？"

他们这样吵吵嚷嚷，屋外围上来一群人，大家有一句没一句地跟着起哄：

"金莲从小就对孩子娇生惯养，不教育孩子好好读书，现在竟然敢来这里指责别人不让抄试卷，还真说得出口。"

"是呀，那种人的儿子只配当一辈子农民，还想拉人家下水，我终于明白什么叫不要脸了。"

"建新从小就成绩好，方圆几十里，哪个不知道，不像有些人的儿子，次次考试垫底。"

那女人没有想到一向好脾气的建新妈竟然说话这样强硬，又见众人叽叽喳喳，想着再闹下去也是自讨没趣，便拉着儿子，往屁股上就是几巴掌：

"你这个不争气的东西，把我的老脸丢尽了。"

她边打边走出屋，吐一口唾沫：

"从此以后，咱们一刀两断。"

建新妈被气哭，围观的众人马上来劝解，他们安慰凡桂英：

"你不要和罗金莲计较，你儿子要跃龙门了，你以后就可以跟着享福了。"

"是呀，她儿子哪能和建新比呢？一个天上，一个地下。"

没过多久，各个高等院校招生办录取的参考分数线划分出来了，建新跑去学校一看，总分 500 多分，比自己填报志愿的几个重点本科院校的录取分数线都至少高出两分，卫民比他低 210 分，比填报的一个大专学校的录取参考分数线低 0.1 分。

知道高考分数后，建新觉得上大学应该不成问题，每天笑嘻嘻的，父母见他高兴，也乐滋滋的，眼看他就要跳出农门了，一家人沉浸在即将到来的喜悦当中。

老爹不停地编制箕器，给他准备上大学的学费，母亲将家中的那头猪仔加了粮食催肥，预备办升学宴时杀了用，对自己几个直系亲属，也早早放了信，以便做准备。

建新的名字也在天界山上到处传唱。村民都羡慕他父母养了一个好儿子，肯定能跳出农门，将来可以跟着儿子到城里享福去。

他天天帮父母做事，到了傍晚，就去门前的小溪里面游泳，哼着歌儿，将小溪里面的鱼儿赶得游来游去。这条小溪是碧水河的源头，溪水顺着山势绕了几圈后，旁若无人地从天界山一泻而下，汇入碧水河中。

八月下旬，邮递员每次从村中路过，他都会问有无自己的录取通知书，但那人总是摇头，眼看离开学越来越近，他打听到消息，明天就要放榜了，他决定看榜去。

初秋的一天，建新早早出门，他一路哼着欢快的歌儿，雀跃着下山。

建新走到当时最繁华的百货大楼前，只见那里人头攒动。凡卫民尖叫着，一只鞋都挤掉了，正在狼狈地到处找鞋子。

一面墙上贴着红榜，出来的人，有的垂头丧气，有的得意忘形，各种不同的声音传入耳膜：

"哎，没有考上，怎么办啊？"

"我考上大学了，这下好了，终于端上铁饭碗了。"

只见一个人倒在地上不省人事，嘴中吐着白沫，人群中传出尖叫声：

"快掐人中。"

走来一个人，急忙掐倒地人的人中，围观的人一层又一层，叽叽咕咕不停：

"造孽啊，为考个学急成这样，至于吗？"

"说得轻巧，就这一次机会，没有抓住，可能就要当一辈子农民了，不急才怪呢。"

"是呀，复读只会越来越难，复读生在高考时，分数线比应届生要高很多，而且心理压力也大些，还要钱。"

建新来到红榜前，之前挤成一团的看榜人见他来了，都自觉退到两边，让他站到最前排，他们充满自豪，羡慕地议论着：

"这是我们学校的尖子生，我们的目标都是大专或者中专，唯有他一个人是有机会考上重点本科的。"

"是呀，他是十里八乡学习最刻苦、成绩最好的学生，没有哪个不知道的。"

建新见那些看榜人如此高看自己一眼，有点不好意思地对众人点点头，然后昂首阔步跨到红榜前。他从上看到下，再从下往上翻看，又从左向右寻找，怎么？竟然没有自己名字？他无论如何也不肯相信这种结果。再次定睛寻找，从右往左搜寻，还是没有自己的名字。倒是成绩一向很差的表弟，竟然没心没肺地高声尖叫道：

"我考上了一个供销学校。"

他沮丧地站在红榜前，不敢相信地自问：

"怎么可能呢？难道自己没有考上大学？"

他呆在红榜前，那些看红榜的人看他神情古怪，便对他指指点点。

大街上，人群摩肩接踵，吵吵嚷嚷，他一句也没有听进心里去，他想起老爹经常对自己说的话：

"十年寒窗无人问，一举成名天下知。"

而自己现在这副模样，枉费了老人的一腔心血啊。正在他胡思乱想时，猛然听见后面有人在叫自己：

"建新，你是否志愿没有填好啊？你可能第二志愿、第三志愿都填的重点本科，听老师讲，今年我省文史类重点本科录取线全国最高，你考那么高的分数，太可惜了啊。"

他回头一看，是同班同学，他不知道该如何回答这个同学的问话，只感觉到万念俱灰。恰遇一阵风刮来，他凌乱的头发随风起舞，遥远的天际中，一朵黑云越积越厚，继而被风撕碎，顷刻间，便大雨滂沱，混合着他伤感的泪水，淹没了他升腾起来的所有希望。

第三章　小学代课

田建新自从高考落榜后，受到了很大打击，白天，他不跟父母一起干活了，傍晚，也不去小溪中游泳了，成天坐在家中生闷气。天界山有少许无事之人知道这个消息后，便阴阳怪气地趁机到处损他：

"可怜田祥军两口子，四十几岁才生个么儿子，一门心思送儿子读书，头发都磨白了，没想到那个小子志愿尽填那些名牌大学，到头来，什么大学也没有考上，真正划不来啊。"

"这种眼高手低的人不说考不起大学，即使考上了也没有多大出息，他家老人享不起那福的。"

"儿孙自有儿孙福，莫给儿孙做马牛。"

"可惜啊，可惜，可惜了田祥军辛辛苦苦赚来的那些血汗钱。"

罗金莲自从在建新家受气后，就将田家当成了仇敌，当知道自己儿子取得了一个供销学校的录取通知书，而建新什么学校也没有考上时，心里那个爽啊，不知道用什么词来形容了。见有人如此损建新，就更加来劲，在人群集中处，她打着哈哈狂笑不止：

"他老田家建新不是说一定要上重点本科的吗，现在连个普通大学都上不了，好歹我儿子还有个铁饭碗端，哎呀，真正笑死个人啊。"

建新听到这些话后，很不服气，想复读，明年再考，田祥军边编织簸箕边骂儿子不争气，凡桂英继续给那头猪仔加饲食，预备着儿子复读时的学费。正当一家人憋住一股劲预备学费时，建新爹由于昨晚熬夜，白天又劳累，到吃晚饭时，突然一阵咳嗽，把送入嘴中的饭粒喷得到处都是。

到了晚上，昏暗的灯光下，建新看见爹头发上已经很难见到几根青丝，眉头紧锁，脸上布满皱纹，那双常年编制簸箕青筋暴跳的手，不时颤抖一下，笨拙地忙碌着，咳咳几声，再喘息一会儿。

他端详着年迈的爹，心里翻江倒海：多少年来，自己有什么事，都可以跟爹说，爹仿佛就是一个超人，所有事都能解决，而看看现在的爹，纯粹只是一个风烛残年的老头了啊。

透过这样的灯光，再看看个头瘦小的妈，一头银丝在光影里越发白亮，那双枯瘦的手，正在剁猪草，脸上全是愁苦的表情。

他再瞅瞅房屋的四周，木柱子支撑起来的架子已经倾斜，间隔之间的板壁斑驳漆黑，整个房子摇摇欲坠。

眼前这一切，使他感到无比内疚，为了供自己读书，年迈的父母，多年来省吃俭用，劲往一处使，自己早已吸干了爹娘的血汗。而现在，自己的希望破灭了，有何资格再给他们增添负担呢？

现在的爹妈，正铆着劲铁了心让自己复读去，而此时此刻，他很清醒地知道，家中这情况，其实早已供不起自己读书了啊。复读，明年再考，那是根本不可能的事。

此时，正是农忙季节，他帮着双亲干农活。这时，山上主要是下玉米棒子，他躬身在玉米丛中，手不停地掰玉米棒子。篾箩筐装了半筐后，就提不动了，他将箩筐放在稍许平坦处，下好玉米棒子后，就用力往箩筐中摔去。起先，他只是一只手摔，手臂生疼，之后，双手协调着摔来摔去，竟然感觉不到怎么疼痛了。

箩筐装满后，他就挑着满担的玉米棒子回家，这样的日子持续了很长一段时间。

他断断续续听说很多未考上大学的同学都准备复读去，父母也在催他，可是，望着年迈父母的那一头银丝，他始终犹豫不决。

眼看离开学没几天时间了，不料连日下雨，爹咳嗽得越发厉害，已经卧床了，饭也很少吃。他催父亲上医院治疗去，可是，爹怎么也不肯去，田祥军看见窗台上那不知何时剩下的一点感冒药，赶忙送入口中。建新见此情景心痛不已，默默走向爹，拉着爹的手，与爹达成君子协议：爹看病去，他复读去。

他带着爹，怀揣着家中仅有的一点钱去乡医院检查，通过照胸片，确诊为多年的慢性支气管炎复发了，肺部也有了感染，他要爹住院治疗，爹哪里肯，将就剩下的一点钱开了少许药回家。医生眼睛往上一翻，叮嘱老人：

"短时间内，千万不能干重活。"

开学了，父母不停地催，他只好背着简单的行囊下山，父母目送他好远，一再叮嘱：

"加油复读，争取明年考个好学校。"

他心里很矛盾，如果不去复读，自己就真的与大学无缘了；如果复读，不仅是这一年的费用，考上大学后，还要几年的学杂费、生活费，那不是要剥父母一层皮吗？权衡再三，他还是没有去学校。他去同学家住了一晚后，准备硬着头皮回家挨父母责骂。

在回家途中，他遇到了本村小学校长黄胜利正汗流浃背挑着书本上山，就帮着挑了一段路，一路上说着母校的点滴。他从与黄校长的交谈中得知：小学的一位女教师这学期就要请产假了，学校正准备找人代课。他听到这一消息后转忧为喜，趁机告诉校长，自己愿意代课，黄校长定睛望着他：

"你不去复读了？在我的这些学生当中，你是很出色的，如果真的当代课老师，那就太可惜了。"

黄校长见他沉默不语，继续问他：

"你是不是考虑家里没有钱送你读书啊，如果是这样的话，我支援你一点。"

他知道黄校长家中情况，校长一门心思放在学校，妻子常年在田间地头劳作，由于一个人在家劳累过度，身体很不好，两个小孩还在读书，负担很重。山上穷人多，很多人付不起学费，校长经常接济那些学习成绩好、家庭困难的学生，哪还有钱帮助自己。想起这些，他摇摇头，苦笑着回答：

"感谢校长好意，我还是决定不复读了，代课去。"

黄校长看他执意不肯，便鼓励他：

"那好吧，你边代课边继续复习，还是争取考出去，不然太可惜了。"

建新一回到家，父亲忙问他怎么这么快就回来了。他便带着歉疚，告诉了爹自己的想法。他爹听后，对他骂个不停，催他去读书，但他已经铁了心要代课去。两位老人看实在劝不动他，也没有办法，只好由着他去。建新便到学校当代课老师去了。

建新穿上干净衣服，将头发梳理好，又在窗户边立着的一块破镜子中照了一下，就去学校报到。天界山村总共只有五个教师，几十个学生安排在一到六年级，其中的一、二年级是复式班，校长就安排他教三年级。

开始教作文，他组织学生开展各种活动，课内课外，他想尽了法子，活动后就教学生将一天所看、所思、所想详细记录下来。这样一来，很多学生对作文有了兴趣爱好。过了一阵，他所带的班级，学生的作文水平有了很大提高，黄校长很高兴，学生家长更欢喜。

工作日，他吃住在学校，精心备课、批改作业，很快，一个学期眼看就要过去，他逐渐重拾了对生活的信心。

第四章 体检受阻

正当田建新在天界山小学代课受到学校和家长一致好评时，有一天，黄校长从县教育局开会回来，告诉他一个好消息：

"建新，荣城县发出了通告，凡是本县初中以上的毕业生，都可以报考荣城县麻纺厂，考上后，可以转城市户口，当正式工人。"

他听到这个消息后，热血沸腾，仿佛命运之神又向自己递来了橄榄枝。他将这一消息，第一时间告诉了自己的发小袁东升，东升很高兴。

昏暗的灯光下，他拼命复习语文、数学，因为黄校长告诉过他，这次招工只考这两门功课。

他感觉自己这次一定能考上，因为这两科都是自己的拿手好戏，而只混得个高中毕业证书放弃高考的东升，就有点吃力了，东升时常来学校，要他帮忙指点重点复习内容，将很多不懂的地方向他请教，他倾其所有，像教小学生一样帮助东升解答。

考试的头天晚上，他与东升一起，将自己认为重要的东西又强记了一遍，才一起上床睡觉，迷迷糊糊中，他梦见自己考上了，竟然大声吼了出来：

"我考上麻纺厂了啊。"

黄校长从他们房门前经过，摇几下头：

"建新造孽啊，做梦都想当工人。"

考试的当天，他们起了个大早，带上手电筒出门，考试的时间是早上八点半，而下山要两个钟头。他们深一脚浅一脚地走，建新在头脑中还将昨晚准备的重点内容过了一遍。

田建新和袁东升急急忙忙下山，还是未赶上头班车，他们只好搭一辆农用车往荣城赶。到了碧水河边，看小船停靠在对岸，两人便扯开嗓子喊，艄公撑着小船摇摇晃晃过来了。他们坐小木船过河后，撒开腿子往考场赶，二人赶到考场时，离开考时间已经过了几分钟，他俩拿出准考证，央求监考老师让他们进去考试，监考老师不同意，他一再请求，那个人不为所动，他们苦着脸，眼泪都快急出来了。

正当无计可施时，迎面走来一个人，建新定睛一看，是县教育局的办公室主任，在他代课期间，此人曾经来过天界山村小学，他认出了这个人，又做自我介绍，那个主任一看时间，离开考时间还未超过 10 分钟，就放他们进去了。

先考语文，由于一路奔忙，建新坐下来打开试卷时，心还在突突直跳。这时，监考老师重新给他们讲了注意事项，他趁着这点时间，往上运一口气，待情绪稍许稳定下来后，便按照要求写上姓名、学校名称等。这时，整个考场，他只听见笔落在纸上的沙沙声，他也刷刷做起题目来。

他感觉语文试卷比自己复习时想象的考试难度还要浅一些。特别是作文题目，他以前曾经写过，看到这份试卷，他喜出望外，头脑中浮现出自己写过的文字，再添加具体事例，下笔如有神。交卷铃声还未响，他就已经答完了试卷，又坐下来仔细检查了一遍。到点铃声一响，他马上交卷，走出考场。

接着考数学，他更是很快做完，仔细检查后，才交卷。他估摸着，这次自己应该考得很好。

从考场出来，已经很久没有进城的两个年轻人，借机去曾经就读的高中母校——荣城一中转了一圈，去正在复读的同学那里看了看，就到了傍晚，他们才想着要马上赶回家。走在回家的路上，到山顶时天就完全黑下来了，他们打着手电筒，阵阵山风吹来，感觉有点吓人，两人加快步伐往家里狂奔。

没有多久，他与东升笔试成绩都通过了，通知他们体检。他们好高兴啊，命运之神又在向自己招手啦。发小东升母亲是个大嘴巴，早就将这一好消息放出去了，这在小山村又是新闻，人们又叽叽喳喳议论起来：

"看来送娃读书还是有盼头的，只要初中毕业就可以考工人。"

"这下好了，建新和东升都端上铁饭碗了，看来也不光是考大学这一条出路，还有其他就业门路呢。"

"那是，有本事的人到哪里都吃得开。"

没多久就通知他们体检了。体检那天，天还没亮，他们就起了床，听说验血要空腹，他们没有吃任何东西就下了山，赶到指定医院，抽血，做B超，量血压，照胸片，量身高、体重。

轮到建新量身高、体重时，他站在磅秤上，有个护士问他多大了，他回答十八。旁边的医生嘴角往上一翘，与护士会心一笑后，开起玩笑来：

"我还以为是个童工呢。"

紧接着，护士便报出数字：

"田建新，身高1.58米，体重43公斤。"

一个上午快过去，医生告诉他们可以吃东西了。然后，负责体检的工作人员告诉他与东升，下午再复检。他们都很迷惘，忙问带队人是怎么一回事，带队人随意望一眼他俩后，面无表情地告诉他们：

"袁东升血压有点高，田建新身高未达标，下午还有一次机会，去市级医院复检。"

中午，两人简单地吃点饭后，不知道下午面对他们的是什么结局，心里都异常焦急。入冬，天气已经寒冷，但他们头上却在不停冒汗。东升不知道自己血压怎么就无故升高了，闷着头坐在小饭馆的座椅上，建新安慰自己的伙伴：

"可能是走得太急的缘故，到下午会正常的。"

而建新自己清楚地知道，身高目前再不可能有增长的，八成是黄了，但他还是抱着侥幸心理，万一量出多的来了呢。

好不容易熬到下午，主管体检的工作人员，将他们拖到市人民医院进行复查。东升再量血压，已经正常，听到这个结果，东升当时就旁若无人地跳了起来。建新犹豫着站在磅秤上，身高 1.58 米。结果是不达标。

他尽管心里清楚身高未达标，还是不肯相信未被录取的事实，皱着眉头，苦着脸，一遍又一遍地问带队的工作人员：

"不可能啊，我怎么没有考上呢?"

工作人员明确地告诉他：

"这次招考公告上面说得很清楚，身高要求 1.60 米，难道你搞不清楚?"

建新无言以对，知道这一结果时，他懵了，俗话说得好，"福无双至，祸不单行"，之后，县教育局对那些考上民办教师的人，出台了优惠条件：

"还是愿意去山区支教的，优先转正。"

这样一来，天界山来了几个年轻民办教师。同时，县教育局开始清理临时代课人员，田建新被清退出去了。

他感到无比伤心，坐在门前的一块大石头上，面对着莽莽大山，说不出一句话来，只在心里默默叹息：

"我怎么这么倒霉啊!"

一阵狂风刮来，紧接着就是电闪雷鸣，须臾，大雨倾盆。他像木雕一样杵在那里，任凭暴雨淋湿全身。

第五章 "玉女"相亲

自从山里人知道田建新考麻纺厂体检身高未达标，连代课老师的资格都被取消后，说什么的都有了：

"读书有什么用啊，到头来还不是照样翻泥巴坨。"

"是呀，建新那么用心读书，在山上年年考第一，又去县城读了几年书，听说成绩也是排在前面，怎么就混不上一个铁饭碗呢？"

罗金莲听到这些话后，便摇头晃脑，在人群中故意损他：

"他父母不是说建新注定是要上重点大学的吗？到头来连个普通大学都考不上，哈哈，真正笑死个人。现在呢，竟然连个工人都当不上。"

"我儿子尽管成绩不怎么样，好歹还端上了铁饭碗，命好啊，怎么的？"

他忍受着一波又一波向他袭来的冷嘲热讽，机械地随着年迈的父母日出而作，日落而息，很少与人说话，父母看在眼里，急在心里，但两位老人能有什么办法呢？

严冬，狂风在怒吼，雪花在飞舞。远山，白茫茫一片，脚下，地上结了厚厚一层冰，家家屋檐下都吊着冰锥。

夜深人静，他家里的煤油灯被朔风吹得歪歪斜斜。他爹就着昏暗的灯光，用干瘪的双手编织着篾器，皱着眉头，不停咳嗽，无奈，不得不停下手中刚刚起头的背篓底。旁边的老妈忙放下手中的活计，叹口气，不停地帮老伴抹背。赶了一阵背后，老伴咳嗽轻松一点了，再将背笼圈放在膝盖上，经过一段时间，随着一圈圈篾片在眼前旋转，一个背笼织成了。

老头子咧开缺牙的嘴，欣赏着自己的作品，笑个不停，一笑，又咳嗽起来了，老伴打趣道：

"咳得那么厉害，还笑得出来。"

建新妈也在这样的灯光下剁猪草，也许是太困了，随着一声"哎哟"，忙将手指在嘴中下意识地吸吮一下，身旁的老伴忙从竹制的针线篮中搜出一点布条，胡乱地帮她缠住后，她继续劳作。

"听说彩霞明天就要去男方家踩屋场（意为相亲）去了。哎，可惜那个好女孩，没有咱儿子的分呐。"

突然，听到咣当一声，两人对望一眼，马上小心住嘴。

此时，田建新冒着纷纷扬扬的大雪，鞋子上缠着干稻草搓成的绳索，为了给爹买药，刚刚从村小学支点工钱回来，隐隐约约听见两位老人在说着什么，好像提到了彩霞。见两位老人闷着头做事，他歪着头，疑惑地问道：

"你们刚才说什么来着？"

"没，没说什么。"

两位老人眼神躲闪，说话支支吾吾。

他也不便多问，想起支工钱的过程，他感觉到微微不爽：几个月过去了，工资分文未发，黄校长也没有办法可想了。由于各村的"三提五统"还没有结清，乡财政所就没有将钱拨给乡联校，联校哪里来钱拨给村小学，民办教师和代课老师的工资也就没有着落。

黄校长看他急需用钱，二话没说，就叫学校财务给他先支一点工钱。校长领他来到财务室，出纳是个小姑娘，见他是来支钱的，那姑娘嘟哝着嘴，翻出抽屉，告诉校长：

"总共就这么点钱了。"

黄胜利稍一迟疑，对她说道：

"全部给他。"

姑娘要建新写出支条后，嘴中咕哝个不停，很不乐意地将那点钱全给了他。

他看看手中少得可怜的钱，再瞧瞧病情越来越严重的老爹，特别着急。很晚了，他才上床休息，躺在床上想了许多：爹妈刚才说的话一定是与彩霞有关，想到彩霞，他的嘴角露出了一丝不易觉察的微笑。

由于他家与黄彩霞是邻居，彩霞妈也姓田，且与父亲同辈，论年纪，彩霞比他小一岁，小时候，彩霞说不全话时，就叫他新多多（意为哥哥），之后，经常流着鼻涕，拽着他一起玩耍：打飞棒、踢毽子、过家家等，多年来，彩霞一直是他的"跟屁虫"。

一晃几年过去，少年时，在天界山村，田建新、凡卫民、袁东升、黄彩霞是年龄差不多的几个"读书人"，几个人不仅仅是一个组上的人，还读一个班，每次考试他成绩最好，彩霞总是排第二。

冬去春来，几番寒暑交替，不知不觉间，彩霞已经长成了一个亭亭玉立的大姑娘，在天界山，他和彩霞是大家公认的"金童玉女"，儿时竹马青梅，两小无猜。然而在他心里，早已给彩霞留下了最隐秘的位置。

此时此刻，可以这样说，彩霞是他在天界山上生存下去的唯一希望，他计划着，等自己将来找到工作后，就托人求亲去，这样想着，他逐渐进入了梦乡：在梦中，他托人去彩霞家求亲。彩霞羞红着脸，手不停地绞着自己的长辫子，彩霞爹笑嘻嘻的，彩霞妈对媒人说：

"我家闺女要明媒正娶，她有两个叔叔，一个姑妈，一个姨妈，加上我家，过节时，要建新爹准备好五个茶（意为五份礼物）。"

媒人笑成了一朵花，搭讪道：

"那是自然，多年的相处，你们也清楚，田祥军是个爽快人，为儿子一定会想方设法办到的。"

他高兴得手舞足蹈，没想到被爹的一声叫唤声惊醒。他马上起床，还在回味梦境时，眼见老爹咳嗽几声后，将篾器捆成担子，要他帮着上肩。他看看门外光滑的路面，又见爹跟跄着迈动步履，担心爹在路途摔跤，就一把抢过担子，不置可否地大声说道：

"今天我卖篾器去。"

老爹疑惑地看着他，望见他青春洋溢的脸庞，坚定的眼神，再向老伴望一下，见女人点头，便放心地将担子交与儿子。

他便挑着竹器下山去，边走边想：卖了竹器后，给爹买点药，老人一到下雨天就咳嗽，这一阵更加厉害，这样下去不是办法。可是，这也只能缓解病情，要彻底治疗，必须住院去，等自己的代课老师工资全部到位后，就去给爹住院治疗。

走到半山腰，脚下很滑，建新贴着靠山的一边小心行走，暗自庆幸没有让爹卖这些东西，不然，老人摔下了山崖怎么办。建新很少挑东西的肩膀磨出了鲜血，便放下担子准备歇一下。

雪还在往下落。这时，他放眼望去，满眼都是白色。不一会儿，在后面的山弯弯处，只见十几个穿戴整齐的妇女，牵着小孩缓缓走下来。他暗自想：这些人是干什么去的呢？没听说有哪家嫁到山下的姑娘今天办酒席啊。正疑惑间，这些人已经来到他面前。

其中一个穿着红色上衣、黑色裤子的少女走到他面前，他一看，正是心目中的"玉女"彩霞，他以为自己看花眼了，揉揉眼睛，定睛一看，没错，这不是彩霞是谁，他便跟她开起玩笑来：

"今天打扮得这么漂亮，是要到哪里吃酒去啊？"

彩霞眼中噙满泪，皱着眉，低着头，轻声哼哼：

"建新哥，对不起，我……"

他疑惑地望着她，探寻似的追问：

"彩霞，有什么事慢慢说，什么对不对得起的，究竟发生什么事了？"

前面的队伍见彩霞还在磨磨蹭蹭，就催促她：

"彩霞，快点，与那些不相关的人有什么好讲的？不然要到什么时候才能到男方家啊。"

彩霞婶子轻蔑地看了建新一眼，边说边拽着彩霞走，彩霞神情复杂地望他一眼后，慢慢挪动脚步，跟着那些人一步一回头地走了。

彩霞婶子似乎还担心建新没有弄明白，走几步后又回过头来对他说道：

"建新，干脆告诉你吧，彩霞今天是去男方家踩屋场去的。"

他知道，踩屋场就是女方家携着亲戚去男方家相亲。到了这个环节，一门亲事就算定下来了，相当于城里人的订婚。

　　瞧见这件事，他感觉天就要塌下来了，心里更像打翻的五味瓶，大脑一片空白。他跌坐在地上，望着莽莽大山和漫天舞动的雪花，黯然无语。他怔怔地看着他们的背影，目送着那些人渐渐走远。

　　他坐的地方，是一个山洼，背后是刀砍斧削般的绝壁，两旁是挂满冰凌的树木，他泥塑一样一动不动。从远处看，他那瘦小的身躯只是一个小黑点，是多么孤独和无助……

第六章　筹集资金

田建新亲眼看见彩霞从自己身边走下山去相亲，他像挨了一记闷棍，感觉在天界山上生存下去的最后一线希望彻底破灭了。这时，各种流言又排山倒海向他袭来：

"读书成绩好又能怎样，还不是照样当农民！"

"是呀，什么事都是命中注定了的，强求不来的。"

那个罗金莲更是火上浇油：

"建新那个癞蛤蟆还想吃天鹅肉？听说彩霞找的人是吃国家公粮的，哪有他的分啊，真是的。"

凡桂英听到这些话后，便回家说与老伴听，田祥军恨得牙痒痒，更加拼命干活，在土中挖几下，咳几声，老伴就帮着他捶背，再偷偷抹几下眼角，老两口照例晚上就着昏暗的煤油灯不停地做事。

建新白天帮父母干活，晚上学着父亲编制篾器，照例一言不发。

有一次，他下山后遇到一个高中同学，那个同学告诉他：

"建新，县城很多地方都在招工，只是大部分是合同工，而且要城市户口。"

他听到这里，便默不作声了，同学见状，神秘一笑：

"现在只要交 6000 元就可以将户口由农村迁往县城。"

他不相信地问道："真的假的？"

同学连连点头，他暗暗下决心，筹钱办户口去。临近春节时，他拿到了几个月工资，但代课老师的工资本来就不高，之前给爹买药时又支了一点。现在，通过结算，只剩 1200 元，他捏着这些钱暗暗伤神，与那 6000 元相比，还相差那么多，从哪儿筹这么多钱去？

揣着这些钱，他又想起家中不停咳嗽的老爹，内心挣扎不休，是筹钱办户口还是先给老爹治病去？

老爹不知道也从哪里打探到城里有办户口一说，起先不相信，后来，那个消息灵通人士说得有鼻子有眼，由不得田祥军不相信。田祥军还隐隐约约知道了儿子正在筹钱办户口，但他怕儿子为自己的病情分心，听见儿子回家的脚步声，就用手死死掐住喉咙，憋着气，强忍住咳嗽。

老伴懂老头子意思，见建新回家，就挤出几丝笑容，抢着对他说道：

"儿子，咱也筹钱办个城市户口招工去，看那些人歧视你，咱实在咽不下这口气啊。"

他看着憋得满脸通红的老爹，坚定地说道：

"不，先给爹治病去。"

田老汉听儿子说这种话，急了，大声咳出来后，便将板凳一摔，怒气冲冲吼道：

"我这是老毛病了，事情总得有个轻重缓急，难道等你有工资后再给我治病就迟了？小子，我可告诉你，你一天没有工作，我一天不会同意治病去的，你自己划算。"

他还想争辩，只见老爹从床铺底下搜出一包钱，三个人一数，有2300元，那是老人多日来为儿子攒的学费。现在，加上他的工资，已经有3500元了，可是还差那么多，怎么办呢。第二天，田老汉叫人帮忙，将家中那唯一的一头肥猪抬下山卖了，卖得600多元，一家人又将钱数一次，凑齐整数4100元，他们将钱放在一个砂罐里，埋入木仓的稻谷中间。

这时，田祥军想起了自己的几个亲戚，女儿嫁到山下后，靠种那点粮食送当民办教师的女婿读书。女婿的叔叔新修房子时，将连在一起的老木屋拆除后，女婿家的房子就东倒西歪了，随时有倒塌的危险。这样，小两口不得不借钱新修房子，看来，女儿那里，就不要做任何指望了。

小舅子刚刚生了一场大病，家里肯定也没有钱。怎么办？

老爹搜遍了亲戚信息，想到了自己的几个姑妈老表，都是菜农，听说那里国家要修银行，房子已经被征收，现在有钱得很。可是多年来很少走动，别人会不会借钱给自己，田祥军拿不准。但儿子的前途要紧，田祥军还是决定试一试去，他带着儿子，向姑妈家走去。

近70岁的姑妈看见侄儿从山上下来，自然很高兴，老表也很热情，可是当他提出借钱时，老表立马变了脸色，诉说自己的不易，不肯将钱借给他们，父子俩只好忍受着屈辱快快回家。

嫁到山下的田秀丽，自从听说山上几个读书人都有了工作，自小就为之骄傲的唯一弟弟工作没有着落，心仪的姑娘也与人相亲去后，担心弟弟想不开，正在家考虑如何安慰弟弟时，她打听到，城里正在卖非农户口，就到处借钱，凑来500元钱。她一路往山上赶，刚到家，只见白发苍苍的老妈一个人在家垂头丧气。

秀丽见父亲与弟弟都不在家，来不及喝点水，大口喘着粗气，忙着问母亲：

"爹和弟弟呢？"

凡桂英便将儿子如何受村里人嘲讽，下山借钱准备办户口一事，对女儿和盘托出，秀丽从口袋中掏出那500元钱，递给老母亲：

"妈，别急，会有办法的。"

母亲接过女儿这钱，叹口气：

"丫头，你也不容易啊，你新修房子时，我们也没有帮钱，真正苦了你啊。"

秀丽摆摆手道：

"妈，现在都火烧眉毛了，弟弟的工作要紧，怎么提起我来了，我能有什么事呢。"

不一会儿，建新与爹回家了，母女俩一看他们的神情，就知道没有借到钱，他们合计着，竭尽全力一定要将户口办到手，老爹看着家中的物资，只剩圆木桶中那点玉米籽了，木仓中那点稻谷是家中的口粮，不能卖。

一家人连夜编织篾器，天未亮时，建新妈与秀丽背着全家人通宵编织的篾器，田老汉与建新挑着全部玉米籽，就着枞树油发出的微弱光亮下山去了。

可是这天不是逢场日，他们只好走几里山路后，再搭车去县城，那些线路车司机看他们又是挑又是背的，就不允许他们上车，说占的空间太多，影响客人就座，他们没有办法，只有再走十多公里路去荣城卖。

一家人好不容易肩挑背驮到了碧水河边，在等船的时候歇息一下。看父亲坐在扁担上用衣服扇风，母亲掀起衣袖揩满脸汗水，姐姐在抹汗水打湿的头发，建新心里像刀割一样疼。

过了碧水河，将这些东西运到市场上全部卖完，天已经渐渐黑下来了。一家人将钱集中起来，只卖得 400 多元。离买户口还差 1000 元，怎么办？

建新搜索着山上可以借钱的地方，想来想去，还是觉得只有黄校长肯帮自己了。他乘着夜色，去校长家借钱。他来到校长家，师母正在不停咳嗽，他看到这情形，苦着脸，借钱的话根本说不出口。黄胜利见他那个样子，料定他必定有事，也隐约听说自己的得意门生正在筹钱买户口，他望一眼自己的妻子，在房子中走来走去。然后，黄校长紧锁着眉头问建新：

"你办户口是否差钱啊？"

建新望了师母一眼，点头后又接着摇头。

师母清楚地知道：家中就这么点钱，是准备给自己治病去的，现在，丈夫的学生来借钱，怎么办？

她知道自己的丈夫为难：作为丈夫，自己妻子有病不治，良心不安；作为师长，学生为难时找上自己，不帮忙说不过去。只见她喘口气，忙从抽屉中拿出 500 元钱放在建新手中，笑着对他说道：

"办个户口后，考个好工作。"

建新赶忙眼含热泪推辞：

"不，这是你治病的钱。"

看着妻子递钱时枯瘦的手掌，黄校长也泪眼婆娑："你病成这样不治疗不行啊。"

师母微微笑着："我这是老毛病了，不急于这一时的，孩子的前程要紧。"

师母边说边将钱硬塞与建新，校长也不停点头，田建新这才接过钱，向家中走去。

到家后，一家人又将钱数了一遍，还差 500 元啊，他们面面相觑，都想不出办法来了。他看着一家人为自己操心，特别是看见老爹不停咳嗽，心里很难过，就故作轻松地笑笑，对家人说：

"你们别急，我到东升那里看看去。"

他赶到东升那里，东升住在麻纺厂的集体宿舍里，两人互相问候分别之后的生活，感慨万千，特别说到彩霞，两人长时间沉默，很久后，东升看他一眼，遗憾地开了口：

"我一直以为她是你的人，要不然，我早托人说媒去了，唉，现在，肥水流入外人田了。"

建新叹口气，看向远方，幽幽回答：

"别说了，还不是因为没工作，人家看不到未来啊，怨不得别人的。"

他再看看昔日的同乡加同学，喝口水，鼓起勇气向东升开了口：

"我现在只有办户口招工这一条路可走了。可是还差 500 元，正准备向你借的。"

东升翻遍所有口袋，只有几十元钱，田建新心中一凉，东升赶忙安慰道：

"我明天到财务那里借钱去。"

看来也只有这个办法了，田建新就在东升那里住了一夜。第二天，东升给单位领导说尽好话，才在财务那里支得 500 元交给建新。

第七章　办得户口

当田建新筹齐了办户口的钱，急急忙忙往天界山上爬时，好像听见不远处有人喊救命。他顺着声音往下望，只见一个黑点悬在绝壁顶的树枝上。他来不及多想，看不远处的岩壁上有根野葛藤，便爬上去，用嘴咬断，合着枝丫一起拖下来。他将绳索绑在路旁稍许大点的树上，绳头绑着一块大石头，顺着一条小水沟向下丢去：

"下面是谁，快抓住绳子往上爬。"

他往下一望，对方竟然没有丝毫反应。他不知道究竟是怎么回事，来不及多想，救人要紧。只见他赶忙分开灌木丛，劈开荆棘，循声找去。在绝壁顶上，他看见一个老妇人背影，正对着下面石壁凄厉绝望地哭喊道：

"钱丢下去了，我儿子户口办不成了，工作又没有指望了，造孽啊。"

他来到妇人近处，一听这声音，竟然是自己母亲的。他不顾一切地奔扑到老人身边，立马拉住娘亲的手往上拖。老妇人也下意识地跟着他往上爬，嘴中不停地自言自语：

"钱没了，我儿子的工作又黄了啊。"

建新费了九牛二虎之力，总算将母亲拉到小路上。他对脚下一望，是白亮亮的岩壁，惊吓出一身冷汗，母亲差一点点就掉下万丈绝壁了啊，他不敢往下想了。再看一眼意识模糊的母亲，他心里面翻江倒海，五味杂陈，带着哭腔问道：

"妈，你这是怎么了？"

凡桂英还在念叨钱的事。直到这时，他终于明白母亲失心的原因了，忙从口袋中掏出那 500 元钱来，面带笑容安慰母亲：

"妈，钱找到了，在这儿，你看。"

看见建新手中的钱，凡桂英奋力伸手去抢，看抢不到，便张开那没有几颗牙齿的嘴，央求道：

"我的钱吹下岩壁，你捡到了？我求求你，要归还给我儿子啊，他等着这点钱办户口的。"

他见母亲这样，便撕心裂肺地哭喊道：

"妈，我是建新，你的儿子啊。"

过了好一阵，凡桂英才慢慢清醒过来，她缓缓告诉儿子：

"你下山后，我怕你借不到钱，就去山下的娘家，你亲舅舅刚刚动了手术，哪有钱借给我，我就卖着老脸，向自己几个叔伯侄儿开口借钱，好不容易凑齐 500 元。"

老人眼泪汪汪，大喘几口气后，继续说道：

"这山脊刚下过雨，我心里着急，记挂着你等着钱用，不小心脚下一滑，竟然滚下去了，就急忙抓住一棵小树，哪知道树枝将这衣服口袋划破了，钱飞下岩壁了，我大喊一声救命后，便什么也不清楚了。"

建新拽着老妈一起，往下望望绝壁，再瞧瞧母亲：

"妈，你看看刚才多危险，如果你有什么意外，叫我和爹怎么活下去啊。"

他一路搀扶着母亲回家，将母亲交给父亲后，从谷仓的瓦罐中取出所有钱，手指上沾点唾沫，将钱再数一遍，就急急忙忙去县公安局打听相关手续。

当他奔到县公安局门口时，只见办公桌前的人排成一长条，工作人员忙个不停，办户口的人围成了几圈，进进出出，工作人员大声告诉那些排队的人：

"张三交城市增容费6000元，自己找城区几个办事处的居委会去。"

"想转城市户口的快点啊，没有多少名额了，保管好自己的发票啊。"

"什么？还要自己去找落户的居委会？"田建新偏着头，不解地问道。

"要不然呢？"有人轻蔑地望他一眼，从鼻孔中哼出这几个字。

从这些人口中，他已经打探清楚了办户口的流程。好不容易排到他了，这时，上午时间到点了，工作人员要下班，排成行的队伍只好解散。

建新怕下午很难排到，就一直守在办公地点。冬天的中午，刺骨的寒风呼呼吹，他就在原地走来走去，不时捧着双手，哈一下热气。一见工作人员开始办公，建新就紧跟上去，终于交到钱。他捏住发票，不知道去哪里找办事处的居委会。

他思来想去，还是只有找姐姐商量去。他来到姐姐家，秀丽给已经通过公选进入县一中的丈夫王兴国下了一个死任务，那就是尽快帮弟弟找到同意迁入户口的居委会。

第二天，王兴国通过学生家长，找到碧水河边的一个居委会主任，这个主任要建新自己写出申请，然后回到现在所居住的村、乡签字、盖公章，再来找他。建新又马不停蹄地赶往天界山，在村里盖章后，又急忙赶到乡政府。去乡政府盖章时，需要分管领导签字，而这个领导又不在家，他打听到，这位领导明天才能到乡政府来，他只好等。

到了第二天，他才签得字盖得公章。接着，他马上赶往迁入地的居委会，昨天才打交道的居委会主任已经不认识他了，他搬出了那个帮忙的学生家长，这位主任才想起他来，然后给他盖上居委会公章。

之后，他拿着这个报告，去所在的派出所开出户口准迁证，又去天界山所属的派出所开出户口迁出证，再去居委会所在地派出所户籍室，排了一个下午的队，终于轮到他了，他小心地从口袋中掏出相关手续，交给工作人员，那个小姑娘望他几眼后，给他上了一个蓝皮、盖着蓝色印章的非农户口，在当时称为"蓝印户口"。

经过如此折腾，他总算得到了一个非农户口。看着盖有蓝色印章、蓝皮的城市户口，他亲了又亲，对着家乡的一座座青山和静静流淌的碧水河，放开嗓子大声喊道：

"我终于办到一个城市户口了。"

第八章　当上工人

田建新办到非农户口后，就全身心考虑招工的事，可是怎样才能知道招工信息呢？他在头脑中搜索着自己的人脉。

目前，能帮自己的只有东升与姐姐。东升要在厂里上班，他是流水线作业，不能让他为自己分心；姐姐家中有小孩要照顾，况且家中的田地只有她一人耕种，也不能太耽误她的工，看来只有靠自己了。

他找遍了大街小巷。在人群集中处的那些墙壁上，单位的宣传栏中有一些招工信息，有招公、检、法、司工作人员的，可是除要有与法律有关的专业文凭外，还有身高限制；招考税务、财政的要有财会专业文凭。

那些电线杆上的广告中，有招洗碗工的、发廊妹的、洗脚工的、舞厅服务员的，他甄别着这些招工信息，觉得没有一个适合自己的。

他在小县城走来走去，口干舌燥，虽然是寒冬，他却出了一身汗，不知道该怎么办了。走着走着，他瞧见有个年轻人在一报刊亭边看一张报纸，他凑上前一看，报纸上竟然也有招工信息，他喜出望外。见那人翻看几下报纸后，将报纸随便丢在大街上，他马上捡起来，在中缝中寻找信息。建新见到一个招工信息，原来是汽配厂在招"合同制"工人，要高中毕业文凭。他也不太清楚什么是合同制工人，认为只要是招的工人，离开小山村跳出农门就行。

他按照要求去工厂报名。当他来到荣城县汽配厂门口时，只见报名的人排成了一条长龙，他自觉站在最后，当轮到他时，被告知要户口所在地的居委会证明，还要看高中毕业证。

他又急忙找到居委会开出证明，紧接着，他爬上山，在家中找出自己的高中毕业证，下山全部是跑的，在山脚下，好不容易搭上车，进城后，还要过碧水河。这样一路耽误，他在大街上狂奔，之后又排队，看着长长的队伍，他心里急得像猫抓一样，直到工作人员快下班时，他才报上名，得知离开考时间只有2天了。

他考虑回家来回上下山太浪费时间，便赶往姐姐秀丽家，可是自己的高中教材还放在家中，怎么办？

姐姐家离县城有几公里路，他也顾不了那么多了，乘着夜色，他赶到姐夫教书的学校，说明缘由，王兴国教的是初中班。晚上，姐夫领着他到处找高中教材，总算有了学习资料，他干脆住在姐夫那里，按照姐夫的指点，如饥似渴地复

习，又对着书本的标题，强记每个章节的要点。

考试那天，建新按照时间早早到了考场，觉得这次考试是自己跳出农门的最后一次机会了。想到这里，他微微有点紧张，双手的手心都在冒汗，但他一次又一次地告诫自己，要沉着冷静。

进入考场，监考老师讲考规，发试卷，他深吸一口气后，仔细答题，不一会儿，他便进入状态。试卷很快做完，反复检查后交卷。

考试过后，他回家等通知。一天，当他正在帮父母干农活时，村书记李中民笑嘻嘻来到他家，给他带来了好消息：

"建新，恭喜你笔试成绩考得很好，但三天后还要赶往报名的地方考手工操作，听人说，主要是考双手臂力。"

建新得知这个消息，情不自禁地当着李书记面，一蹦三尺高，但他不知道怎么训练双手臂力，只能就地取材，看见放在身边的斧头，就搬起斧头劈柴。刚刚挥舞几下，就感觉两个膀子酸痛，但他一想到现在的苦就是将来的甜时，又挥动斧头不停劈柴。干柴劈完了，就劈湿柴，再劈那个一人根本无法搬动的杂木篼，手心磨出了血泡，他也不停止。

三天时间很快过去，手工操作就要开始了，他不知道要考什么，紧张得在工厂门前走来走去，抬头一看，考官有十几人，一脸严肃地坐在监考席上。

工作人员指着几根圆形钢管，在讲解考试规则和流程，他竖起了耳朵仔细听：

"这次手工操作其实很简单，你们只要用双手腾空托住这些钢管，在规定时间内，跑到前面划的白线后再跑回来，将钢管放回原处就算合格。考试分组进行，每组八人。"

"什么，就考这个？"很多人不屑一顾。

田建新记住了考试要点，他暗暗给自己加油：一定要成功。他正迟疑间，只听考官口哨一吹，考试开始。考生便依次搬动钢管，有人习惯性地扛在肩上，有人用双手紧紧抱住往前跑。

"淘汰。""不合格。"

他按照要求，用双手腾空托起钢管，很快跑到前面划的白线后，再马上跑回来，将钢管轻轻放回原处。

"考试合格。"

"好，第一个手工操作合格生诞生了。"

其他考生如法炮制，也有一些人合格。手工操作过后，厂里又叫这些合格人员明天再来工厂听通知。

当他第二天早早赶往工厂时，只见橱窗中的公告栏中，写有参加体检的人员名单，自己的名字排在第一位。名单下面，是参加体检的时间。看到这里，他又有点隐隐地担心，想起了那次麻纺厂的体检。但他告诫自己，一定要稳住。

体检那天，他早早赶到医院，抽血、化验、照胸片，他知道自己身体没有其他问题，就是身高差点，但这次好像没有要求身高啊。他听别人说起过，体检时挺胸收腹，头尽量向上昂起，可以立马升高2公分，他也不知道是真是假。他也不清楚自己近段时间是否个头长高了。

其他检查项目结束，轮到量身高体重时，他眼前浮现出那次体检未过的情景，就很紧张，但他马上镇定下来，想起别人教给自己的方法，昂首挺胸站在体重秤上，他明显看到显示的数字：身高1.61米，体重45公斤。

但他还是有点不安，一直等全部程序走完，也没有听见哪个叫他复检的声音，莫非自己这次体检合格了，他还是不放心，便壮着胆子询问体检中心的医生：

"医生，什么时候才能知道体检结果？"

医生白他一眼后，告诉他：

"结果早就出来了。"

他疑疑惑惑，怯怯地问道：

"那，那是否都合格了？"

医生再望他一眼，不耐烦地回答：

"如果没有叫你下午复检，就合格了。"

听到这个消息后，他喜出望外。体检过后，工厂分管人事的领导，又来到他所居住过的村里和代过课的学校进行调查，说是搞政治资格审查。他们找到李书记和黄校长，两人都对他称赞不已。其他相关人员也都说他的好话。

荣城县汽配厂办公室，几个正副厂长正在研究这次的录取人员，田建新笔试成绩考得最好，手工操作也是第一个完成要求的动作。身体合格，考察没有任何问题，毫无疑问名字排在第一位。之后，工作人员将这次的正式录取人员名单，写在一张大红纸上，工工整整地贴在工厂的宣传栏中。

就这样，田建新过五关，斩六将，终于当上了汽配厂的一名"合同制"工人。

久违的冬日暖阳照到了他身上，他感觉舒服极了，在心里暗暗发誓：

"一定好好干，为年迈的父母争光，为天界山人争光。"

他将自己当上工人的消息告诉家人时，两位老人眉头舒展，不知道说什么好，情不自禁地喃喃道：

"这下好了，儿子有救了。"

他们决定摆几桌酒席好好庆贺一下。这时，建新考虑到为给自己办户口，家中已经欠下了不少债，应该低调点，但年迈的父母执意要操办这事，他也不好拒绝。

田建新当上工人的消息传入天界山村后，小小的山村又开始热闹起来了，人人都羡慕田老汉养了一个好儿子。

这时，卖猪肉的愿意给他家赊肉，卖酒的同意给他家赊酒，卖烟的毫不犹豫地给他家赊烟。

好日子那天，阳光普照。亲朋好友都从四面八方聚集来，在他家吃这喜庆之酒，就连那些以前不怎么来往的亲戚，都从很远的地方赶着吃酒来了。

秀丽请来洋鼓洋号，从山脚一路吹吹打打一直到天界山，成天吹着欢快的曲子。

酒席从早上一直开到晚上，一拨又一拨人来来去去。准备的酒席吃完了，赶了一桌又一桌。到了晚上，亲舅舅请来的乡放映员也来了，在建新门前放上了电影，众人坐在宽大的银幕前，边看电影边叽叽喳喳个没完：

"建新终于当上工人了，吃上了国家粮，好样的。"

"是金子在哪里都会发光，有本事的人终究要出人头地的。"

"田老头养的这个幺儿子，终于得力了，比其他人都强。"

"你看，搞这样热闹，这在咱村还是头一回呢。"

校长黄胜利也来吃酒，他拍拍建新的肩膀：

"年轻人，好好干。"

只有罗金莲传出不和谐的声音：

"当个合同制工人，值得这样大操大办吗？哼！俗气，建新再怎么牛也不能与我儿子这个正式工人相比呀！"

第九章　合格车工

田建新家办了喜酒，亲朋好友都送来了礼金，积少成多，除去买肉、菜、酒、烟等成本外，还有些结余，他家用这些钱逐个还清了买户口时所借的账，一家人喜笑颜开，其乐融融。

春节过后没有多久，建新告别年迈的双亲，来到了小县城，进入汽配厂做了车工。他仿佛到了全新世界，暗暗发誓，一定要横下心来刻苦学习技术。

厂里这次新招收的年轻职工住的是集体宿舍，十几个人睡在大通铺中，这些从农村来的男孩们工休时偶尔也结伴在大街上走走，他们都庆幸自己也是一个城市边缘人了。看着灯火辉煌的大街，人来人往热闹非凡，他们像在梦中似的。

他们闲暇时，大都是在工厂门前的碧水河畔游玩、嬉戏。河道两旁，是青青的垂柳，倒映在清澈的河水中，与充满活力的年轻后生们，形成了一道靓丽的风景。看着这一河碧水，小伙子们都暗暗发誓：让这环城的碧水作为凭证，我们一定会在这里扎根、开花、结果，写出无悔的人生篇章。

建新分配在年长、脾气很倔的龚永强师傅手下，试用期为三个月。他虚心请教，常没话找话讨好师傅，但这人好像一个闷葫芦，每次建新试图与他搭讪时，师傅总是一句话，干活，再无二话。

他觉得这样下去不是办法。他联想起自己的老父亲，好像话也不多，就琢磨着，也许是生活的艰辛才将师傅变成这个样子的，难道师傅也有什么难言之隐？他从师傅不多的话语中，隐隐感觉到，一定是这个样子的。

他通过多方打听，得知师傅的老伴叫李蕙兰，腿脚不利落。唯一的儿子在10多岁时下碧水河洗澡时淹死了。之后，失去儿子的师母几乎失去了生活的信心。后来，高龄的师母好不容易怀上女儿，由于师母一直忘不掉儿子，心情不佳，导致这个女儿在娘胎中就营养不足。女儿出生时，很瘦小，尽管李蕙兰悉心照料，女儿长大成人后还是非常瘦弱。师傅一家人到处寻医问药，都说孩子没有什么疾病，主要是进行饮食调理。

他知道这些情况后，更加尊重师傅。没多久，就到了农历端午节，工厂给职工放一天假，他也想与家中年迈的父母聚一下，但前几天父亲刚到过厂里，再三叮嘱他要安心跟师傅学技术，不要挂念家里，两位老人都很好，自己的病情也缓解了许多。

建新觉得回去一趟过河爬山的，要大半天才能到家，况且只能在家中住一晚，考虑清楚后，就决定不回老家了，趁着节日看望一下师傅去。

他打听清楚了，离工厂不远的碧水河堤岸上，是一排排低矮破旧的小房子，住着几十户人家，最边上的那家就是师傅的住所。

端午节那天，他提着礼物，远远看见一个老人拉着板车，上台阶时，很吃力的样子，他马上跑几步，在后面帮忙推装满煤粉的板车。龚师傅一下子感觉轻松许多，转过头来一望，见是自己徒弟田建新，脸上现出了不易觉察的一丝笑容。建新见这个推板车的老人竟然是自己师傅，当时懵了，半晌说不出一句话来。

师徒两人将这车煤粉倒在台阶上，师傅领着他来到家里，对着家中两个女人介绍道：

"建新，这是你师母，这是我女儿龚丽丽，比你小一岁。"

他很惊诧，面前这个小女孩竟然与自己年龄相仿。他正迟疑间，龚师傅又拉着他的手，将他介绍给自己的家人：

"这是我徒弟田建新。"

他高兴地叫着师母和师妹，龚师傅介绍完，便提着一个铁器出去了。

这时，他看见干瘦的师母正在包粽子，包一会捶一下背，师母旁边坐着弱不禁风的师妹，正在学着师母包粽子，偶尔对自己笑一下。家中有一台黑白电视机，就是唯一的电器。

师母包好粽子后，就将一个藕煤炉子提到走廊上，用干柴发火，放煤球，煤球刚放上去，浓烟滚滚，呛得人眼泪直流。看到没有几个煤球了，他马上意识到师傅可能出去做煤球去了，就赶紧出去。

他走到台阶下，只见师傅将那堆煤粉浇水，用双脚踩均匀后，提起模子用力杵，只杵几下子，就将一个煤球放在旁边的地上。一会儿，师傅就大汗淋漓。

他见状，立刻抢过模子，然后按照师傅的动作，用力杵，但他做出来的煤球不成样子，师傅抢过来，摇摇头，自己做。他不相信自己连个煤球都做不好，在师傅做煤球时，仔细看，通过观察，他明白了，原来是自己没有掌握好力度。想明白后，他从师傅手中抢过模子，现学现卖，慢慢控制好力度，终于做成了像样的煤球。

不一会儿，师娘李蕙兰喊他们吃粽子，师傅带着他回家后，建新与师傅一家人开心地吃粽子，女孩不时对他笑笑。

了解师傅家中的情况后，每到周末，他就去师傅家，帮师傅家做煤球、买米、挑水等。师娘打心眼里喜欢他，经常做可口的饭菜招待他，虽然炒的多是蔬菜，但特别可口。

师傅看在眼里，喜在心头，一改多日对他的冷淡，两人热络起来，也不时教给他很多关键技术，他喜出望外，对师傅的一招一式仔细揣摩、学习，长进很大。

师傅女儿也经常与他搭话，吃饭时给他夹菜，还眼神复杂地看着他，经常没话找话地与他聊天。一来二去，师傅看出了端倪：难道这丫头看上自己的徒弟了？

龚永强摸不清建新心里到底是怎样想的，知道建新父母就他一个儿子，通过这几个月的近距离观察，觉得自己徒弟确实是个好孩子。可是建新会看上自己那么瘦弱，且长相平平的女儿吗？一天，师徒俩正在做一个汽车零件，龚师傅绕山绕水地问建新：

"你有女朋友吗？"

建新便将与彩霞还未开始就结束的朦胧感情向师傅和盘托出，还没心没肺地告诉师傅，将来一定要找个比彩霞强的对象。师傅表情复杂地看他一眼：

"是呀，是要找一个强的。"

然后，龚永强一直闷着头做事，半晌没有搭理建新。之后，龚师傅告诉他：

"你以后不要去我家了。"

他丈二和尚摸不着头脑，不知道自己在师傅家做错了什么事。他问师傅是什么原因，师傅只是摇头，他也不敢多问。

一天夜里，有个工友跟他开玩笑：

"你经常往龚师傅家里跑，莫非看上他那袖珍女儿了？"

他见这个工友竟然敢取笑自己，轻视师傅，便怒火中烧，猛然上前，左手一把抓住那人的衣领，右手掐着脖子，气愤地吼道：

"你说什么？跟老子讲清楚。"

那人嗷嗷叫着：

"开个玩笑而已，不要当真，快放开我。"

直到这时，他才恍然大悟，难怪师傅不让自己去他家了，原来是怕女儿受到伤害啊。建新回想这个少女对自己的点滴，他搞明白了，师傅女儿可能看上自己了。他心里很矛盾，按说师傅一家都是善良人，但要自己与一个没有任何感觉的女孩生活一辈子，他又不甘心。于是，他与师傅相处时就很尴尬，他不知道如何向师傅开口，但这事又不能不解决。

转眼又一个月过去，他发了工资，就请假回家，准备给父亲治病去，顺便感谢一下恩人黄校长。俗话说，人逢喜事精神爽，老爹自从他进工厂后的这几个月，竟然没有犯过一次病，他知道后很高兴。

得知父亲身体没有大问题，他便提着礼物来到黄胜利家，黄校长见到自己的得意门生，笑得眯了眼睛，师娘见他提着礼物，就笑着责怪他：

"建新，你见外了，提礼物干啥？攒点钱说门亲事去。"

他谦逊回答：

"黄校长，师娘，感谢你们那时帮我，不然，我哪有工作啊。师娘的病治疗好了？"

"好了，好了。"

几个人又说了许久的话，他才告辞。从黄校长家回来，已经到了晚上，他便

将自己的困惑说与母亲听。正在他与母亲说这事时，一个高大的人影忽然立在他面前，对着他大大咧咧问道：

"建新回来了，你们在说什么呢？"

他一看，来人是母亲的一个远房侄儿，叫凡新钢。这人从小就是个孤儿，吃百家饭长大，家里穷得叮当响，从小无父无母，虽然他干农活是把好手，但没有人给他划算、料理生活，三十多岁了，还没有说上媳妇。这个远房侄儿经常来他家，央求姑妈给自己说个媳妇。

今晚，刚好表哥又来到他家。他母亲想起刚才儿子的困惑，便表情复杂地看看远房侄儿，叹口气后，就与这侄儿聊起儿子师傅家的事。没想到他母亲话还没说完，新钢就等不及了，马上请求姑妈给自己做媒去。他诚恳地对姑妈表态：

"我虽然没有房子，但我也没有任何拖累，我愿意去那里做上门女婿。"

建新母亲直视着自己的侄儿：

"钢娃，终身大事，可不是开玩笑的啊。"

钢娃急得直跺脚，辩解道：

"姑妈，你看我像开玩笑吗？我是认真的，一直以来，你对我最好，希望这次也能成全我，我好想有个家啊。"

建新母亲见侄儿说得这样恳切，便点头答应试试看，能否成功就要看彼此的缘分了，远房侄儿像鸡啄米般点头。

受侄儿之托，建新母亲随儿子来到师傅家，师傅一家人感到很惊讶，当建新母亲说明来意后，师傅答应先看看人后再说。于是，母子两人连夜上山，第二天就将钢娃带下山。到了师傅家，表哥见师娘在做饭，就很想在老丈人家露一手，便跑上跑下地去帮着打下手。

师傅家做的火锅是芋头炖排骨。吃饭时，只见钢娃将那中间的排骨挑出来敬与两位老人，再夹与女孩，自己专拣那些边角废料吃，眼看哪个碗里的米饭快吃完时，及时给师傅一家人盛饭，自己也舀了一碗又一碗。起初，师傅眉头皱在一起，默默吃饭。饭后，表哥又帮着师娘洗碗，给两位老人倒茶，给女孩也准备了一杯。师傅眉头逐渐散开，最后脸上竟然露出笑容了。

龚丽丽开始有点不乐意，但考虑到自己与建新已经无望，建新这个表哥看起来也还算忠厚，对自己看来也上心，况且，自己身体这么瘦弱，也需要这么强壮的男人做靠山。就这样，女孩听从了父母建议，同意了这门亲事。没过多久，表哥就成了师傅家的上门女婿。

师傅见女婿力气大，就给女婿找了一个临时搬运工作，一家人开心地过着小日子。看着师傅脸上重现的笑容，建新一颗悬着的心终于放下来了。这样，师傅也把他当作了自己人，一心一意教他手艺，他很快掌握了制作汽车零部件的基本技艺。几个月后，他通过工厂测试，实习期结束，成了一个合格车工。于是，工厂与他签订了正式劳动用工合同，每月的计件工资也看着见涨。

第十章　掌握厨艺

女儿的婚事，是困扰师傅多年的老大难问题，现在圆满解决了，师傅一家人都很高兴。田建新与师傅家又有了亲戚关系，便更加赢得师傅信任，他与师傅一家人的关系处理得十分融洽。

龚师傅见女婿每天吃那么多，就对着师母叹气：

"这人饭量很大，又没有城市户口，自然就没有粮食供应，现在，三个人的口粮要供四个人吃，如何是好啊？"

李蕙兰安慰丈夫：

"俗话不是说个大力不亏嘛，更重要的是，这孩子别看长得五大三粗，心还挺细的，关键是能从内心里心疼咱们女儿，这比什么都强。"

师傅也不再说什么了，通过多日仔细观察，觉得这个从小在大山中长大的男孩确实有一把蛮力，一袋米扛在肩上轻飘飘的，从碧水河坎边的水井里挑担水走上坡都是一路小跑着的。

师傅为女婿找的临时搬运工收入不稳定，有时成天没有任何事做。而自己的那点工资很难保证一大家人的生活支出，就想尽快为女婿再找个事做，解决一家人的吃饭问题。

当时，汽配厂食堂伙食很差，菜基本上都是一大锅煮的，很少有油水。这样一来，很多条件好点的职工就经常去外面吃饭。建新知道这一信息后，考虑到师傅家现有人手也够了，可否考虑开一个小餐馆。

于是，当他与师傅一起做工时，就给师傅建议：

"师傅，我有个想法，不知道可行不可行？你看啊，现在工厂员工这样多，我观察了，很多人经常在外面吃饭，是一个很大的客源市场，况且表哥也没有固定事做，能否考虑开一个小餐馆？"

师傅歪着头，抬眼看看他，自嘲道：

"开餐馆？你表哥？场地怎么办？启动资金怎么办？只怕说来容易做来难啊！"

他定睛看着师傅：

"不试试看怎么知道不行？场地可以在工厂外面临时搭建个小屋；启动资金可以找人帮忙凑点；人手有我表哥，还有师娘，我也可以利用空闲时间帮忙啊。"

他三番五次给师傅做鼓动工作，师傅才答应回家与家人商量去。当师傅将想开个小餐馆的想法征求家人意见时，没想到老伴第一个赞成，女人兴奋地告诉丈夫：

"我母亲很早以前就开过餐馆，我小时候就在餐馆帮过工。"

"有这种事？我怎么不知道？"

女人叹口气，幽幽道来：

"只是儿子走后，我心里面留下了阴影，总是担心女儿也会遭遇不测，况且丽丽先天营养不良，多年来，就一心一意照顾她，无暇顾及其他。"

龚师傅见自己女人这样伤感，怕她再想起以前的不幸事，就打断她：

"现在好了，女儿有了归宿，有女婿悉心照顾着，我们可以放心去做事了。"

女人接过话：

"女婿虽然能吃、家里穷，但心里亮堂堂的，很好。"

两位老人有意向后，就征求女婿意见，钢娃也赞成开个餐馆，自己好天天有事做。还对着自己的女人扮鬼脸，用双手将眼睛和嘴巴捏在一起，笑着对她说道：

"开餐馆，天天给你做好吃的。"

龚丽丽嬉笑着，捏紧拳头捶打丈夫，满脸喜悦。

就这样，经过与工厂协商，简单的筹备，师傅家在工厂的外墙边搭建了一间临时小屋。经过简单的设计、粉刷，小餐馆还像模像样，取名"如意餐馆"。

一个阳光明媚的吉日，小餐馆开业。噼里啪啦，鞭炮声响起，提花篮的来了；又一阵冲天炮"嗖、嗖"响过后，送发财树的来了。

"恭喜发财。"随着一个洪亮的声音传来，工厂的厂长也满面春风道喜来了。师傅与师娘站在小屋两旁迎接客人。他们个个笑逐颜开。

这时，那些来捧场的亲朋好友、看热闹的左邻右舍在叽叽喳喳：

"龚永强师傅自身技术过硬，为人也忠厚，带出来的徒弟多，在工厂有人缘，你看，今天人气好旺啊。"

"听说这老师傅婆娘的厨艺好，小餐馆生意以后肯定会红火的。"

"龚师傅以前是个闷葫芦，现在都肯开餐馆了，人也变开朗了，真是奇怪啊。"

"听说是他那个叫田建新的徒弟开导他的，你看那个徒弟多能干，今天忙上忙下的，对客人照顾得多周到啊。"

"哎呀，那真是太好了啊。"

自从师傅家餐馆开业后，田建新一有时间就跑去餐馆帮忙。清早，其他人还在睡梦中，他就起来帮助买菜；中午，在像蒸笼蒸过的灶膛前，他在烧着柴火，红红火光，映照着他年轻的脸庞，汗水顺着脸颊往下淌，他也不管不顾。他眼快手勤，又肯吃苦，很受师娘赞赏。

李蕙兰有自己的小九九，她只想将手艺传给自己的女儿，但龚丽丽对这一行一点也不感兴趣。况且，丽丽又怀有身孕，根本不来餐馆，每次都是母亲打包给女儿回家吃。师娘无奈，就想将厨艺传给女婿。每次她都叫女婿掌厨，自己站在旁边，悉心指导。

建新每次帮忙时，师娘都不让他上灶台，只是叫他帮忙烧火、洗菜、端菜。

偶尔忙不过来时，才叫他帮忙炒一下菜，几个主菜是不会让他沾边的。他也没有在意这些，只当是报答师傅的教导而已。

李蕙兰看他勤快，有点过意不去，又看他有工作，不会干这一行抢自己的饭碗，也将那些简单的煨汤、煲粥的一般技术教给了他。但日复一日，周而复始，师娘炒菜的每个步骤已经无意中烙在建新心里了，他逐渐掌握了炒菜的基本步骤。

一天夜里，建新与寝室的工友闲谈，聊到师傅的餐馆，其中一个工友说道：

"你师傅餐馆的菜确实好吃，唯一不足就是去那里吃饭要耽误时间，如果能送到车间里面吃就更好了。"

说者无心，听者有意，他马上将这一信息及时反馈给李蕙兰，建议师娘兼做快餐外卖。

师傅一家人经过商议后，认为他的建议很好，于是他们除做火锅炒菜供应来餐馆的人员就餐外，还做外卖。他们为女婿专门买了一辆摩托车，叫他去送到工厂、车间，这样，餐馆的生意更加兴旺起来。

春去秋来，一天中午，师娘正在炒菜时，一帮人来到餐馆，师娘马上笑脸相迎，请他们坐，递给他们菜单，让他们点菜。

"点什么菜，你这违章建筑要强行拆除，限你在3日内自行拆除，不然后果自负。"

说完，这些人给店内留了一张纸条，就走了。师傅一家人商议，认为餐馆生意刚刚有点起色，如果拆除了这间房子，一家人的生活又陷入了勉强维持的境地，但不拆除，又违反了政策。

那几日，师傅一有闲暇，就到处转悠，满城都在拆除那些临时建筑物，师娘瘸着腿也在小县城各处打探，得出的结论与师傅一样。但他们还是抱着侥幸心理，不愿意拆除。

不几天，工厂将师傅的工资停发了，说是如果不拆除，从此就没有工资了。他们只好拆除了这个临时搭建的小棚。一家人愁眉不展，好难过。

建新来到师傅家，及时安慰大家，他建议师娘在自己家中做好饭菜后，让表哥到处送。开始时确实没有什么生意，但过一段时间后，家中又忙活起来了，看着这越来越多的订单，师傅一家人齐声感慨：

"幸亏有建新这个好建议，不然窝棚拆除了，一家人真不知道怎么办才好啊。"

建新在给李蕙兰帮忙的过程中也学到了师娘做菜的技艺，可谓各有收获。

龚师傅眼看自己年龄越来越大了，想有个传人，女婿没有城市户口，年龄也那么大了，招不了工，也就无法干这一行。通过多日的近距离相处，师傅看准了建新是个好接班人，考虑了很久，决定把自己平生做零配件的绝活传给他。建新学到了师傅的手艺，得到了真传，可以说是如鱼得水，干劲更足，他高兴得成天咧开嘴笑。

第十一章　脱颖而出

时间如白驹过隙，转眼到了秋天。田建新得到了师傅真传，手艺更加娴熟，自己也成了师傅，可以带徒弟了。他做汽车零件时，徒弟可以帮忙，这样一来，收益就增加了，他因此成天欢天喜地的。

他在师娘的餐馆里学到了一手好厨艺，长期在餐馆中吃饭，饭菜营养均衡，进工厂时瘦小的他，身体像春笋一样一天天拔节，长成了高个子，与刚刚进工厂时的他，简直判若两人。他经常在大街上遇到熟人，与他们打招呼时，别人都会问他是谁，当确信是他时，都说认不出来了。

不久后，工厂要招车间主任，主要条件是技术过硬。工厂领导们决定公开进行技术大比武，大门前的宣传栏中还贴出了招考公告。

他看到这一消息后，兴奋不已，又有点不相信，但公告上写得明明白白，他便跑去问师傅这一消息是否属实，师傅点头确认。于是，他决定好好抓住这次机会，志在必得。建新在车间反复练习，结合师傅教给自己的绝招，从这些简单的原材料中想法子、找点子。

秋高气爽，阳光普照，万里无云。这一天，工厂决策者们邀请来上级主管部门的领导亲自观看技术比拼。领导们、工厂的技术权威们坐在评委席上，师傅是公认的技术权威，当然稳坐在评委席上。

裁判在介绍比武的规程、要求：

"这次比武大家都清楚，是选锻造车间的车间主任，看哪个选手在规定时间内，固定材料中，做出来的汽车零配件多、好，而且节约材料就选谁。"

只见裁判口哨一吹，比赛开始。选手们屏住呼吸，一心一意动手做了起来。整个车间只听见机械车零件的隆隆声。田建新更是不甘示弱，他太想得到这次机会了，就有点急躁，他望一眼端坐在评委席上的师傅，龚永强面无表情地直视着他，他便懂了，师傅是叫他心无旁骛。

于是，他摆正心态，什么也不想，做好自己就行，便将全部精力投入到做零件中。他科学取材，在一整块钢材中，首先做大件的，做成精品；然后做稍许小点的，也力求实用美观；就连那些碎块，他也做成了可用的小零件。旁边参赛的人见他做那么小的零件，觉得他耽误时间，对他嗤之以鼻，他也没有时间理会这些，坚持做自己的。

裁判口哨声吹响，比赛时间到。工作人员逐个清点数字。田建新与其中一个老师傅相差无几，将那么多参加比赛的选手甩在后面，但这个老师傅边角废料剩下不少。只有他一个人，将那些边角废料全部利用上，而且还有大件的精品零件。工作人员亲眼瞧见他在这么短时间内，做出了这么多这么好的零部件，个个惊奇地瞪大了眼睛。

评委席上的评委们各抒己见：

"老师傅有经验，有魄力，是锻造车间主任的最佳人选。"

"既然公开比赛，就要按比赛结果办，田建新年轻，将来的发展前途更大，缺少经验，可以在实践中学习，况且，他又那么好学，相信他不久的将来，就会是一把好手。"

龚师傅更替他据理力争：

"田建新在规定的时间内做的零件最多、最好，用材料最节约，应该选择他。"

经过评委们反复商议、评选，比赛结果，田建新胜出。就这样，他凭着自己的实力，成为锻造车间主任的不二人选。他心里高兴得比喝了蜜还要甜。

当时，工厂的那些年轻人，下班后没有什么事做，逛街毕竟不是男孩子的喜好，他们闲得无聊，就经常聚在一起喝酒、打牌。有一天晚上，厂长从他们宿舍门前路过，听见屋子里闹哄哄的，他侧耳仔细听，只听见宿舍的左边在打麻将：

"边三条自摸，条一色啊，开钱。"

右边在打扑克：

"吊主，一对红桃2，一对方块7。"

过了一会儿，厂长又听见尖叫声：

"我赢了，你们乖乖开钱啊。"

"你将得到的分数数错了，哪有钱给你开，你要倒赔钱啊。"

"你们耍滑头，明明有这么多分，想欺负我吗？"

"怎么的？想打架不成？嗯？"

厂长听见这些怪叫声，不停摇头：

"这些年轻人怎么办？这样下去不行啊。"

第二天，厂长晚饭后在工厂周围转悠，听见呐喊声此起彼伏：

"一车间加油！"

"二车间加油！"……

他循着声音好奇地走过去，看到一些年轻人在碧水河堤坝上，当时正准备扩建厂房的一大片荒地上拔河。原来是田建新所在的一车间与二车间正在进行拔河比赛，三打二胜，随着裁判一声口哨响起，比赛开始。两个车间的小伙子铆足了劲，中间的红绳结一会往这边偏，一会儿往那边倒，两边都站满了工厂家属和小孩组成的啦啦队：

"一车间加油！"

"二车间加油！"……

几个回合下来，建新所在的一车间将绳索拔过来了。又经过几轮比赛，一车间赢了，于是，赢了的人们奔走相告：

"我们一车间赢了！"

"咱们一车间的田建新主任站在最前面，两次都是裁判刚刚吹响口哨，二车间还没有反应过来时，一把就将绳索拉过来，太刺激，他太帅了。"

厂长目睹这一切，觉得建新是个可用之才，就想再给他压点担子。

第二天中午，厂长将他叫到办公室，倒一杯水给他，笑着对他说：

"年轻人，近段时间，上级要求我们工厂要开展双文明活动，厂里现在打牌赌博成风，不刹住不行，我想让你担任工厂的团委书记，将那些人组织起来，经常开展活动，譬如你们昨天的拔河比赛就搞得很不错。"

他有点不相信厂长说的话是真的，自己从来没有管过这事，又怕自己干不好，辜负了领导的信任，就舔了一下嘴唇，咽一口唾沫，真诚地说道：

"我不知道能不能干好这事。"

厂长拍拍他的肩膀，眼光柔和地看向他：

"万事只要用心，没有干不好的，我相信你。"

就这样，在毫无征兆的情况下，田建新当上了厂办的团委书记。之后，他利用一切机会，组织青年人开展各种有益身心健康的活动。

他就地取材，首先将宣传橱窗利用起来，办好专栏。晚上，他自学版面的设计、制作，出了第一期样板。工人们闲暇时，都走到橱窗前看看，见到这耳目一新的专栏，都对他竖起了大拇指。

但专栏内容需要时时更新，他就号召工厂文学爱好者踊跃投稿，及时报道工厂里面发生的好人好事。但这些人都没有经过正规培训，写得五花八门，不规范。他给领导们建议，请专业人士来工厂上堂课，他的建议得到了领导们的许可。于是，他去县委宣传部新闻组，请来了授课教师。

周末，阳光明媚的早晨，空气格外清新，汽配厂首次新闻课开讲了。只见擅长写新闻的老师气定神闲走上讲台，扫一眼临时教室，看见这些朝气蓬勃的面孔，抑制不住兴奋，神采飞扬地说道：

"今天，我受汽配厂团委委托，与大家一起聊一聊新闻写作，那么，首先我问一下大家，什么是新闻呢？简单一句话，那就是狗咬人不是新闻，人咬狗才是新闻，够形象吧？"

这个老师话音刚落，那些年轻人在下面轻轻地交头接耳，起先不怎么明白，仔细一想，还真是这样的，所谓新闻，那肯定是最新发生的人和事，除新外，还要求奇、有特色。

老师讲课后，他们大多数人也就完事了。田建新除上课认真听讲外，还及时编写文字，反复练习，按照老师所教的仔细修改。这样一来，他进步很大。便尝试着往当地的县级报社投稿，没有想到，几天后，有个工人在工厂所订的日报上看见了他的豆腐块文章，这个工人将这事到处宣扬。没有几天，他还收到了报社寄来的一张汇款单，有20元。他第一次见到自己所写的东西成了铅字，激动不已。当晚，他彻夜未眠。这更加激活了他的文学爱好。

对于办好工厂的宣传橱窗，建新更加有信心了，他给职工上课，号召他们利用空余时间积极写稿，他及时给他们修改。工厂的那些文学爱好者，知道他写字有了收入，也跟着效仿。如此一来，大家写作的积极性都空前高涨。轻而易举就将大部分年轻人聚集在文学这方神圣的殿堂里来了。空闲时间，工厂里打麻将、玩扑克的人渐渐减少了，清风正气逐渐树立起来了，他也有了更大的目标。

第十二章　情定草原

通过开展各种文体活动，工人们的劳动激情调动起来了，他们以厂为家，干活时浑身是劲，上级给工厂定的生产任务也早早完成了。由于工厂效益好，工厂决策者们为了鼓舞士气，激励大家更好工作，通过研究，决定拿出一笔钱来，奖励各个技术骨干和生产能手去西北草原游玩。

大家坐火车转汽车，下火车后去景点还有几个钟头车程，为了使大家不至于太沉闷，田建新作为厂办团委书记，便当仁不让当上了临时节目主持人。只见他拿起司机旁边的话筒，轻咳一声后，环视一下整个车厢，缓缓道来：

"为了活跃气氛，我自告奋勇来个抛砖引玉，首先来一首《草原之夜》怎么样？"

"好。"

随着大家的鼓掌声，他便声情并茂地唱了起来：

"美丽的夜色多沉静，草原上只留下我的琴声……"

他刚刚一唱出声，全车人都瞪大眼睛望着他，跟着他演唱的旋律自我陶醉，摇头晃脑，不由自主轻轻跟着哼起来。当他演唱完毕，全车人爆发出雷鸣般的掌声，这时，有人开始喝彩：

"唱得好，再来一首！"

他故意卖关子，开始点将，根据平时所掌握的每个人特长，让他们尽情发挥。基本上人人都上台表演了自己的拿手好节目。其中有个长发美女，女中音唱得特别好听，这时，有人起哄：

"让最佳男高音与最佳女中音来一首草原情歌对唱，好不好？"

"好，太好了。"

他通过打听，知道这个美女名叫李群芳，是刚刚招进来的财务人员。面对众人这般哄闹，与大家还不太熟悉的李群芳有点不好意思。这时，那些人更加起劲了：

"一二三四五，我们等得好辛苦，一二三四五六七，我们等得好着急。"

他们边喊边拍手，一直喊个不停，拍个不休。李群芳被逼得没有办法，被同事们推推搡搡着走在前面。

建新征求她的意见，看唱什么歌，这时，有人提议：

"既然是去草原，那当然要唱与草原有关的歌，让这对俊男靓女来一首《敖包相会》怎么样？"

那些人群情激昂，齐声吼道："好！"

于是，二人便对唱起来。

建新首先高亢地唱道：

"十五的月亮升上了天空哟，为什么旁边没有云彩……"

建新演唱完毕，群芳接着也大大方方唱道：

"如果没有天上的雨水呀，海棠花儿不会自己开……"

"唱得太好听了，琴瑟和鸣啊。"

很多人情绪高涨，尖声大叫着。在两人唱歌时，摄影师及时捕捉镜头，留下了温馨和谐的画面。这时，建新的一个徒弟实在忍不住了，站起身来，大声打趣道：

"师傅，我们天天在一起做事，怎么没有发现你还有这个特长啊?"

他微笑着幽默回答道：

"我迄今为止，还没有什么突出的，到年老时，可能腰椎间盘会突出。"

话音刚落，众人会意，便哈哈哄笑起来。草原到了，建新买了门票，带领大家进入草场。大家望着这一望无际的碧绿草原，忘情地手舞足蹈起来。天空湛蓝湛蓝的，头顶上白云朵朵，仿佛伸手就能抓住似的，大家跳啊、蹦啊，用力往上抓。男士们骑上骏马，尽情在辽阔的草原驰骋；美女们穿上蒙古族长裙，在草地上摆着各种姿势，工厂的摄影师"咔嚓咔嚓"个没完。

美女们照相后也想骑马。当草原的管理人员讲解骑马的注意事项时，美女们已经等不及了。看有人牵着一匹马过来，群芳便迫不及待地跨了上去。只见她双手提起套住马鼻孔的缰绳，大吼一声"驾"，她所骑的那匹棕色马便飞奔起来。

骑在马背上的建新，无意间一抬头，只见一位身穿红衣，长发飘飘的美女从旁边擦身而过。那一刻，他心中的某种情绪被激活，那感觉是如此美妙，竟痴痴地对那背影望了许久。但他马上清醒过来，苦笑一下后，飞奔上前，想要超过这匹马。

须臾，他便望见一条较宽阔的污水沟，而长发少女的马匹越跑越快，眼看少女已经无法掌控那匹马了。这时，驯马官见情况不对，及时发出叫马停住的口令。但正在奔腾的马儿由于奔跑着的惯性，一时间根本无法停顿下来，眼看很快就要到污水沟了。这时，美女发出了惊恐的尖叫声，工厂那些骑在马背上的人，也声嘶力竭地高叫道：

"群芳注意，千万别摔下来了啊。"

各种嘈杂声混在一起，狂奔着的马匹受了惊吓，头高高昂起，一声长鸣，抬起前腿，就要掀翻马背上的佳人。

说时迟，那时快，只见建新提起骑着马的缰绳，加快速度，当他所骑的马与群芳的马儿相遇的瞬间，他翻身下马，及时抱住了从马背上滚落下来的群芳，二人随着惯性顺着草地滚出去好远。

美女惊魂未定，还在不停尖叫，好不容易才停顿下来，当她捶捶腿，甩甩手，摸摸头，确信自己毫发未损，继而看清楚是建新抱住自己时，羞得满脸通红，表情复杂地看他一眼后，马上从他怀里挣脱着跑开了。从各方赶来的众人，见群芳没有发生危险，都长长地松了一口气，看见他抱住佳人时，又一脸坏笑地起哄开玩笑。摄影师当然不会放过这难得的瞬间，镜头定了格。

众人一看，水沟边上，飞马强迫自己停下来的地方，马儿用前掌抓出了一长条土槽。大家一齐惊呼：

"刚才好险啊，若不是建新救援及时，群芳恐怕早摔下了污水沟，生死难料啊。"

群芳自从草原回来后，心中就忘不掉建新了。她不管做什么事，眼前总是晃动着他的身影。她想看见他的样子，听见他的声音，时时感受他的气息。特别是在自己即将发生危险时，他不顾一切地救自己，而其他人只是尖叫着让自己小心，没有任何实质动作。她也不清楚自己究竟是怎么了，不知道该如何是好。

其实，建新也忘不了群芳，自从那次草原回来，那红衣少女长发飘飘的身影，已经在自己的心头留下烙印，在心间定了格，再也挥之不去了。

他将群芳与彩霞在自己心目中的位置做了对比，越想越清晰。论感觉，说到底，彩霞只是邻家小妹妹，而对群芳是男女之情，那躺在自己怀里时散发出来的少女淡淡体香，是那样迷人。这就是自己梦寐以求的心中女神味道。他也想过家庭经济条件相差太悬殊，但他坚信，自己通过努力，一定会改变这种现状的，于是，他旁敲侧击得知群芳对自己有好感后便大胆与群芳坦然相处。

不久后，群芳为了感激他的救命之恩，也想征求一下父母的意见。但母亲给在外地的哥哥带孩子去了，她就先让爹帮忙斟酌一下。于是，她将建新和他的徒弟一起请去家中吃饭。建新见群芳爹一个人在厨房忙碌，就主动走进厨房帮忙。她爹见后，摆摆手，示意他们几个年轻人聊天去，说不用帮忙。

他诚恳地对老人说道：

"我不善于聊天。"

说完这话后，他就帮着洗菜、切菜、做火锅。群芳爹李强林一看田建新那娴熟的架势，活脱脱一个老把式，就问他家以前是否开过餐馆，他便将自己在师傅餐馆帮忙的过程说与群芳爹听。李强林心里暗暗欢喜，还与他一起切磋厨艺。

吃饭时，李强林问起工厂的情况，田建新就如实回答，群芳爹心里跟明镜似的。

李强林通过这次接触，感觉小伙子人品确实不错。在交谈中，知道他家经济条件很差，就很犹豫。于是，李强林等建新走后，就选女婿一事，与女儿进行了一次长谈，建议她仔细考虑清楚。但群芳认为，人是第一要素，其他的都是可以改变的。她选定了建新，她爹见女儿这样坚持，也不好再说什么了。

群芳仔细想清楚后，心中认定了建新，就多次找机会与他相处。师傅看两个年轻人情投意合，就决定成全美事。当师傅找到建新，问他是否需要师娘做媒时，他告诉师傅，还是回家征求一下父母意见。

建新也很久没有回家了，爹给他带来许多次信，叫他安心工作，千万别牵挂家里，自己没有患病，身体好着呢。他不知道自己不在家的这段日子里，爹身体到底怎么样，是否患病时瞒着自己。自己的终身大事，也要知道双亲的想法，他决定抽时间回家一趟。

第十三章　强行取田

正当田建新专心致志学手艺，赚了钱后好给父亲彻底治病，并交了女朋友，准备征求父母意见时，天界山上正在调田，这次调田，实行的是"大不动，小调整"。

话说在山上包村的乡政府干部名叫罗吉祥，这个人与卫民妈罗金莲是叔伯姐弟。他高中毕业后，当时未找到合适的事做，通过关系来到天界山当代课老师，那时，来山上代课的还有一个叫王兴国的小伙子，田建新的姐姐田秀丽高中毕业后也在这个小学代课。初来乍到，几个年轻人关系处理得很融洽。

田秀丽长得很漂亮，又特别能干。再加上寂寞无聊，在那闭塞的山村小学，正值精力过盛、风华正茂的他们，特别需要美好爱情来调剂单调的生活。就这样，两个小伙子都对秀丽发起了爱的攻势。

兴国朴实、勤劳，性格随和，热爱生活，利用课余时间复习功课，经常写文章往报社发，还爱好摄影。吉祥自尊心强，不服输，肯吃苦。秀丽经过反复比较，觉得兴国更适合自己。于是，她选择了诚实勤奋的兴国，与他结成了连理，随着他去山下生活，再后来，兴国考上了民师，成了正式教师。

为这事，罗吉祥异常气愤。他想不通，论相貌、家庭背景，王兴国那小子简直无法与自己相提并论，秀丽怎么会选那小子而不选自己呢？为此事，他愤然离开了天界山村，后来发奋复习，考上了乡政府的"招聘干部"。

这次田土调整，他主动请缨来天界山，他要让这里的人特别是田建新家人瞧瞧，没有人可以小瞧他，他现在发迹了，当上了副乡长。

他来到天界山村，首先召开村组干部会，然后召开群众会，传达上级有关文件精神。这次承包责任田的调整对象分进田和取田。进田的条件：娶进来的媳妇和出生的小孩。取田的条件：嫁到外村的女儿；死亡的人；有正式工作，并且将户口转到城里的人。

当时，凡卫民爹凡茂盛是这个组的组长，罗吉祥首先从建新那个组开始，他来到卫民家，一家家地清理嫁出去、娶进来、出生、死亡以及有正式工作的人员。

卫民哥哥娶了嫂子，又添了一个侄儿一个侄女，取出卫民一人的田，要进三人的田，实际要进两个人的田。

凡茂盛当了多年组长，对本组农户每个人的秉性都基本熟悉。知道建新爹田

祥军一向爱惜自己那点田，精耕细作，将承包田伺弄得特别仔细，不像有的人家掠夺式经营稻田。他很想得到建新家里调出来的田，见罗乡长也不是外人，就将自己的这一想法告诉了罗乡长。罗乡长看看自己的叔伯姐夫，勾着指头给他算账：

"你家要进两个人的田，建新家按照政策只能取出一个人的田，还差一个人的田如何是好？"

罗乡长清楚地告诉凡茂盛：

"建新姐姐田秀丽已经嫁到山下的邻村，将她的田取出来田祥军应该是没有任何异议的，现在关键是建新的田，他买的是'蓝印户口'，按政策是可以不取田的，况且，他也没有正式工作，要取他的田道理上也说不过去。"

凡茂盛见罗乡长担心，眉头一皱，计上心来，拍拍罗乡长的肩膀，蛮横地说道：

"老弟，不要将那些所谓的上级文件执行得太死板，俗话说得好，上有政策，下有对策，田祥军子女都不在家，他一个老头子知道什么？等他儿女搞清楚时，取出的田早已归我了，难道他们还能翻天不成？"

参加工作没有几年的罗乡长不确定地问道：

"这样真的行吗？"

凡茂盛不置可否地点点头。

罗乡长知道姐夫当了多年组长，又是村委会成员，长期在基层工作，有经验，况且又是亲戚，应该不会害自己，就答应按照姐夫说的办，但他坚持一定要召开群众会，该走的程序要走，卫民爹只好依照他的要求办。

艳阳高照的秋天，晚上还有点燥热，凡茂盛与罗乡长一起召开本组群众大会。首先，罗乡长传达上级文件精神，然后就逐家进行清理。娶进来的媳妇和出生的小孩各家都屈指可数。外嫁的女儿也都心知肚明，死亡的更是没有几个。正式参加工作吃了国家粮，同时转了城市户口的也就那么几个人。

通过召开群众会，确定对以上取缔田土和进田的人，大家都没有异议。现在就剩办"蓝印户口"的黄彩霞和田建新两人。黄彩霞顶替了父亲的职位，通过办"蓝印户口"转了正，成为正式工人，毫无疑问要取田，彩霞爹也没有意见。

现在，就剩田建新了，有人认为他虽然办了"蓝印户口"，但他还是个合同工，应该与彩霞有所区别；有人认为他应与彩霞一样，转了户口，招了工，要取田。争来争去，无休无止。

袁东升爹袁老六，念着建新那次帮儿子一起复习，儿子才能考上麻纺厂当工人，又听清楚了文件内容，就从人群中站出来，对着那些想取建新责任田的人问道：

"凡茂盛，我只问你一句话，上面有文件，为什么不执行？还有什么可争的？建新是正式工人吗？"

当罗吉祥传达上级文件精神时，田老汉清楚地听到是正式职工才取田，也据理力争，还答应取山上的那丘小田，算作秀丽应该取出的稻田。

这时，卫民妈罗金莲霍地从人群中站出来，讥笑起来：

"我问下大家，以前，你们去田老头家吃过酒没有，那时，不是说儿子招工了，高兴得办喜酒吗？怎么，现在要取田了，又变成合同工了，哎哟，原来是个冒牌货。"

凡桂英看这女人这样损自己儿子，就当场与她吵起来。群众会不欢而散。

那天晚上，罗吉祥与凡茂盛商量对策，卫民爹怂恿罗乡长：

"干脆不用召开群众会了，吵吵嚷嚷得不出什么结果来的，要想这件事办成功，来硬的，明天，拿绳索直接下田丈量去。几天搞完了，你也好回乡政府交差。要不然，领导还会说你办事不力。"

罗吉祥想了想，认为也是这个理。而且在他的内心深处，也想趁机报复一下秀丽家人，刚好来了这个机会，此时不用，更待何时。就这样，他铁了心要取建新的承包田。

第二天，田老汉早上起来，只见天空乌云滚滚，雷声隆隆，他怕稻田中已经晒干的稻草被雨水淋湿，就往稻田中走去。

远远地，田祥军就看见罗吉祥与凡茂盛在牵绳索，看到他们在自家最好的那丘稻田中丈量，就猛跑几步，上气不接下气地质问道：

"你们在干什么？"

罗吉祥看事情已经到了这个地步，干脆一不做二不休，强硬地反问道：

"你儿子既然看不起农村，铁心要当城里人，还要这点田土干什么？"

田老汉听了这话，当场就与他们争吵起来，问他们为什么不执行上级文件精神。罗吉祥反问他文件在哪里？田祥军见这个干部竟然这样无耻，气得说不出话来。但鸡蛋哪能碰得过石头，家中的那丘当门田被他们丈量了一多半，他们强行在稻田里钉了木桩后悠然走上田坎。

田祥军望着栽种了多年的稻田，眼睁睁看着这些人在那里任意折腾，自己几十年来一犁一耙用心耕种田土的情景，立刻浮现在眼前。现在，眼看这点自己精心栽种过的田土马上就要变成别人的了，如同心爱的女人在自己面前遭人欺负，他气极了，又没有别的办法可想，就卧在水田中，用力拔那些木桩。

凡茂盛见田祥军是一个组上的人，碍于情面，不敢动手阻止田祥军。这时，只见那个年轻的罗副乡长，立马跳下田，抢夺田祥军手中的木桩，拽着田祥军就往田坎上拖。田老汉拼尽全力，卧在水田的钉桩处不起来，罗乡长用力扯，在纠缠中，田老头体力不支，头倒栽在水田中，嘴里灌满了污泥。这时，只听见站在高坎上的袁老六大喊一声：

"住手，哪有这样倒拖一个老人的，难道你们想搞出人命来吗？"

听见这大吼声，罗吉祥才停住手，与凡茂盛一起跑了。这时，猛然一个惊雷响起，一道闪电划过长空，继而，瓢泼大雨哗哗而下，凡桂英拿着蓑衣斗笠，边

走边喊：

"老头子，你在哪里啊？快回家，下大雨了，你不能淋雨的，难道你自己不知道吗？"

电闪雷鸣，急促的大雨下，稻田中的田老汉蜷缩成一团，从远处看，只是一个小黑点。

袁老六见老伙计没有声息，就马上跑到这丘稻田中，这时，建新妈也急急忙忙赶到稻田边，他们两人跳下田，将田老汉的头从污泥中搬出来，拍他的背，叫他吐出污泥，凡桂英见老伴还没有反应，急得扯着嗓子喊：

"来人呀，救命啊。"

众人赶往这丘田里来，有个稍许年轻点的人马上背着老人回家。有人气愤地吼道：

"天杀的，哪有这样调田的。"

话音还没落，天空中恰巧一个惊雷在稻田中炸开，震得众人耳朵嗡嗡响。

回家后，众人又忙着烧热水，给田祥军抹干净身体后换衣，煨草药，给他强行灌入口中去。凡桂英见老伴一直昏昏沉沉，就不停地哭。过了好一阵，田祥军才慢慢睁开眼睛，众人终于松了一口气。这时，大家又七嘴八舌议论开了：

"他们到底占哪个人的势啊，就不怕王法吗，敢这样倒拖一个老人？"

"还不是某些人出的馊主意，以为做得乖巧别人就不知道的，骗谁呢？想人家的田想疯了。"

凡桂英拢了拢掉在眼前的头发，无奈地叹气：

"哎，他们还不是欺负我家朝中无人吗，有什么办法呢？"

有人见她走路摇摇晃晃，一阵风就要吹倒的样子，就安慰她：

"建新娘，你家建新回来就好了，他会有办法的。"

凡桂英叹口气，摇摇头。

第十四章 为父治病

田建新经过几个月的实习期，转为合格技术工，与工厂签订了劳动合同，学得了师傅的真正手艺，并带了徒弟，成了别人的师傅。工厂也重用了他，公选他为锻造车间主任，又被厂长任命为厂办团委书记，女朋友也有了着落。发了季度工资后，他请好了假，揣着钱，上山准备给老父亲彻底治疗多年的支气管炎旧病去，也想将自己交女朋友的事征求一下父母意见。

他一路哼着欢快的歌曲，过碧水河，上天界山，走在回家乡的小路上，微风吹拂着他的脸庞，他感觉舒服极了。曾几何时，自己在这条小道上艰难跋涉，风里来，雨里去，而今，自己也算是一名城市边缘人了，这样一路想着，他加快了步伐，翻过几道弯，过了几道坎后，终于到家了。

他急急忙忙来到家中，看见老妈正在煮粥，便焦急地问道：

"我爹呢？"

正在沉思中的凡桂英听见儿子的声音，略微惊喜后，马上就神情暗淡下来，叹口气，手往床上一指：

"你爹躺在床上正在生病呢！"

他连忙来到爹床前，带着哭腔问道：

"爹，你怎么了？"

田老汉见到儿子后，老泪纵横，慌忙抓住他的手，将罗吉祥怎样伙同凡茂盛强行取田的经过说给儿子听，说一句咳一声，老母亲凡桂英见老头子这样伤感，也不停地揉眼睛。

田建新听后，如五雷轰顶，立即出门找罗吉祥去。他刚刚走出门，便看见跨进自己家门的东升爹袁老六，袁老六告诉他：

"罗乡长已经回乡政府了。"

看着躺在床上蜷缩成一团的老爹，田建新吸了一下鼻子，对着山下方向恨恨地骂道：

"罗吉祥，你个王八蛋，你等着，谅你也取不走我的田土。"

他见爹病成这样，便马上组织人抬着下山，当时正是秋收季节，家里很少有闲人，他一家家找人，总算找来了四个人，准备抬着老爹下山治病去。田祥军说什么也不愿意去，几个人好说歹说才将他劝上担架，就这样抬着下山。

到了公路上，公交车不愿搭乘这样的病人，建新在邻村找了很久，才找到一个农用车的司机。几个人将病人抬入拖斗中，一路摇晃着到了医院。

在医院，通过各种检查后，收入内科病室。经过一段时间的强化治疗，老人的咳嗽有所缓解，可就是心里堵得慌，也不怎么配合医生治疗，又很少吃东西，建新每次都是含着眼泪规劝：

"爹，你多少吃点啊，快点好起来，不然一家人可怎么办啊！"

这时，田祥军就合着泪水咽一点东西。

田祥军每天眼神空洞地看着山村方向，时常半夜从梦中惊醒，口中念叨着：

"我的当门田被人抢走了啊。"

主治医生看他这样，也不知道怎么办才好，就与家人商量治疗方案。

田建新左思右想，反复想象爹这次生病的过程。当时，爹全身被雨水淋透，口中又灌了污泥，又急又气，一定心力交瘁，对长期就有支气管炎的老人来说，无疑是雪上加霜。这一段时间的住院治疗，只可能缓解病情的浅表，要彻底治好爹的病，一定要老人主动配合才行。

他知道，爹这次一定是气病的，俗话说："心病还要心药医"，要想彻底治好爹的病，唯一的办法是将那块被强行取出的田夺回来。

可是这谈何容易啊。但他已经铁了心要夺回属于自己的稻田。主意已定，他与姐姐商量后，让母亲一个人暂时在医院里照顾老人，然后分头去想办法。姐姐通过丈夫王兴国学生的家长了解到，关于这次调田，县政府有文件，明确规定：对于办了"蓝印户口"的农民，承包田土可以不用调出。但工作人员怕麻烦，不愿将文件复印给这位学生家长。

田建新回到自己厂里，向那些消息灵通人士打听情况，得到的结果与姐姐所了解到的差不多，一家人合计后，他有主意了，他决定找那个张县长去。

田祥军一听儿子要去找张县长，叹了一口气，警告他：

"不知道别人会不会认你这个老乡啊，要是人家不愿意帮你如何是好？"

凡桂英听老伴这样说儿子，就微微带点怨气说道：

"儿子，你放心去找吧，如果张大毛不愿帮忙，你就找他老娘李寡妇去。"

他疑惑地看一眼母亲后，交代她和姐姐照看好爹，就心急火燎地找张县长去了。田建新在县政府各个科室打听，终于有热心人告知了张县长秘书的办公室，他寻到那个办公室，怯怯问道：

"你好，我是张锦程县长的老乡，请问他的办公室在哪里？"

秘书上下打量他后，告诉他：

"张县长下乡调研去了。"

第二天，他起了个大早，上班之前就赶到县长办公室，还是没有见到这个张县长，他从秘书那里了解到，张县长开会去了。

正不知道怎么办时，田建新在司机值班室见到了张县长的司机，当他向司机介绍自己时，这个机灵的小司机，马上想起来他是谁了，寒暄几句后，司机指给了他坐落在县政府院内的张县长宿舍。

他按照司机的指引向张县长家走去，远远看见一个穿戴光鲜的老妇人与一个胖嘟嘟的小男孩在门前嬉戏，他来到老人眼前，李寡妇观察半晌后才认出了他，非常热情地招呼他去家里坐，给他取出各种水果、糕点，不停地喊他吃。田建新趁机忙问张县长什么时候回家，李寡妇看他焦急的样子，安慰他道：

"你不用着急，大毛很快就会回来的。"

他考虑到也只有这个办法，那就是等。建新虽然很拘束，但还是与老人拉起了家常，老妇人喝了一口水，看向山村方向，缓缓道来：

"大毛他爹走后，我们娘儿俩在山上讨生活，多亏了你爹娘的照顾，耕牛耙田都是你爹帮着做的，没有给一分工钱，都是做的白工，你父母对我们老张家有恩哪。"

老人边说边煮饭。

不一会儿，他听见一个声音传来：

"妈，我回来了，今天中午吃什么？在楼下就闻着香味了！"

当张县长看见建新时，一愣，好久才认出是他，随即表情复杂地说道："有客人啊，建新，你怎么来了？"

于是，他便壮着胆子，把罗吉祥怎样强取他的田，老爹如何病了的事和盘托出。这个分管农业的张县长听后眉头深锁。

李寡妇见状，便将建新爹以前照顾自己家的情形说与儿子听，张锦程眉头才逐渐舒展开来，叫他安心在家吃中饭，下午上班时，一定帮他过问这件事。建新听到这话后，心里稍许安顿下来，就在张县长家等着下午上班，他不时望望时钟，盼望着时钟走快点，好拿到文件，又一边与他们聊着自己在汽配厂的日子。

下午，他随张县长到了办公室，只见张县长给政府办打了一个电话，秘书很快就将文件送到了办公室，秘书目光犀利地看他一眼，再望望县长的眼神，这个机灵的秘书便将这份文件给他复印了一份，写上：此复印件与原价一致，便在中缝处盖上了县政府公章。

紧接着，县长又给天界山所在乡镇的书记打了电话，只听见电话那头唯唯诺诺。然后，张县长转向建新：

"你拿好文件复印件，交给你们村书记，他们马上就会给你落实的。"

当他好不容易拿到盖上了县政府公章的文件复印件时，便小心地将文件放在自己的胸口上。隔几件衣服，他也能感觉到心突突直跳。看天色不早了，便马不停蹄地赶到天界山上，将文件交给村书记李中民，这时，村书记早已得到了通知，在村委会等着他，就连乡党委书记也赶到了。

刚刚一见面，这个从部队转业，个子高大的乡党委书记便骂开了：

"奶奶的，一群饭桶，做事只晓得让我揩屁股，一点也不让人省心。"

乡村干部将现场的目击者袁老六等人找来，关于这件事怎么处理，一起征求他的意见，田建新只想早点治好爹的病，目前最关键的是，要回被抢去的自己那份承包田。这个乡党委书记见他没有趁机狮子大开口，便爽快地答应了他：

"可以，没有问题。"

袁老六见田建新毕竟还是一个孩子，怕他吃亏，就代他当场提出了田老汉的医药费、生活费、护理人员的误工费等问题。通过协调，他们就医药费等问题达成了协议。这个书记对村书记李中民瞪着眼珠子：

"中民，马上给我落实去，难道还要我亲自牵绳索不成。"

村书记马上去办理。

袁老六没有听见一句对罗乡长的处理意见，又见建新还愣在那儿，替他着急，袁老六还没有张口，乡党委书记仿佛看穿了他的小心思一样，走过来拍拍建新肩膀：

"都是年轻人，找个工作不容易，得饶人处且饶人，看我回去后怎么收拾他。"

建新明白话中的意思，联想起自己找工作的不易，就没有再说什么了。

于是，村书记李中民指挥凡茂盛下田扯出了钉在田祥军当门田中的木桩，在另外一个小田中砍出秀丽的承包田，算是取出秀丽的田。组上围观的人来了一拨又一拨，叽叽喳喳：

"原以为这件事就这么算了的，听说建新为这事还去找了张大毛，田家对老张家有恩啊！李寡妇带着张大毛讨生活时，田老汉给张家做了多少阳春啊，好人有好报，老一辈人讲的话，哪有假的呢？"

"有些人想别人的田脑袋都想偏了，到头来竟然竹篮打水一场空，笑死个人啊！"

"听说那个乡政府书记是个当兵出身，把我们李书记骂得狗血淋头，真是一物降一物啊！"

"田老汉这下应该高兴了，可能病都会好一大半。"

处理好了这件事，田建新急忙赶往医院。当他将已经夺回当门田这个好消息，以及自己有了心仪之人，准备征求双亲意见等情况告诉父母时，母亲凡桂英脸上绽成了朵朵菊花，父亲田祥军那已经拧成疙瘩的眉头马上顺畅起来，急忙用干枯的双手支撑着身体起床，继而，挥动着右手，笑呵呵地大声叫道：

"儿子，快，快给我到外面买饭去……"

第十五章　靓女进山

天界山人知道田建新去找了张大毛，要回了当门田，父亲的医药费、生活费、护理费、误工费都有了着落后，大多数人对他竖起了大拇指，他们交口称赞他：

"建新毕竟在城市生活过，见识就是不同，他竟然敢去找张大毛，其他几个孩子哪个能想到这个主意？"

"也是的，我早就讲过，山上那几个读书人中，就数田祥军儿子最有出息。"

"人家张大毛爹走后，田老头不知道给他家打了多少白工，哪一年不是他帮助李寡妇耕牛耙田的，你以为没有渊源，就那么容易帮忙的。"

"这就叫放秋风收夜雨，好人有好报。"

田祥军知道儿子取回了自己心心念念的当门田，又知道他交了汽配厂的财务人员做女朋友，精神马上好起来。田祥军担心儿子为自己治病耽误工作，就积极配合医生治疗，病情很快好转，不久就出院了。

儿子交了女朋友，而且还是个财务人员，两位老人欢天喜地，哪有不同意的道理。田建新回到汽配厂后，买好礼物，请师娘去李群芳家正式说媒提亲。

月明星稀的夜晚，田建新带着师母，向群芳家走去。碧水河边，三间青砖瓦房坐落在成堆的房子当中，他给师母指好屋后，就在外面走来走去等消息。师母一个人走到群芳家的堂屋中，见到群芳爹，就自我介绍起来：

"我叫李蕙兰，是田建新的师母。"

"你也姓李？是家门啊，来我家有什么事？"

"是呀，我听建新说起过你，我们还是同一辈分的，看样子你比我岁数大一点点，我应该叫你大哥啊。"

李蕙兰见李强林心情很好，就赶忙抓住机会，单刀直入地进入主题：

"我老公徒弟田建新看上你家群芳了，专程托我来求亲的。"

当李强林弄清楚媒人给女儿介绍的人，就是那次在厨房中帮助自己忙碌的小伙子时，知道那是女儿认定的对象，尽管家庭经济条件差点，无奈女儿选定了他，自己还能说什么呢？李强林知道，女儿看准的事，是阻止不了的。没有想到的是，建新竟然懂厨艺，这样一来，就合自己的心意了。

因为李强林自己就擅长厨艺，经常在周边下厨，特别是将从父辈手中传下来的辣锅鸡做得特别好吃，他想将这一手艺传给后人。无奈，他儿子在外面闯出了一片天地，已经在外地买了房子，女儿也在上班，根本没有人愿意学他这一手。

那次，他一看建新有这方面的特长与爱好，就特别高兴。

因此，当媒人说起这段亲事时，他有什么可说的呢？但他作为父亲，也不能太轻率，于是，他收敛起脸上微微露出的笑容，稳重地告诉媒人：

"这个小伙子确实不错，但女儿的终身大事，还要征求一下群芳母亲的意见。"

师母连连点头：

"那是自然，我等着好消息。"

群芳一边给在外地哥哥家帮助带小孩的母亲去信，说起了自己正在交的男朋友，一边与他继续交往。

不久，李群芳母亲便心急火燎地赶回家了。母亲与女儿进行了一次长谈，帮她分析了以后的种种困难。但女儿满脑子全是爱情，她说什么都被女儿反驳回去了。没有办法，她见阻止不了女儿，当媒人再次来到她家征求意见时，她提出了唯一的要求：

"将来结婚时，要将新房修在碧水河边。"

还要求去男方家里看看，也就是当地人所说的踩屋场。师母从中传话，双方没有异议，就定下了具体日期。

建新得到通知后，做好了充分准备。他买了酒菜、烟、瓜子、糖果等，与表哥凡新钢一起挑上山。母亲凡桂英用罗吉祥赔给老头的营养费、自己的误工费等，给准儿媳备好了三金（金项链、金戒指、金耳环）。

秋阳高照，天空瓦蓝瓦蓝的。稻田里谷子一片金黄，山地里，玉米棒子挂满坡。这一天，是建新与群芳相亲的日子。他家请来了七大姑八大姨。组上那些能干婆，都来他家帮忙。烧菜的、煮饭的、劈柴的、挑水的都井然有序，在有条不紊地进行。组上刚刚娶来的两个新媳妇作为形象大使，负责烧茶、煮鸡蛋。

彩霞妈以前隐约听说过孩子们之间的事，但她嫌弃建新没有工作，就暗地里阻止女儿，只是没有正式提亲，也就说不上结仇，作为邻居和亲戚，她想过来帮忙，但还是觉得不好意思。

而此时，在那条通往外界的唯一山道上，穿红戴绿的十几人在气喘吁吁地往上爬，只见那些人，爬几步，歇一下，用手绢揩一下汗。群芳母亲爬几步后，用手撑着膝盖，喘口气，趁机问自己女儿：

"丫头，你确信自己可以在这个大山上生活一辈子？要考虑清楚啊，现在后悔还来得及。"

那些爬山累了的亲友跟着随声附和：

"是呀群芳，这大山，一眼望不到边啊，在这里生活，扎实。"

此时，尽管群芳爬山也有点吃亏，但眼前闪现更多的还是建新对自己关怀备至、照顾周到的片段，特别是那迅速冲上前不顾一切在草原救下自己的潇洒身影。但她看着母亲额前的几缕白发，焦虑的神情，想安慰一下正在为自己担心的母亲，便果断答道：

"建新有工作，怎么可能在这里生活一辈子？"

她母亲见她这个天真样，就告诫她：

"傻女儿呀，他家就他一个儿子，他双亲住在山上，逢年过节，难道你不用跟他回去？"

女儿说自己已经考虑得非常清楚了，建新在哪儿，哪儿就是家。

李蕙兰本来腿脚就不清爽，爬坡时很吃力，但她满脑子想着的都是建新对自己家的好，见群芳母亲说这话，生怕情况有变，便马上劝阻：

"嫂子，你这样考虑是多余的，建新以后将房子修在了碧水河边，小两口哪还用上山，他双亲住在山上，可以接下山一起住啊，给他们包揽家务，这样他们就能安心做事，岂不都好？"

她母亲见说服不了女儿，又见媒人如此帮着说话，便默不作声了。山道上，那些上上下下的山里人，看见这穿戴时髦的队伍时，都在猜：

"这些人来山上干什么啊？"

"听说是去田祥军家踩屋场。"

"啊，他么儿子谈对象了，是哪里人？"

"听说是碧水河边的菜农，与建新在一个工厂上班。"

"那太好了，田老汉家最近喜事一桩连着一桩啊。"

"可不是嘛，建新现在有出息了呢，听说还当了一个什么官。"

不多时，这些人来到建新家中。帮忙的各司其职，忙个不停。两个新媳妇一个在铜壶中倒茶，一个在砂锅中舀鸡蛋。她俩先给每人一杯糖茶，再给每人两个卤鸡蛋，再按人一杯清茶。三道茶过后，建新妈又端来了花生、瓜子、糖果。自己家产的雪梨，也早已洗干净，摆在茶盘中间，建新娘忙叫那些人吃。

这边还在吃东西，那边又有人拖着长腔大声喊道："开席啰。"田建新忙请群芳那边来的亲戚就座，与自家的亲戚一起，酒席一共开了四桌。田建新往返于几桌酒席间，不停地给那些人敬酒，叫他们多吃菜。

酒足饭饱后，群芳娘再一次强调要将新房子修在碧水河边。建新爹连连点头："那是自然，我们怎么舍得让孩子们与我们一样，在这大山上受苦呢？"

之后，双方当着众人改口。建新来到群芳母亲面前，大声地叫了一声妈。然后，分别是叔伯、婶娘、姑舅等。

群芳也不甘落后，大大方方来到建新长辈面前，先脆生生地叫了一声"爹"。建新爹眉头上扬，咧开嘴，幸福溢满紫檀色脸庞，大声答道"哎"，边答应边给群芳一个大红包。

紧接着，群芳又走到建新妈面前，甜甜地叫了一声"妈"。建新妈眉毛上的那颗大黑痣跳个不停，脸上皱纹凑成了一朵向日葵，慌忙答应一声后，将那早已准备好的"三金"放在群芳手上。

再就是那些叔伯婶娘、姑舅、姨妈等，每人都给了她一个小红包。这时，建新家围了里三层外三层，大家都想一饱眼福。左边的人在议论：

"建新女朋友长得太漂亮了，比彩霞好看多了。"

右边的人接过话头，说个不停：

"那是，人家从小在城市里面长大，见多识广，你看她今天的表现，好大方的，一点也不忸怩。"

"彩霞没有这样的好命，她哪享得起这个福啊！听说她那个对象好赌，不久前还被派出所抓了，罚了好多钱呢！"

"建新现在好了，有工作，有女朋友，真正顶呱呱啊！"

隔墙的彩霞妈听见了这些议论，心里特别不好受，她很内疚自己的短视，受别人唆使，看不上当时没有工作的建新。而现在，女儿对象那么好赌，将来还不知道是何种情形。但要女儿悔婚约，又怕别人笑话，况且，建新现在的女朋友比女儿彩霞强多了，他再也不会找自己的女儿了，她好后悔啊。

几天后，彩霞回家，听说建新已经找了个比自己各方面都强的女朋友后，竟然不与家人说一句话，呼的一声关上房门，自己一个人在房间里面，默默叹息，暗自垂泪。

第十六章　买得地基

自从田建新女朋友李群芳来天界山村踩屋场后，山上好久都很难平静下来，全村男女老幼茶余饭后基本上都在议论这件事。他们有意无意的总喜欢将群芳与彩霞做对比，都认为群芳比彩霞不止强十倍，彩霞娘听后心里更加不是滋味，彩霞也很不舒服，后悔自己当初没有坚持。

山上那些大人们，也将这件事作为教育小孩努力读书的活教材：

"建新那时读书好用功的，现在还不是有出息了。交了一个住在城郊的菜农，女朋友与他一起上班，那模样，长得好漂亮的。"

山上很多小孩知道建新并没有考上大学，就鼻孔轻哼一声，反驳家长：

"你说建新学习用功，那他怎么没有考上大学？"

这时，这些大人就狠狠地瞪自己孩子一眼，正色道：

"他没有上大学又怎么的，他现在还不是照样当工人，还当了官。你只要有他那个样子，我就心满意足了。"

相亲的人下山后，建新一家人商量，既然答应了女方，就不能失信，况且住在这交通极为不便的山上，也没有出路。一家人正在想方设法怎样才能兑现诺言时，东升爹来到他家聊天。田祥军见袁老六来了，急忙给他搬板凳，袁老六告诉他们说：

"我家东升也交了一个城郊的女朋友，马上也要过门了，我提前给几个关系好点的老朋友说一声，以便到时候安排时间参加。"

田祥军听老伙计说起此事，眉头舒展，笑呵呵地祝贺：

"好、好、太好了！"

田老汉瞧见老伙计越来越多的白发，叹口气：

"哎，只是现在山上人口越来越少了，年轻人不下山讨生活不行啊，只怪这山上条件太差了，谁肯来山上处对象啊，没有办法的事。"

袁老六也有同感，就这样聊着，不觉已到深夜。

建新回厂后，就开始行动起来。要想将房子修在碧水河边，首先就要有地基，一家人思来想去，唯一的办法只能购买。他通过多方打听，购买一个地基需要1万到1.5万元，而他的工资只有500元，加上计件工资，最多也不到1000元。他在心中估算，照这样下去，自己不吃不喝，一年的工资也买不到一块地皮啊。

看来，要想买到地基，还必须另外想办法。可是有什么好办法可想呢？他翻

来覆去睡不着觉，冥思苦想，终于开窍：自己有文化，又学了新闻写作，何不发挥自己的特长呢？

说干就干，虽然以前工厂举办过学习班，请人进行了讲课，但他只是学得一点皮毛，要精通，还需要自学。于是，他去书店买来有关文学书籍，系统地学习新闻写作。当时，他工作任务极其繁重。在车间里，他除自己车零件外，还要检查本车间的零件质量，可谓劳心劳力。

夜深人静时，他将身边所发生的好人好事细心揣摩，对于发现的哪怕一点线索，都撰写成文字，发往当地报社、电台。这样辛勤耕耘，好多天后，就经常有文章发在当地的报纸副刊，他从中得到了一些稿费。

闲暇时，他就到处采风，积累素材。在采风时，他看上了一处地基，紧靠碧水河边。晚上，他提着礼物，马上找到那个当时办户口时认识的居委会主任，叫这个主任将那个地基留给自己，并讲好了价钱，自己几个月后会来购买的，这个主任信誓旦旦地答应了他，他就一门心思赚钱。

他将自己的所见所闻变成文字，及时写稿、投稿。之后，他又系统地学习散文、诗歌写作，将这些文字投向更多的杂志，遍地撒网。可是寄出的稿件如沉大海。他不知道症结到底出在哪里，很苦闷，好在群芳不时安慰他。于是，他又鼓起勇气，更加努力写稿。

功夫不负有心人，终于有杂志用了他的稿件，并寄来了稿费，面对这少得可怜的稿费，他依然欣喜若狂，毕竟有杂志愿意刊登自己的稿件，算是对自己努力的最好回报。于是，他就更加拼命地写字。这样，他会不定期收到各种杂志寄来的稿费。

在这个过程中，他还参加各种征文比赛。在汽配厂，就他与邮递员打交道最多，不是寄稿件就是收到稿费。

大半年过去了，他利用一切机会加班加点，只想多赚点钱，加上写稿的收入，手头有了一些钱后，他数着可以买得到一个地基的钱，就带着钱，去居委会找那个主任去。那个主任正在看报纸，见他进来，眼睛往上一翻，没好气地问道：

"你找谁？"

他见这个主任好像不认识自己了，就做自我介绍，忙问那块地的情况。没想到的是，那个居委会主任早忘记了对他的承诺，鼻孔一哼，轻描淡写地说道：

"你说的碧水河边那块地基啊，早就卖给别人了，你以为还等着你的？真是的。"

从居委会出来，他非常气愤，可是又能有什么办法呢？他只有再到处打听。没想到，原来看好的几处理想地基都被别人买去了。而且几个月过去，地基又涨了价，他看上的一处地基，与自己手上的现金还相差 800 元。面对这种境况，他感到束手无策。但没有那么多钱，只能再筹钱。

正当他一筹莫展时，叮铃铃，一阵自行车铃声响过后，邮递员带着笑在叫他：

"田建新，有汇款单，1000元，请签收。"

他不相信地瞪着邮递员问道：

"你不是开玩笑吧？"

邮递员看他一眼，真诚地说道：

"我什么时候跟你开过玩笑？真是的。"

他拿到汇款单，去邮局取钱，攥着这些钱，他感觉到一处满意的地基已经到手了。面对大街上熙熙攘攘的人群，他想起了自己的女友，就有一种很奇怪的感觉，总是觉得今天好像还有什么事未完成似的。他仔细搜索，终于想起来了，啊，今天是女友的生日。于是，他来到群芳办公室，群芳的一个女同事对群芳挤眉弄眼，转而问他：

"建新，今天怎么安排的？我们是否可以跟着免费吃一餐？"

见这个同事这样问，他没有任何迟疑，马上大方地回答道：

"今天，我与群芳一起，邀请大家聚一聚，共同为群芳庆生，各位说，好不好？"

那些人便齐声喊道：

"好，太好了！"

这时，只见群芳对他挤眉溜眼，见他没有任何反应，便马上正色道：

"好什么好，今天不是我的生日，是他记错了日子。"

那些人见群芳否定，有点不相信，嘟哝道：

"不会吧，看来，今天晚饭又泡汤了。"

但是建新清楚地记得，群芳的生日就是今天啊，于是，他明白了，群芳是考虑到自己现在一门心思筹钱买地基，不想给自己添负担啊。但女友的生日一定要过好呀。

下班时，他来到群芳办公室，接她下班，真诚地告诉她：

"我知道你是为我考虑，但你的生日也不能不过啊。"

"走，去酒吧。"

他不由分说地拽着群芳去酒吧。

紧靠着碧水河畔的荣城鲜花酒吧，轻柔的音乐响起，他们点了一壶水果茶，在浪漫的鲜花丛中，送生日蛋糕的来了，那是建新早就预定好了的。他叫群芳吹蜡烛、许愿。然后，他将女友揽入怀中，深情而内疚地说道：

"我一心一意只想赚钱买地基，冷落了你，连这个重要的日子都这样草草而过，我对不住你啊。"

群芳闪动着美丽的大眼睛，脉脉含情地望着他，柔声答道：

"说什么呢，小事，没有关系的，只要你心中有我就行。"

他连忙表白：

"那是必须的，就算忘记了我自己，也不会忘记你啊。"

他们在这样浪漫的气氛中畅谈着美好未来，他继续对群芳保证："我打听清楚了，碧水河边，隔你家不远的一处地基要 1.5 万元，我买地基的钱已经凑齐了，你就放心吧。"

看着建新红光满面、信心十足的脸庞，群芳激动地说道：

"我相信自己没有看错人，跟着你，一定会有好日子过的。"

田建新一边筹钱，一边在碧水河边到处打探消息，反复进行性价比。经过一段时间后，他终于买到了面积 2 分多的一块地皮，那块地基刚好就在碧水河边，而且离群芳家不远。看着这终于属于自己的地皮，他咧开嘴笑了。

第十七章　工人下岗

　　荣城县麻纺厂新招了一批工人，请来了技术专家，搞得红红火火，眼看这个企业效益不错，于是，很多领导将七大姑八大姨的子女安排进了这个厂，尽管没有什么技术特长，但这些人大多从事管理工作。

　　春节过后不久，县政府办有关人员通过调研，认为县麻纺厂所需的原材料从外地进来太麻烦，也很贵，划不来，为了节约成本，可以考虑就地取材。鉴于这种情况，就给每个乡镇定任务，要乡镇干部进驻各村开会，发动老百姓种苎麻，以后麻纺厂统一回收。资金困难的农户，还可以在镇信用社贷款。

　　袁东升在县麻纺厂当工人，袁老六最先得到消息，袁老六将家中所有积蓄悉数拿出来，又在镇信用社贷了款，率先从邻村买来带着泥土芳香的苎麻蔸，可劲儿往山上挑。那些在那唯一山道上来往的山里人，很快就知道了这一消息，也跟着效仿。

　　那段时间，田祥军女儿秀丽的公爹去世，田老汉便下山帮着料理后事。眼看又到了播种季节，女儿家现在没有人耕田了，女婿没有学过这种有点技术的农活，况且也要上学了。看着一个人在家忙碌的女儿，田祥军很心疼，他便扛起犁耙，赶着老牛帮着耕田耙地。

　　等田老汉从女儿家忙完，山上人大都在自己的菜园中种上了麻蔸。田老汉听说后，想赶个晚班车，就找到多年的好友袁老六，袁老头告诉他：

　　"邻村已经没有麻蔸可卖了，要想买麻蔸只能到更远的地方高价去购。"

　　要高价购买那些麻蔸，田老汉拿不定主意，他觉得这样的大事，应该与已经成年的儿子商量一下。况且，为帮助女儿公爹办丧事，自己好不容易攒的那点钱已经花光了。要贷款贴利息买麻蔸，他更加犹豫。考虑清楚后，他就去田建新所在的汽配厂，找儿子去商量对策。

　　田建新听父亲说起村里人家家都在种苎麻，知道县麻纺厂就那样大的规模，这样村村农户都种麻，将来的麻往哪里卖去啊？

　　他认真思索后，就极力劝阻老爹不要跟风，那点自留地，老两口种点吃的蔬菜就行了。田老汉见儿子说这样的话，认为儿子舍不得钱，就想不通。但经过儿子强力劝阻，田老汉也不再坚持用高价买麻蔸了。田老汉回家后，看着山里人种的麻长势喜人，郁郁葱葱的，就有点后悔，在家不停叹气。

　　东升爹花了很多钱购买来麻蔸，栽种下地后悉心照料，及时施肥、除草，天旱时，从很远的地方挑来水浇灌。袁老六想靠着这点东西翻身，摆脱家里的窘困。

几个月后，到了收麻季节。这时，只见山上各家各户都在打麻、剥麻、晒麻。屋场前的塔子里到处都挂着麻绳，村民个个笑得嘴都合不拢，仿佛那挂着的麻索就是一张张现金。东升爹第一个收麻、卖麻，儿子在麻纺厂工作，他熟门熟路。

烈焰炙烤的夏日，袁老六早早起床，挑着晒干的麻去县麻纺厂。一阵阵山风吹拂着老人的脸庞，他感觉舒服极了，忍不住嘿嘿笑个不停。路两旁的鸟儿也唧唧叫，仿佛应和着老人的节拍。袁老六下山走了一段公路后，刚好木船从对岸过来，他一脚踏上去，小船摇晃了几下后，很快到岸，他快步往县麻纺厂奔去。

他来不及寻找儿子，只想早点将干麻索卖掉换成现金。他来到麻纺厂门前，只见卖麻的排成了队，他跟着人群，老老实实排队。总算排上号了，工作人员面无表情地指挥老人将干麻放在磅秤上，大声宣布：

"82 斤，164 元。"

旁边财务人员叫袁老六领现金，袁老汉不相信地反问道：

"是不是算错了，八七五十六，二七一十四，应该是 574 元啊。"

"你才错了呢。只有 2 元一斤，你算成 7 元一斤了。"

"什么，当初政府不是宣传 7 元一斤吗？"

"当初是当初，现在是现在，此一时彼一时。"

袁老汉捏着这 164 元钱，苦着脸坐在扁担上叹息，为这点麻，从买麻蔸上山，再从种到收，到剥、晒干，挑来卖，即使不算本钱，单就工而言，就不知道耽误了多少啊。

而现在，自己的积蓄花光了，还欠着镇信用社的贷款，怎么办啊。他一眼望去，那挑麻的还在往工厂里涌，干麻越堆越高，隔一会儿，他清楚地听到工作人员对那些挑麻的人说：

"原材料已够了，从现在起，不再收购麻了。"

听了这话，那些挑着干麻准备换钱的农民吵吵嚷嚷：

"什么，不收麻了，那我们这些麻怎么处理？"

工作人员木然答道：

"怎么处理那是你们的事，我怎么知道？"

那些人继续骂骂咧咧：

"我们找政府去，当时是怎么说的？不是讲好不少于 7 元一斤吗？"

"找哪个去？有凭证吗？"

袁老六听见这些话后，非常纠结，他想与儿子见面，告诉东升这个残酷的事实；他又想早点往回赶，告诉乡亲们不要来卖麻了，上下山一趟不容易，以免白费力气。袁老六痛苦地挣扎了一会儿后，还是先找到儿子，一见面，袁老汉苦着脸，东升早就知道了这个情况，见到父亲时，就明白是怎么一回事了。父子两人相对无言，默默摇头。

老人与儿子见面后，就急忙往山上赶。当他汗流浃背爬上山，将这一情况告诉山里人时，有人将信将疑，看着晒干了的麻索，觉得可惜，决定挑下山试试去；有的就在家等消息，那些没有打麻的，听说即使收购也那么便宜，干脆不打了。

田祥军得知这些情况后，庆幸自己听了儿子的话，没有跟风，心里面有点小爽。但他很少串门，以免村民们误认为他幸灾乐祸。

袁老汉觉得委屈，就坐在家里喝闷酒。他那个大嘴巴媳妇到处给人讲老头子的遭遇，袁老六知道后，大骂了自己女人一顿，并警告媳妇以后不许乱说话，媳妇便不敢乱出声了。

那些在菜园中种了麻的，只好挖出麻蔸当柴烧，挖了好多天，才将那些种了麻的自留地清理干净，及时种上蔬菜。

那些因为种麻而没有收入的农民就不停上访，县信访局整天忙个不停。到最后，竟然整村上访，领导应接不暇。针对这种情况，县政府成立了专门的信访接待领导小组，很长一段时间过去，县政府最后研究决定：从麻纺厂拿出一部分钱，按照栽种面积，赔给那些种麻人少量钱，这事才算勉强解决。

由于政策原因，再加上如此折腾不休，不久后，县麻纺厂宣布破产，暂时由汽配厂收购。

没有多久，很多工厂倒闭的消息不断传入汽配厂：县毛巾厂破产了，县猪鬃厂倒闭了……

这些垮台的工厂，有的将厂房、设备、机械等固定资产进行拍卖，按工龄和对工厂的贡献大小，对工人进行了买断，有的将这些钱为工人买了养老金，有的按在册人员每月发少许生活费。

面对这个残酷局势，汽配厂的头头脑脑们急了，他们也在想办法。关于兼并没有什么效益的麻纺厂，工厂的决策层是不愿意的，但民贸局有指示，不兼并不行。面对一下子涌进来的这么多职工，业务生疏，工厂领导们没有办法，只好从本厂的效益中给那些人按月发放少许生活费，袁东升也在此列。

这样一路拖累，本来很红火的汽配厂已经入不敷出，眼看也很难维持下去了。面对这普遍工厂垮台，工人下岗的大环境，再看看这早就已经老化了的设备，一下子涌进来这么多需要每月发生活费的人群，工厂的决策者们只好宣布："汽配厂要逐步缩减工人。"

当时，汽配厂有食堂、子弟学校、卫生室、娱乐活动室，福利很不错。如果离开工厂，这一切都将与自己无缘了。吃惯了"大锅饭"的工人们哪里肯接受这样的事实。领导们逐个做工作，先买断一批，可以补一笔钱，与工厂脱钩。但没有一个人动心。

田建新得知这一消息后，想起为了给自己筹钱买户口，一家人东奔西凑，母亲还差点在悬崖上丧命，怎么也不肯接受这个事实。他苦闷、彷徨，不知道工厂还能撑多久。

几个月过去了，还是没有一个人愿意主动下岗。工人们个个人心惶惶，不知道何时下岗的指标会砸到自己头上。汽配厂的领导们开始想方案，决定先从新招进来的合同工动手。然后就是夫妻双方都在一个厂的，先下一个，这些人如果主动下岗的，可以作买断工龄处理；如果强行下岗的，就什么也没有了。

但是任凭领导们怎么规劝，出台什么吸引人的好政策，还是没有人主动离岗，他们宁愿与大伙抱着一起死，也不愿意自动出去。

这时，有消息传出，群芳作为新招的合同工，就在第一批下岗人员之列，她一家人听说后，惶惶不可终日，群芳也整天以泪洗面。

碧水河边，建新牵着群芳的手一起散步。她担心自己没有工作后，建新会变心，就一遍又一遍地问他：

"你真的不会丢下我吗？"

他连连点头，不停安慰她。

他们走了一会儿后，坐在一块草皮上。面对这一河碧水，田建新捡起一块小石头，将右手垂下，用暗劲漂向水面，那河水马上接连起了几个小波纹。他又教群芳学自己的样子漂，她用力一摔，石头沉下去，河面平静得像一面镜子。

在玩漂石头的过程中，他似有所悟：这看似平静的河水，实际上每时每刻都在流动，与工厂现在的情况是多么吻合啊。看似一切正常，实际上暗流涌动。他冷静后仔细分析，按照眼下的大环境，汽配厂说不定以后连买断工龄的钱都没有。他想清楚后，便决定主动买断工龄，至少还能得到点钱。

他想将自己的打算告诉群芳，但他看着她含着泪水的双眼，就不忍心告诉她，但他又不想瞒着群芳。想来想去，建新还是将自己的想法告诉了群芳，提议两人一起主动下岗，可以多得一点钱，但群芳死活不同意。见是这种情形，建新决定就让自己先下岗，至少还能暂时保住群芳。

主意已定，他鼓起勇气主动找厂长协商：

"厂长，我想买断工龄，但我有个要求，那就是留下搞财务的群芳在工厂继续工作。"

厂长尽管想挽留建新这个技术骨干，但大势所趋，也觉得实在没有什么办法可想，就拍拍他的肩膀，叹口气，真诚地告诉他：

"哎，像你这样的技术骨干都留不住，看来工厂没什么指望了，我也不知道怎么办了。好，我答应你，但我也不知道工厂还能撑多久，到时候垮台了，群芳也不得不下岗啊。"

建新也没有多说什么，与厂长击掌为誓。于是，他就买断了工龄，得到了一笔钱。

群芳知道建新主动下岗后，非常生气，很长一段时间不理睬他。建新也懒得解释，他想让时间证明，自己所做的一切都是为了她。

没有多久，汽配厂正式宣布破产，领导将那些坛坛罐罐卖掉，打发了留下来的那些人，每人只得到少许的一点钱，群芳也在此列，她得到的钱比建新少多了。袁东升尽管是麻纺厂招的正式工人，但麻纺厂被汽配厂兼并后，只领到几个月生活费就没有了。

就这样，田建新、李群芳、袁东升都成了下岗工人，之后，他们与工厂就没有任何瓜葛了。此时此刻，他们面对的是陌生的环境、陌生的人群，今后的路究竟该怎么走，他们一时都很茫然。

第十八章　山重水复

田建新自动与荣城县汽配厂签订了买断工龄合同，领到了一笔补偿款。他捏着这笔钱，不敢回家，他怕年迈的父母受不住这个打击，想等自己赚到钱，有了门路后再回家告诉双亲去。

当时这点钱，节约点可以下个修房子的基脚，但如果下了基脚，要想做个什么事，就没有一点成本了。考虑再三，他还是觉得应该先找事做去，等赚到了钱后再修房子。

田建新来到群芳家里，群芳与父亲正在看电视。见他进屋，群芳给他搬来一把椅子，他叫了一声爹，李强林嗯一声后，头再也没有动一下，继续看电视。他鼓起勇气与他们商量买断工龄后那点钱到底去干什么。这时，只见李老汉头一歪，眼睛对他一瞪，没好气地对他吼道：

"建新，不是我说你，当初你们家不是答应得好好的，要在碧水河边建房的吗？怎么一点动静都没有了啊，现在，私人到处都在建房，法不责众，你不知道吗？要我讲，就先建房。"

他再三说起那点钱还不够建房，当前最要紧的是找事做，将那点钱做成本。

见他这样说话，李强林嘴角上扬，讥笑他：

"难不成你家就指望着你那点钱，你建房父母就不能帮你一些钱？"

想起家中年迈的父母，田建新便耷拉着头，再也说不出话来了。

群芳见状，便埋怨起父亲来：

"爹，你要讲道理啊，建新父母年纪都那么大了，到哪里挣钱去？他那点钱建房还不够下基脚的，不找事做，以后我们吃什么？这件事不要讨论了，建新，你就依我的，将那点钱做成本，我们先找事做去。我还就不相信了，靠我们勤劳的双手，打不出一片天地来！"

群芳爹见女儿这样护着建新，很生气地摔了一下坐着的板凳，气愤地嚷嚷道：

"好，随你们，后养的先乖，从今往后，我再也不会管你们的事了。"

田建新见情况不对，马上走出群芳家门，群芳跟着他一起出来，将他送出去好远，一路安慰他，叫他不用理自己的爹，她支持他的决定。

虽然受了准岳父的抢白，但群芳给他吃了定心丸。他便到处打听赚钱的门路。当时，到处都在搞基建，他看到这是个商机。但如果想要承包哪怕一个很小的工程，都是难上加难的事，因为很多工程都需要垫资。这样，就要成本，要人手，更要关系。他冷静地估计了一下自己当前的实力，很清醒自己目前还没有这个能力。

开店子，资金不够，给人打工，来钱太慢，而且要受人管制，不自由。究竟干什么好呢？他通过认真分析后，决定利用手中这点钱，买一辆手扶拖拉机自己开。说干就干，他去农用机械店提出了车子，再向一个老师傅学习驾驶技术，没几天时间，他就将车子开上路了。

荣城公路上，由于农用车刚出了事故，交警查得厉害，他刚开上公路就被交警拦住，问他要驾驶证和行驶证。他拿不出来，鉴于他是第一次犯错，交警对他进行一番教育后，通知他去县农机局学习。于是，他拿着本人的身份证和购车发票，先在农机局监理站登记，通过检验，他车子来源正常，身份合格，然后就参加培训。培训后考试，考试合格后，才给他核发驾驶证和行驶证。

有了驾驶证后，他就开着车子到处找基建工地，得知运建材都是与人签订了合同的，看来这些大公司是没有自己的容身之处了。他就去那些私人建房且交通不便的地方找事做。没想到，还真有那些路很窄，刚刚够一辆手扶拖拉机四个轮子小心翼翼爬过去的地方。

有了用武之地，他就去那些地方帮着拉水泥、沙石，得到了少许钱。但这些地方毕竟很少，他开着空车每天跑了许多地方，才找到一点事做，收入少得可怜。他想，这样下去实在不是办法，就利用空闲时间到处打听其他地方有无事做。

有一天，他经过菜市场遇到一个本村人，那人与他隔有一小段距离，看见他开着手扶拖拉机，惊得张大了嘴，半晌说不出话来，以为自己看错人了，当来到身边，看清楚是他时，那人便与他攀谈起来：

"建新，你不好好上班，怎么开个手扶拖拉机？这是演的哪出戏啊？"

他低着头，便将自己如何下岗的事一五一十地说给同乡听。那人听后感叹不已，连声说：

"可惜啊，可惜，可惜花那么多钱办户口。"

看建新一时语塞，这人便很自豪地对他说道：

"告诉你个好消息，咱们天界山进驻了建整扶贫工作队，他们一上山，就说要修公路哎。"

他们攀谈了好一阵，共同憧憬着天界山的美好未来。他怕这人将自己现状告诉自己年迈的爹娘，就嘱咐来人：

"你千万不要将我在开手扶拖拉机的事告诉我爹妈啊，他们受不了的。"那人当场答应了他。

过了一段时间，他觉得这样瞒着父母也不是办法，纸是包不住火的，这样大的事，他们迟早会知道，什么时候都要过这一关的，不如自己坦然面对。想清楚后，他便开着车准备去天界山脚下，看看公路是否在修。

他边开车边想，如果真的开始修路了，那自己这个拖拉机刚好派上用场。那

样，天天有固定的事做。自己可以去水泥厂拉水泥，从沙场拉沙，在岩场拉石头。等毛公路修好，就能领到一大笔运费。一想到这些，他就感觉美滋滋的。

离天界山近了，他将车子开快点，再开快点，终于到了。建新停稳车，手搭凉棚，发现那里刚好正在修毛路，村书记李中民正在山洼间指手画脚。李书记看见建新时，不相信地瞪大了眼睛，建新也如同遇见亲人，便将自己如何下岗购买拖拉机，如今在到处找事做等情况全盘说与书记听。李书记听后也好一阵感叹。

他趁机要求书记容许自己拖材料，这时，刚好一辆拖拉机开来，他一看，是书记的侄儿李大鹏。李书记指给他：

"你看，我们已经与鹏娃签订工程运输合同了。而且我要告诉你的是，到工程结束，上级验收合格后，才能拨款，然后才有运费，还有，你就不怕你爹娘知道？"

他诚恳地对书记说道：

"我的每次运费可以比鹏娃低一点。运费什么时候给，按合同办，至于我爹妈，他们迟早会知道我的事，我现在已经想通了。想瞒也是瞒不住的。"

李书记看他一再坚持，志在必得，就敷衍他：

"这样大的事，也不是我一个人说了就算的，我们还要通过村支两委研究，你回家等消息吧。"

这时，刚好有人来请李书记处理其他事，村书记趁机忙别的事去了。

田建新与李书记的一番对话，被刚刚赶集回家路过的山上人听到，那些人起先见到他，像看见怪物似的，当确信是他时，各种流言蜚语便传入他耳膜：

"建新不是去工厂了吗？怎么现在又回家了，还开个破手扶拖拉机，这算怎么一回事？"

"也是啊，花那么多钱办户口，不值啊。他肯定是被工厂开除了，现在还敢在这里露面，羞不羞啊？"

"田老汉知道了怕是得气死。"

正在人们议论他时，只听见突突的声音响起，众人一看，是鹏娃拉着一车沙到了他面前，看见身旁的车子，有点不悦。

争强好胜的鹏娃就故意不倒出拖斗里面的沙，而是将车子打横，停在山路中间，坐在路边旁若无人地抽起烟来。后面赶场回家的人一拨又一拨，只好从车子旁边翻山过去，嘴中轻轻絮絮叨叨：

"那些人开个破手扶拖拉机，还那么逞强。"

"也是啊，在这里挡道，缺德哪。"

听了这些话，鹏娃恶狠狠地瞪那些山里人一眼，满不在乎地回答道：

"我就挡道了，怎么的？"

众人见是村书记的侄儿，不想惹事，便默不作声了。

山里人走了很远后，田建新看天色已经很晚了，鹏娃还没有走的意思，就走上前，好言劝他：

"鹏娃，你应该休息够了吧，走啊，不然，你挡在前面，我怎么开车回去啊。"

不想鹏娃竟然蛮横地答道：

"我就专门挡你的道，怎么的？你那么急着走，是要准备赶着投胎去啊？"

继而，鹏娃鄙视地讥笑他：

"你不是进城当工人去了吗？怎么又回到天界山上来了，讨吃还是大不过本地方啊，哈哈哈。"

听了这话后，田建新觉得自己与鹏娃前世无怨，这世无仇，他怎么这样对待自己？鹏娃是料定自己抢生意来了，想到这里，再联系村书记对自己的态度，他觉得被人戏弄了，心里很不爽。想起这些，他脸上的肌肉扭成一团，大声叫道：

"你到底让不让？"

鹏娃眼睛一瞪，声音更大：

"不让，怎么的，还想打架啊！"

鹏娃一直以来都是吃独食，见抢饭碗的人来了，一直没有寻到找碴儿的理由，见田建新竟然敢吼自己，便怒火中烧，边说边向他挥动拳头。

田建新自从下岗后，到处受气。现在，先是村书记打马虎眼，什么研究，分明是糊弄人，如今鹏娃为分一杯羹而找碴。他想，这天界山，谁规定了是你家的？

于是，田建新积聚了很多天的怒火，就在这一瞬间彻底爆发了，就势一拳接过来，两人都将对方往死里打。

那些赶场人爬一段山路后在路旁歇息，看见下面两个年轻人打架，你一拳我一脚的，他们就在上面看戏，边看边吼：

"加油打，真带劲。"

这些人边走边讥讽田建新：

"花那么多钱办户口，当工人，现在竟然开个破手扶拖拉机，笑死个人啊。"

早在鹏娃拦路时，其中有个住在田祥军家不远的人，平常就与田老汉关系很好，上山时见鹏娃惹事，怕建新吃暗亏，就急忙爬上山，将鹏娃挡道的事告诉了田祥军。

田祥军不相信自己那懂事的儿子会落到这个地步，但这人说得铁板钉钉的，他担心建新吃亏，决定亲自看看去。田老汉急急忙忙下山，远远看见两个人打来打去，看不清是谁，只见黑黑的两坨，便下意识地大吼一声：

"住手，不要打了！"

但正在打斗中的两个人哪里听得见。

田祥军拔腿就往下跑，快近他们身边时，已经上气不接下气了，踉跄几步，奔到他们面前，一看鹏娃的拳头马上就要落到儿子身上，田祥军就势一挡，拳头刚好落在田老汉背上。田祥军随即滚在路旁的石头上，满脸是血。

建新见是父亲，吓得脸色铁青，鹏娃见状，知道田老汉本来就有病，也吓得不知所措。李书记闻讯后赶来，见两个年轻人鼻子都在流流血，田祥军脸上更是鲜血直流，那样子好像不省人事了。村书记将两个年轻人狠狠地骂了一顿后，忙吩咐人将田老汉抬到建新的手扶拖拉机拖斗中，往医院奔去。

一行人来到医院后，医生给田老汉进行了清洗、检查，确定为皮外伤，但要住院观察治疗。医生也给两个年轻人进行了简单包扎。

情况稳定下来后，田老汉仔细端详自己的儿子，几个月不见，儿子瘦了一大圈，眼珠子都陷进去了，满脸的沧桑和疲惫。自从下岗后，父子两人以这样的方式相见，两个人眼圈都红红的，千言万语，不知道从何说起。但田建新马上冷静下来，如实告诉父亲自己的实况。父亲看看两人的模样，仰天长叹：

"老天啊，这日子可怎么过下去啊，你要给我儿子一条出路啊。"

听到父子两人受伤在医院，群芳及时赶来，买来礼物看望父亲。群芳看见父子两人脸上都缠着纱布，上前心疼地轻轻摸着田建新缠着的纱布，温言软语安慰道：

"建新，不要急，总会找到事做的。"

田老汉见状，刚刚还阴云密布的脸，瞬间有了点喜色，他望着群芳，嘤嘤不成声：

"好孩子，还是你对我家建新好啊。"

天界山人对这件事议论纷纷。罗金莲听说这件事后，更是火上浇油：

"建新以前就是一个冒牌货，现在终于现出原形了，完全一个彻头彻尾的农民，现在还敢来天界山抢书记侄儿的生意，还被人打了，想着都真正解气啊。"

第十九章　柳暗花明

田建新那天与书记的侄儿鹏娃打了一架，在医院给父亲治疗好了病，这样折腾了几天后，回到租住在碧水河边的小屋。揭开米桶，快空了，桌子上放的一盆炒好的干菜，也快吃完了。更麻烦的是，恰在这时，房东又来催交房租了，他摸摸自己的口袋，空空如也。他很抱歉地对房东说道：

"对不起，我还有几处运费没有结，等得了钱后马上给你交房租，请求你宽限几天。"

房东是位老大娘，看见他沮丧的样子，边走边说：

"讲好的几天时间啊，不要到时候不兑现。"

他连连点头称是。送走了老大娘，他躺在床上翻来覆去睡不着觉，夜深人静时，他仔细分析了自己的处境。下岗后，买来拖拉机，零星得来的运费，给父亲交住院费了，现在连房租都交不起。况且，刚刚与村书记的侄儿鹏娃打过架，天界山修公路参运，看来自己毫无指望了。

打架时双方都有伤，鹏娃打父亲那一拳又不是故意的，父亲完全是替自己挡的一拳啊。前几天，书记带着鹏娃，提着礼物一起来医院看望过父亲，讲了很多软话。一个村的人，抬头不见低头见，又不能得罪村书记，怎么好意思再去讨那么一点医药费呢。

看来，还得另外找出路。群芳下岗后，也没有找到事做，况且，群芳的那些亲戚，自从他下岗后，就对他不冷不热的。如果去她家找群芳，还不被那些势利眼亲戚笑死。反复权衡后，还是作罢。

思来想去，他只好开着那辆手扶拖拉机，来到姐姐家。镇粮店在姐姐家隔壁，当时，正是收粮食季节，镇政府要完成上级分配的国家粮食收购任务，乡镇干部每人都包了村，规定了时间交齐，粮店就忙不过来，请姐姐秀丽帮忙在镇粮店煮饭。

田建新没看见姐姐，就问外甥，正在写作业的外甥口中含着笔，正在不知所措地看着作业本，看见舅舅，喜出望外，就缠住他讲作业。田建新简单地给外甥指点一下后，就忙着找姐姐。外甥歪着头，嘴一努，告诉他：

"我娘在隔壁粮店。"

田建新便去粮店。夕阳西下，只见粮店的水泥塔子中堆满了粮食，有玉米粒、稻谷，金灿灿一片，与余晖交相辉映。田建新看呆了，有点文学功底的他，顿时诗兴大发，很想写点什么，但面对自己的现状，他又苦笑着摇摇头。正在粮店厨房忙碌的秀丽发现了他，惊喜地叫道：

"建新，你怎么有空来这里了？"

见到姐姐，田建新好想将爹住院的事情，还有自己下岗后的所有委屈说给她听，又觉得姐姐一个人在家忙碌，实在太辛苦，不忍心告诉她这些烦心事。再说，在这里讲也不妥，就默不作声地帮着姐姐在柴火灶门前烧火。

这时，刚好镇粮店主任来到食堂打水，看见负责后勤的那个下属也在这里，主任边舀水边对那个下属吩咐道：

"今天我在镇政府开了会，镇长定了硬性任务，各村的粮食收购任务必须在月底完成，明天一定要增加运粮食的车子。"

那个下属为难地说道：

"单位所有车子都安排下村去了，没有车子了啊。"

粮店主任瞪下属一眼：

"没有车子，难道你不知道请车啊？活人还会让尿憋死不成？"

"是，请车。"

那个下属唯唯诺诺。

建新听得真切，那个下属需要请车收购粮食。他急忙站起来，主动对那个下属做自我介绍，说自己有车，可以收粮食。那人看他一眼，歪着头问他道：

"你是？"

秀丽忙放下手中的活计，马上帮着回答：

"他是我弟弟。"

见秀丽这样回答，那人马上松开紧绷着的脸，笑着问他：

"老弟，你开的是什么车啊？"

他有点不好意思地回答：

"我是手扶拖拉机。"

"手扶拖拉机，你不是说笑话吧，怎么运粮食？"

那人差点笑岔了气。

他马上解释：

"在那些乡村小路上，只有我这手扶拖拉机才能开上去。"

那人还是没有答应，这时，只见粮店主任正色道：

"这个小伙子说得有理，今天开会时，那些偏远村的村干部就提出了意见，说我们的车子只能开到主路上，老百姓送粮要走很远的路，不愿意送。如果对那些偏僻的村，安排手扶拖拉机上去收粮食，效果会好得多。"

见主任发话了，那个下属马上笑脸盈盈：

"还是主任想得周到，确实的，手扶拖拉机去那些边远山区的村更合适。"

就这样，粮店这段时间都可以请田建新的车去各村收粮食。找到了事做，他很高兴，当晚就将这事第一时间告诉了群芳，她也替他高兴，还说自己在家待着也没有味，不如与他一起收粮去。他觉得很好，就叮嘱群芳明天起早点，他来她家里接。

能与田建新一道去收粮，每天可以在一起，这让群芳激动得一夜未合眼。她怕父亲阻止自己坐手扶拖拉机去，就决定先瞒着爹。

第二天，外面什么都看不清时，她就起床了，洗漱后，在镜子中左瞧瞧右看看，还画了个淡妆，直到对自己的妆容满意后，才打着手电筒出门。她在建新来她家的必经之路的路口等着他。她的眼睛始终盯着路上的手扶拖拉机。路上还有比她更早起的行人。一辆这样的车子来了，她心里突突直跳，正准备挥手，车子开近时，她一看，不是他的，有点失望。又一辆同样的车子就在不远处，她以为是他的，到眼前时，又不是，她在心里念叨：

"建新，你怎么还不来啊？"

边等车她还不时拿出小镜子照照。

其实，那天一早，天刚蒙蒙亮时，田建新就开着拖拉机，到群芳家接她去。他一路上还在担心怎么说服她爹让她与自己一起去。当他经过那个唯一的路口时，看见一个熟悉的身影，他简直不敢相信自己的眼睛，仔细一瞧，那不是自己心仪之人是谁？当确定是群芳时，他将车停在她身边，颤抖着问道：

"你，你怎么来这么早？"

群芳见到他后，感觉他略显疲惫，什么也没有说，笑着上了他的车，他们一路哼着抒情歌儿。来到粮店时，那些工作人员还没有到齐。等了一会儿后，他们才随那些工作人员一起去那些偏远的村组收粮。

这一天，艳阳高照，高空万里无云，与他们的心情是如此吻合。他们一路说说笑笑到达目的地。

就这样，群芳瞒着爹，说自己在外面找事做。然后，几乎每天，他们两人都来得最早，守在粮店。群芳按照一起出去的工作人员数量，给他们每人买好矿泉水。在收粮时，建新帮助老百姓将粮食放在磅秤上，再搬上车。群芳也在工作人员忙碌时，以自己精通会计的自身优势，帮忙算账。这样一来，当地老百姓和粮店工作人员都对他们交口称赞。这样的日子很快就过去了，一个月后，他们不仅得到了一笔钱，还赢得了好声誉。

第二十章　忍受讥讽

收粮结束后，通过粮店主任介绍，群芳还在当时最大的商场——碧水河商场，找到一份工作，专门做账，眼看好日子正在向他们招手。当建新开着自己的车子，带着群芳去那个商场报到时，在一楼紧挨大门的柜台边，他们看见了袁东升的女朋友杨梅香，梅香与群芳是一个居委会的人，又一起在汽配厂共过事，见到他们时，就热情地与他们打招呼：

"你们逛商场啊，群芳多买点东西，今天有人付钱啊。"

群芳掩饰不住高兴，脱口而出：

"我不是来买东西的，是来上班的。"并告诉了梅香自己的工作岗位。

梅香听说后，张大了嘴巴，半晌才缓过神来：

"恭喜你们啊，你们怎么找到这个岗位的？"

群芳便将自己怎么得到这个职位的经过告诉了梅香。梅香羡慕地对她说道：

"群芳，你真的找到了一个好男朋友。哎，还有一件与建新有关的事，我有空时再告诉你。"

这时，有人喊买东西，梅香便忙去了，群芳疑惑着报到去了。但群芳很想知道梅香将要告诉自己的是什么，特别是与建新有关的，她想，莫非他背着我另外交了女朋友，约会时被梅香撞见？不可能啊，别的不说，这段时间建新天天与自己在一起，没有什么不正常的举动啊。但她还是觉得要搞清楚。报到后，她支开建新，就缠着梅香无论如何要告诉自己。

梅香被群芳缠得没有办法，就问群芳：

"你还记得熊大姐不？"

群芳回答：

"当然记得，她是汽配厂年纪最大的会计。"

梅香继续说道：

"你知道她是最八卦的，消息也最灵通，就是她跟那些财务人员说的，你家建新主动找厂长要求自己先下岗，唯一的要求是保住你最后离开。"

群芳疑惑地问道：

"真的假的？"

"当然是真的，我亲耳听见的。我当时就羡慕你找了一个好男友。"

群芳听了梅香的这番话后，就更加喜欢建新了。

这时，田建新见各地基建搞得红红火火，而自己的车子已经落伍了，就想用这些运费，再找人去镇信用社借点钱买一辆小货运车。但知情人告诉他，要开这样的车子得有 B 驾照，而学这个驾照需要差不多半年时间。他认为这件事值得去做。

但他又觉得这样一件大事，应该与群芳商量。他来到群芳的工作地点，两人寒暄几句后，还没有等他开口说这事，她就告诉他，自己的父亲准备做六十大寿。

当地有句谚语："养女不赚钱，一个生一个年。"

也就是说，养个女儿，在春节和父母生日时，一定要备丰厚礼物。建新清楚这些习俗。

关于买小货运车的事，他再也说不出口了。他知道群芳家中情况，哥哥在外地发达了，姐姐也嫁了个经济条件不错的好老公。如果在准岳父生日那天自己送的礼金太少，自己没有面子，群芳也无法做人。

建新暂时放弃了换车的想法，眼看日子越来越近，但他感到庆幸的是，目前手中还有这些钱。

秋高气爽，万里无云。坐落在碧水河岸的群芳家门前，人来人往，热闹非凡。群芳哥哥前几天就开着大奔回家了。来宾都用手摸着车子，啧啧称赞：

"这个车就高级，李强林有福啊，养了个好儿子。"

正在人们称赞时，群芳姐姐与姐夫也开着大货车来了，人们又一阵唏嘘：

"李老头儿子开大奔，女儿买货车，坐人的，拉货的，要什么车有什么车。"

众人还在议论：

"李老头的幺女儿听说也定了亲，还不知道开什么车来呢。"

"那还用说，肯定是高级小轿车啊。"

正当人们起劲地叽叽嘎嘎时，建新开着拖拉机来了。他刚刚将车子停稳，很多人就上上下下打量他，当确信是群芳男朋友时，众人捧着嘴巴，忍不住笑：

"群芳的眼光怎么这样差啊，男朋友竟然开这么个破车子来给老丈人祝寿，真正笑死个人啊。"

听到这些话后，群芳父母心里不悦，对田建新也较冷淡。

田建新忍受着人们的讥笑，感受着岳父母的轻视，在群芳家如坐针毡。好不容易捱到所有拜寿仪式结束，建新赶快灰溜溜地想从群芳家走出去，群芳见状，马上拉住他的手，当着亲朋好友的面，大声告诉自己的父母：

"你们知道我现在的工作是怎么得来的吗？我不妨告诉你们，是建新找那个粮店主任帮的忙。还有一个你们不知道的秘密，我那次之所以最后下岗，也是他替我顶了缺。我要告诉大家的是，如果你们谁看不起建新，就是看不起我。"

众人听她说出这些话后，面面相觑，所有的焦点都集中在她一个人身上。沉默了一阵后，有人发出了声：

"群芳确实找了个好男友。这个小伙子事事为她着想，在现在这个世道，真难得啊。"

"建新哪个方面都好，就是穷了点。"

经过这次打击后，田建新发誓要做有小车一族。就目前的现状而言，自己还没有这个实力，但可以先将驾照学到手。

不久，田建新花钱在车管所报了名，在家进行理论学习。开拖拉机时，他也随身带着理论书籍。中午休息时，他在背那些条款，晚上放工回到小屋，他也逐条逐条地背诵，自己反复做习题，还在十字路口看交警怎么打手势，回家后对照书本的图反复温习，再记入心中。

群芳下班回来，总是先去田建新的小屋，每当他学习入迷时，群芳就会给他续一杯开水，做一阵题目后，就会叫他休息一会儿。红袖添香，其乐融融，他干劲更足了。直到每次做题都有 90 多分后，他才报名参加理论考试，考了 99 分的好成绩。

紧接着是科目二的学习，他与驾校的师傅协商好，每天最后一个学习时段是自己的。这样，他白天拉货，放工后，就去驾校学习实践操作。

那时的教练车是手摇式发动机，他开过拖拉机，这可以说是轻车熟路。每次学车时，他自觉地发动车辆。然后，他跟着教练的节奏，仔细记要点：侧方停车，见到右直角停车，挂倒挡，右侧直角消失时，方向盘向右打到底，左侧见三角形时，向左打一圈，左侧轮胎似压非压时，方向盘向左打到底，控制线与左肩平行时，踩刹车；直角转弯……他学车时，仔细观察教练所教的每个动作，然后，他用自己的方式，将那些要点编成口诀，晚上，他又反复在脑海中回忆整个流程，直到师傅所教的每个动作在头脑中清晰为止。

每次他去学习时，群芳知道他为了赶时间，顾不上吃晚饭，就做好晚饭，用保温盒装好，烧壶开水，装在保温水壶里，挂在自行车车把两边，去驾校等他。建新每次开着拖拉机到驾校门口，总会看到她的身影，然后，匆匆吃饭、喝水后学车。

这样用心学习，他科目二很快熟悉，考试时一把过关。科目三是路考，他本来就有开车经验，学习时记住要点：挂挡，眼在手先动，几个灯光，向左向右的转向灯，上坡控制油门下坡控制刹车，几个应变能力等。自然是手到擒来，科目四的理论考试就更加简单了。

经过这样几个月学习，他各个科目都顺利过关，拿到了 B 驾照。这样一来，他以后就可以开货车了。他想尽快赚钱，好买小货运车，再修新房子。想到这些，他干劲更足了，每天起早贪黑，不停赚钱。

第二十一章　誉满故里

田建新取得 B 驾照后，还是照常开他的手扶拖拉机，去各处揽活。而此时，国家加大了对贫困山区的扶持力度，对交通特别不便的高寒山区进驻了建整扶贫工作队。驻天界山村建整扶贫工作队是荣城县政府蔬菜办，这是一个经济实力并不是最强的后盾单位。当初县政府领导们选这个单位进驻天界山时，主要是看上这个单位的一把手覃春来，他是一位办事特别认真的人。

要想改变天界山村的贫困落后面貌，首先是进行基础设施建设，最要紧的就是修通公路。而要在那陡峭得几乎成直角的多个拐点上通公路，简直难于上青天。

这个村以前驻过其他建整扶贫工作队，都是雷声大雨点小。要想办成这件事，必须要有一位既能迎难而上，又办事稳妥的单位一把手才成。经过对县直单位众多一把手反复比较后，领导们选择了县政府蔬菜办。

覃主任领到任务后，就进行实地调研，以便做出相应决策。他每次爬上山都需要几个小时，亲身感受到了山民们上下山的艰难，看着那些山里人肩挑背驮往返于山道的情景，他心里隐隐作痛。他暗下决心，无论如何都要修通这条公路。于是，他带上村主干多次找相关部门和分管领导，才有了天界山村的"村村通"计划。

经过一年时间的奋战，天界山村通了毛公路，这时，手扶拖拉机、摩托、小货运车等都可以上山了。但小汽车要想开上山还是不行。山里人通了毛公路后，将山里的时鲜蔬菜、农副产品都拖到县城去卖，经济条件逐渐好转。

这时，有钱人很想购买小轿车，但苦于那毛公路一下雨就坑坑洼洼，拿着钱也不敢买了。山里人多么渴望将这条公路铺成水泥路面啊，而要铺水泥路面，必须要县交通局做计划，很多村都等着排队。看这情形，不定什么时候才排得上号。

而这时，天界山人张锦程刚好分管交通、经贸这条线。县政府蔬菜办主任覃春来得知这一情况后，异常欣喜，就与天界山的村书记李中民商量，计划找张县长去。

姹紫嫣红的春日，覃春来到了天界山村，找到李中民，说出了自己的想法。不料，李书记竟然苦着脸，连连叹气：

"哎，说来惭愧，那时，我家住在张大毛隔壁，他父亲过世后，与母亲李寡妇两人糊生活。他家没有劳力，我爹是组长，李寡妇曾经找过我爹帮着犁田，我爹不但没帮她耕田，还羞辱了她，现在，要我去求张县长办事，可能适得其反。"

覃春来见是这个情况，就问其他几位干部，那几个干部几乎都与书记说的情况一样，都不同程度欺负过张县长孤儿寡母。

覃主任通过进一步走访打听，得知那时李寡妇的田地是田祥军帮忙耕种的。这位领导确认这一消息后，很高兴，就辗转找到田老汉，田老头告诉覃主任：

"我儿子田建新知道张县长现在的住址，让他带你们去。"

紧接着，覃主任又在一个工地上找到建新，说明来意后，建新想到这是为家乡做好事，但他又怕张县长怪罪他多管闲事，挣扎了一会儿后，还是答应帮忙带路。

春日夜晚，月亮稀疏地挂在高空，地下有斑驳的月影。两人打着手电筒去了张县长家。张县长不在家，李寡妇看见建新后，热情倒茶，从电冰箱中取出水果，洗干净后叫他们吃，建新向老妇人介绍同去的人：

"李婶，这是县蔬菜办的覃主任，在天界山进行建整扶贫，特此来找张县长为山上办事。"

老妇人听后，马上收敛起笑容，愤愤然说道：

"讲到那个天界山，我就来气，那时，孩子他爹刚走，我们娘儿俩在那里讨生活，被村里一些狠人欺负成什么样子。连分的田都是最差的，他们想将我们饿死啊。"

老妇人叹口气后，看看建新，又慢悠悠说道：

"建新，那时，幸亏有你爹娘时常接济我们，你爹每次都是先将我家的田地犁好后，才去耕自己家的田土，他也不要工钱，我也给不了。你娘有什么好吃的，总是会送给我们一点。这些事，现在看起来不打紧，但那时，可是救了我娘儿俩的命啊！"

覃主任听了这些话后，唏嘘不已，之后，又问张县长什么时候回家，老妇人说儿子到省城开会去了，几天后才能回来。建新与老妇人约好日期，说好下次再来。

算好日子，在张县长开会回来的当天晚上，覃主任又与建新来到张县长家，说明来意后，张县长看了母亲一眼，缓缓说道：

"家乡搞建设，按说我是要出一分力的，但是哎……"

张县长母亲接口道：

"什么家乡，讲到那个鬼地方，想起那些做缺德事的人和受欺负的事，我就恨不得骂几天娘。"

覃主任脸上一直堆着笑，附和道：

"那些人确实可恶，不过，话又说回来，都过去了，老想那些不愉快的事，也不是办法呀，搞得自己心里反而不好受。"

建新看一眼挂在墙上的张老汉遗像，眼睛看向张县长，缓缓道来：

"那些事都过去了，我家还不是照样受人欺负。再说，张叔还在山上，以后通了水泥路，自己开车上去祭拜也方便些啊！"

张县长见建新提到父亲，马上联想起小时候的辛酸事来：父亲走后，就是这个天界山当今的李中民书记，仗着个子比自己大一点，经常骂自己是个无爹的孩子，放学走山路回家时，捉条蛇，将自己和同伴吓得直哭。但考虑到自己也是一个天界山人，如果老家不铺上水泥路面，作为分管这一块的领导，很没有面子。

挣扎了一会儿后，张县长眼神复杂地看覃主任一眼，又扫一下建新，面无表情地说道：

"建新，看在你爹娘那时帮过我家的分上，今天给你们一个面子，我答应给县交通局打招呼，在今年做出计划，给天界山铺上水泥路面。但有一个条件，叫村书记李中民亲自来找我，我有话对他说。"

覃主任连连点头，县长他娘又叮嘱建新一些话后，两人走出了张县长家。

不几日，覃主任对村书记李中民如此这般地交代一番后，喊上建新，再次来到张县长家。李寡妇看见李书记后，嘴角上扬，讥讽道：

"哎呀，这是哪里来的稀客，今晚怎么走错门了，到我家里来了?"

村书记厚着脸皮，堆着一脸笑，连声说对不起，说自己那时不懂事，不应该欺负张县长，现在，为了家乡建设，求张县长帮忙来了。

张县长看到李书记那张嘴脸，一阵恶心。他斜躺在沙发上，眼睛一直盯着村书记，见他表演得差不多了，娘的气也出了，就不紧不慢地说道：

"好了，我答应你们，但有一事还想过问一下，听说你侄子李大鹏怕建新抢工做，将他爹打住院了，连医药费都不肯给，也太欺负人了吧。"

村书记望一眼建新，马上笑着表态：

"医药费我叫鹏娃给，马上给，这次一定让建新参运。"

就这样，天界山村通毛公路后，写出了要求今年铺上水泥路面的申请报告，交给了县交通局。没有几天，工作人员就上山来进行实地测量，县交通局按照实际丈量数据，做出了具体规划，将天界山铺水泥路面定为当年的第一个工程。没多久，就进行了招标，进入了施工阶段，几个月过去，天界山就铺上了水泥路面。

有消息灵通人士知道这路是怎么来的，就对建新刮目相看，他们打心眼里感激他，在四方八面传唱：

"建新给天界山人做了一件天大的好事，我们世世代代、子子孙孙都会记着他。"

"建新以后如果有用得着我们的地方，我们都要不遗余力地帮他去。"

"那是肯定的，做人要有良心，不帮他帮谁去?"

"你们听说了没有，那个不可一世的村书记，这次在张大毛那里都低头了，张县长还帮建新要回了老爹的医药费，李书记亲自送到他家里去的。你们发现了没有，建新这次参加了运沙石、水泥，要是以前，想都不用想。"

"这就叫放秋风，收夜雨，建新爹那时没有白帮助李寡妇，现在得好报了啊!"

第二十二章　准备建房

田建新与粮店工作人员一起去各村收粮的过程中，他特别勤快，很讲诚信，在村民中间树立起了良好信誉。这样一来，雇他车子的人越来越多，周边那些建私房的人都叫他拉料，他的生意渐渐好起来。很多时候，雇他的车子拉材料都要事先预约。他当然不会放过这个赚钱的大好机会，更加拼命地整天跑车。

他先前积聚的一点钱给准岳父送了礼，然后又开始慢慢赚钱，钞票也一天天厚起来。他想借点钱，换辆小货运车，又想先下基脚，免得四周界址不清。正当他犹豫着什么时候与群芳商量时，一天晚上，他刚刚结完账，正在小屋中数钱，群芳走来了，眼泪汪汪告诉他：

"建新，怎么办？我妈这次从哥哥家回来，已经与我摊牌了，如果你再不修房子，她就不准我与你交往了，说是以前承诺了的事，要马上兑现，我也无话可说了。"

听了她的话，他也觉得有道理，两人商量后，他们决定先修房子。

第二天，他刚刚回到租的小屋，袁东升来到他面前，耷拉着脑袋，眼神空洞，无助地望着他。他急忙问东升怎么了，东升眼含泪花，颤抖着说道：

"我自从下岗后，很久没有找到事做，补的那几个月生活费还了老爹当时买麻苑时在镇信用社借的贷款，没有成本了，就什么事也干不成，现在在家帮着父亲干农活，女朋友看我没有出息，就毫不留情地提出与我分手。"

他连忙安慰东升，不相信地问他：

"东升，你说什么？不会吧，我看杨梅香不像那嫌贫爱富的人啊。"

东升叹声气，无奈摇头：

"我与梅香关系是很好，可是她全家人都反对她与我继续交往，她也很为难啊。"

他继续安慰东升：

"你不要急，如果你暂时没有找到事做，就先跟着我一起干，有我一口吃的，绝对少不了你的。至于女朋友，我相信，只要你有出息了，梅香一家人会回心转意的。退一万步说，就算这门亲事无望了，你还这么年轻，东方不亮西方亮，也没有什么大不了的。"

东升听了他的这番话后，稍许好受了一点，关于天界山，两人一夜聊了许多话。

"我已经很久没有回去了，不知道山上是何种情形。"

"铺上水泥路面后，很多人买车搞起运输来了。"

"我自己有车，不如我们回去一趟。一来可以帮助你回家取些换洗衣服，二来我想修房子这么大的事，也要给爹娘告知一下。"

"好的。"

在这之前，建新在给人运建材的过程中，就仔细观察过，对建房的一套程序，也逐渐有了基本了解。主意已定，他开着拖拉机，与东升一起，向天界山进发。原先鄙视他的那些人，不知道怎么知道他收留了东升的消息，当然不会放过这个嘲讽他的机会：

"开个破车，还想充老大。"

罗金莲更是不会放过这样的机会：

"是呀，自己都泥菩萨过河，自身难保，还假装带个小弟，笑死个人啊。"

田建新没有时间与精力理会这些，一回家就与父母商量建房的事，父母极力支持，还告诉他：

"儿子，你还不知道吧，东升的女朋友吹了，你也要当心啊，现在你没有工作了，我们为这事时常揪心啊。"

他听后，笑着安慰父母：

"你们放心吧，群芳不是嫌贫爱富之人。"

话虽这样说，但他心里其实也有隐隐的担心，那次在她家，他明显感受到了她家人的冷落。他知道，群芳为这事也受了不少气。自己常年跑运输，又很少有时间陪她，而且群芳现在又与东升前女友在一个商场上班，多多少少会受到那个女人影响。但他坚信：是自己的终究跑不掉，不是自己的担心也白搭。现在，最当紧的是想办法建房。

田建新在头脑中搜寻着可以帮自己忙的人，一下就想到了县蔬菜办覃主任。他去覃主任那里了解办建房手续所需的资料，覃主任通过熟人打听后告诉他：

"首先需要请办事处分管城建、国土的有关人员实地查看，之后领表、填表，居委会签字盖章后，报办事处，办事处规划站、国土站签字盖章后，再分别往上呈报。"

田建新很清楚，自己购买的那块地属于碧水河街道办事处碧水河居委会管辖。当他来到碧水河居委会询问有关情况时，工作人员告诉他：

"需要户口在本居委会，才能领表办手续。"

田建新一听这话，懵了，自己户口没有在这个居委会啊。

当时，各处都在建私房。这当中，有办了手续的，但更多的是没有办建房手续的，那些办了手续的就大胆在白天建房，而大多数没有办建房手续的，就晚上点上工程灯，高工资请瓦匠、木匠、钢筋工彻夜修房子，往往一层房子的水泥柱子，一个通宵就立起来了。

　　田建新弄清这个情况后，也想强行建房，但他知道，自己一个外来人，蛮干是不行的。于是，他又来到荣城县蔬菜办，找到覃春来。覃主任热情接待了他，边倒茶边对他帮忙找张县长一事感激不尽。他趁机说出了自己的困惑。覃主任听了他的情况后，示意他不用着急，告诉他：

　　"碧水河居委会书记王自清有事正要找我来呢，我到时候将你的事在他面前顺便提一下。"

　　"那太好了，先谢谢你了啊。"

　　"小事一桩，有什么好谢的。"

第二十三章　下好基脚

没过几天，碧水河居委会书记王自清与秘书一起来到覃主任办公室，仔细地给覃主任汇报自己居委会位于碧水河边的一个蔬菜项目。覃主任稳坐在办公椅上，面无表情。当王书记说完后，覃主任眼睛划过书记的脸，叫他们写好方案。然后，漫不经心地问一句：

"天界山有个叫田建新的，在你们那里买了块地基，你知道吧?"

"知道。"

"他家与分管交通的张县长可是有渊源的，这次天界山能够铺上水泥路面，多亏了他帮忙。"

"明白了。"

田建新得到了覃主任打听来的信息后，还通过其他渠道搞定了一个与王书记关系特别铁的人。准备好了后，田建新与那个和王书记关系好的人一起，晚上提着礼物去王书记家。王自清看到那个好友带着建新来到自己家，便明白是怎么一回事了，打着手势说了很多客套话。王书记那个好友看时机已经成熟，便将建新要求建房的事说与他听。

王书记听了老朋友的要求，又想起了覃主任话中的意思，便打着哈哈：

"现在这个世道，胀死胆大的，饿死胆小的。"

那人见有戏，就对老朋友叮嘱道：

"到时办事处来人找麻烦，你多担待点就行。"

王书记右手拇指与食指并拢，做了一个 OK 的手势。那人明白了意思，就拽着建新出门。

建新出门后追问那人：

"不要紧吧?"

那人很明确地回答：

"大家都这么干。"

然后那人又马上补充一句：

"书记的意思已经很明确了，他叫你可以先盖着，手续以后再说。我带了几个人到他家，都是这样说的。人家的新房子都住进去人了。"

走到一幢楼房前，那人又对他说道：

"你看，人家几层楼房都盖起来了，你还怕什么呢。我告诉你，只要没有人告状，你就什么事都没有。"

建新吃了定心丸后，就自己用拖拉机拉来石头、岩沙、水泥、石灰，买来钢筋，也准备这样建房。

他由于在山下没有搞基建的熟人，选好吉日，就请来老家的人帮忙下基脚，他怕被办事处干涉，就从四周界址先下基脚。

老家的工人们刚刚动工，地皮后面的邻居刘贵生走来了：

"这是要下房屋基脚吗？"

那些工人没有人理睬他，这人见状，便搬起锄头，在建新购买的地基边上强行钉桩，那些工人都是与建新关系特别铁的人，见邻居这样蛮横无理，便非常生气，好言相劝他：

"我们都是做工的，你要钉桩，等主人来了再说。"

"我管不了那么多，无论如何要给我留出通道。"

正当他们争执时，建新拖着一车石头倒在工地上，问明事由后，想到自己本身就是偷偷摸摸下基脚，怕事情闹大了惹出麻烦，就问刘贵生需要留出多宽的通道，没想到刘贵生狮子大开口，说要留5米宽，15米长的通道，建新一想，我总共就买那么一点地基，给你留出那么多后，我怎么修房子啊。但那人不管这些，他一动工，刘贵生就赖在工地吵闹。

眼看石头没有了，建新再去拖，刘贵生又来工地吵闹，老家的那些工人见建新在外地这般受人欺负，领头的使了一个眼色，众人停下手中活计，搬起锄头、铁铲，大吼一声：

"你要怎么的，想打架吗？我们奉陪到底。"

刘贵生见这阵势，以为工人只是吓一下自己，在工地上捡起一把铁铲，就要来拼命。他的武器刚刚扬起，就被人抢住，摔出去很远。看看这群彪悍愤怒的工人，刘贵生也有点胆虚，但他想倚老卖老，眼看基脚上正在码石头，他索性全身躺在工地上不起来。哪想到，其中一个大个子一手就将他提起，摔在工地旁边。刘贵生趁机大喊大叫："这些山里人好野蛮，打人啦，救命啊。"

刘贵生的尖叫声引来了四周邻居，他们一看这些强悍的山里人，也不敢讲什么，慌忙去居委会喊领导。

居委会王自清亲自来到现场，用皮尺量了几间房子的宽度，又将旁边的水沟用皮尺一量，对刘贵生和那些老家人吩咐：

"这个流向碧水河的水沟是居委会的，刘贵生可以在水沟上面铺条石，用做出来的通道。至于田建新能不能再让地，那就要双方协商。"

那些老家人替他做了主，他们异口同声：

"对这个横蛮无理的人有什么好说的，不让，建新花钱买来的地，一寸也不能让。你们以为他老家就无人了吗？告诉你们，我们天界山人可不是好欺负的。"

刘贵生尽管蛮横，但面对这些猛汉，还是不敢冒险，就骂骂咧咧着缩了头回家。

回家后，刘贵生很不甘心，他没有要得地，就一门心思想着不让这间房子修成功。他看见建新老家人还在工地忙碌，就跑去办事处举报田建新违规修建房子。不多一会儿，已经调任为碧水河街道办事处副主任的罗吉祥，便带着控违拆违的人来了。

罗吉祥来时，建新刚刚拖一车砖头到工地，正在听那些工人说起刚才与刘贵生争执的情形。罗吉祥一看见笑嘻嘻的建新，那叫一个"仇人相见，分外眼红"，看见他请的工人正在码石头，二话没说，对手下人嘴一歪，那些人便明白了领导的意思。他们有的抢铲子，有的推石头。建新好说歹说，强调自己只是码清楚一下四周界址。那些人又在四周查看，看到中间确实没有挖下屋角的壕沟，便一本正经地对他教育了一阵后，扬长而去。他没有办法，只好叫工人停工。

过了一段时间，国庆节放假了，但他还是拿不定主意，就又买来礼物去王书记家讨教。王书记接过他的礼物，眼睛往上一翻：

"田建新，我不知道对你说什么好，有句话是怎么说的，叫成功者不可毁也，国庆节办事处干部都放假了，刘贵生上哪儿告你去，等他们放假回来，你还下不好基脚？"

再次吃了定心丸后，他又去老家请来工人，在围好界址的地块中间，挖出堆成山的泥土，起出下基脚的壕沟。他自己白天运材料，晚上不停地挖泥巴，东升也一直给他帮忙。群芳下班后，第一时间来到工地，给他们送饭带水，查看一下进度。老家的那些人觉得建新在打水泥路面时，带着覃主任找张县长有功，大部分人对他感恩戴德，现在，他正是用人之际，就尽心尽力帮忙干活。这样日夜不停地劳作，在国庆节假期快结束时，他终于将基脚下好。

国庆节刚过，上班的第一天，罗吉祥便来到他的工地，看到已经下好的基脚，气得用力一脚踢在石头基脚上，马上掏出纸笔，刷刷写出停建通知书，咬牙对他说道：

"田建新，你如果再敢动工，我就请挖机将这个屋角连根刨起。"田建新见这情景，只好停工，好在基脚已经下好了，他心里乐滋滋的。

第二十四章　批发蔬菜

时间以它固有的规律匆匆而过，转眼间快一年。田建新下岗后，买了手扶拖拉机，有了一点钱后，下好了房屋基脚，他想一鼓作气将房子修好。可是他没有碧水河居委会的户口，办不了建房手续。

他所居住的荣城，城市规模逐渐扩大。从以十字街为中心的东西南北几条街，逐步扩大为以碧水河为分界的南北两岸。新修了火车南站、汽车站，飞机场也正在日夜不停地修建。

荣城周边的老百姓以前以种粮食为主，现在逐步发展为以种蔬菜为主了，新修了大型的农贸市场，有门面、有摊位。以前老百姓挑菜来城里，沿街叫卖，现在，要求他们到固定的市场上去卖。

这样一来，那些有点余钱、头脑灵活的人，就抢着购买门面和摊位。买来后，有的租出去，按年度收租金；有的买了摊位后就自己做生意。这些做生意的人，蔬菜全是大批量销售。

田建新看准了这一商机，他有车子，可以去各地进菜，又有东升这个帮手，如果有了自己的摊位，就可以大干一场了。

可这时，女朋友家人催得紧，要他无论如何要将房子建起来。面对这两难选择，他反复权衡：修房子必须要办手续，否则很难修成；而买了摊位后，还要投入资金才能将市场盘活，这样一来就没有时间和精力建房子了，自己的终身大事也要考虑，怎么办？市场上的这一机遇可是稍纵即逝。

有一天，建新给雇主拉货回来，路过新修的农贸市场工地，工人们正在施工，他一眼就看见一个熟悉的身影，对着几个干部模样的人在指指点点：

"这是民生工程，一定要注重质量，千万不要偷工减料啊。"

他停下车，那人也看见了他，两人几乎同时叫道：

"建新。""张县长。"

寒暄几句后，说到自己的近况与困惑，张县长给他分析了这个正在修建的市场前景：

"这是县政府投资修建的荣城第一个农贸市场，有很多优惠政策，特别是针对下岗职工这一块，优惠政策更多。当然了，以后还会有第二个、第三个，但我可以负责任地告诉你，再也不可能有这些优惠政策了，你自己考虑清楚，如果需要摊位的话，可以给你引见人。"

张县长话还未说完，站在他旁边一直恭维着的干部马上堆满笑，看着张县长，对建新说道：

"小老弟，要门面和摊位只管找我。"

张县长也对那人笑笑，又对建新点点头，之后钻进一小车内，又伸出头对他说道：

"考虑清楚啊，建新，机会难得，要抓住。"

那个干部等张县长走后，就问建新与张县长的关系，得知是与张县长很铁的同乡后，就将他领进办公室，指给了他还剩下的门面和摊位，以及价格，下岗职工要带的资料、优惠政策等有关内容。那个干部主动给他预留了一个门面和一个摊位，因为想购买的人特别多，只给他一天时间考虑。

他决定与群芳商量去，建新在群芳家找到她，他们出来后，牵手走向碧水河，在河岸坐下后，看着清亮亮的河水沿着小城环绕，他有感而发：

"碧水河，我请你做见证，总有一天，我会成为让人羡慕的人。"

紧接着，建新便告知群芳如何遇见张县长，以及张县长的建议，群芳听完建新遇见张县长的整个过程后，也动心了，两人就合计买一个摊位。

他们反复比较：这时候小城区才刚刚建这样大的农贸市场，门面贵得吓人，买不起，摊位相对便宜一些。他们掂量着手中的这点钱，觉得还是先购买摊位。主意拿定后，他便将拉货物赚来的钱买了一个摊位。

东升没有事做，死心塌地跟着他干，他就叫东升给他守着摊位，每月给东升开固定工资，东升自然很高兴。

天刚蒙蒙亮，他就在市场周围转悠，有早起卖菜的人来市场后，他便买下那些新鲜蔬菜，边远山区的人将菜挑到市场后，又怕零卖一时无法卖掉，见有人收购也觉得划算。

他将收来的菜一筐筐装好，叫东升守着，有单位食堂、学校食堂的采购者来买时，就以低于零卖的价格批发给那些人。

他还打听清楚了各个乡镇的赶集时间，哪几个是阴历1、4、7，哪几个是阳历2、5、8等，然后他掐着日子，在逢场日去那些地方赶集。他购买新鲜蔬菜，一箱箱装上车，然后，开车去各个餐馆兜售这些蔬菜，剩下的货物就放在摊位上卖。

他还去各个单位食堂，特别是学校食堂，联系送货上门。对长期采购人员，有时请他们吃一餐饭，一起喝口小酒，打几包烟。俗话说，吃人家的嘴软，那些人就长期定点购买他的菜。

可是世上没有不透风的墙，他的这些做法，马上被市场上的同行跟着效仿。他们也学着他，跟那些大学校的采买人员搞好关系，县城本来就小，转几个弯都是亲戚，那些人也要照顾其他人的关系，就分散了他的人脉。

田建新就给那些人打红包，他的销售额又在见涨，没想到那些同行又效仿他，也给那些人打红包，他的销量又下降了。

　　他清楚地知道是怎么一回事了，但他觉得再加钱也不是办法，这样恶性竞争，最终得利的就是这些大单位食堂的采买人员。他听说有一个学校，曾经争一个管后勤的岗位，争得你死我活。他苦笑，实际上，这些人都是我们养着的啊。

　　于是，他再也不给这些人加钱了，他觉得只要自己有新鲜菜，自然会有人来上门购买的。

　　小城还在突飞猛进发展，餐馆、酒店越来越多，但建新觉得这样只靠赶集进菜不是办法，必须走出去，进当地没有的蔬菜才能占领市场。

　　说干就干，他就开车去外地进菜，先是邻近的市县，当他从邻县将本地没有的蔬菜拉入市场，摆在自己的摊位上时，半袋烟工夫不到，那些拖着三轮车的、挑蛇皮袋的、背背笼的中间商，就将这车菜抢夺一空。

　　有了第一次经历，他又如法炮制，去另一个县城进菜。由于进来的菜新鲜，而且本地没有，也很快卖完。尝到了甜头的建新去了更远的地方进菜，满满一车菜拖来后，他与东升两人一袋袋、一筐筐搬下来，摆整齐，每次都是汗珠儿直往下掉，两人要将一车菜下完，摆好后才能休息。

　　去一趟外地不容易，一趟来回要几天时间，拉一手扶拖拉机的菜，供应不了卖菜的进度。而且小城逐渐发展起来，城里大街上禁止拖拉机行驶。他拖一车菜在大街上行走，经常东躲西藏，好不容易在外地拉来的新鲜蔬菜被追赶得洒落一地。

　　他觉得这样下去不是办法，就与群芳一起想对策。两人决定卖掉手扶拖拉机，将这段时间卖菜所得的利润添进去，购买了一辆小货运车。他开着新车，去更远的地方进菜去了。一小货运车菜，他与东升两人花了很长时间才搬完，他们累得快散架了，就在市场上的竹席上呼呼大睡。

　　他醒来后，觉得这样太累了，长期下去不是办法。他拍拍东升的肩膀，诚恳地对他说道：

　　"东升，幸亏有你，我太感谢你了，为我这样尽心尽力。"

　　东升也真诚地答道：

　　"其实是我要感谢你，要不是你收留我，我还不知道自己该干什么去呢。"

　　他觉得，尽管他俩还年轻，身体扛得住，但这样太累还是不行，于是，他又请了一个人。这人名叫汤新菊，虽然是个女孩，但个子大，有力气。

　　去外地购买蔬菜，确实可以保证摊位上经常有时鲜蔬菜供应，经过分析后，他觉得还可以搞蔬菜基地，发动周边的老百姓种菜，与他们签合同，到时按合同所定价格收购他们的蔬菜，这样，如同打了双层保险。

　　思考成熟后，他便在本县的乡村与邻县熟悉的村，走家串户，苦口婆心地说服当地农户，与老百姓签订购销合同。合同中规定：种子、化肥、农药由建新供应，农户只负责种植蔬菜，成熟后，按照所定好的价格，统一收购。这样一来，一年四季，他都有蔬菜供应，他在市场上逐渐打出了名气。

这时，天界山的种菜人，每次将菜运到市场后，也主动卖给他，他按照大行大市收购他们的蔬菜，山里人个个夸他：

"建新确实有本事，尽管下岗了，还是闯出了属于自己的一片天地。"

"是呀，有能力的人到哪里都吃得开。"

"听说卫民现在给人打工，彩霞也下岗了，坐在家里没有事做，几个人当中，还是建新强一些。"

第二十五章　梳理通道

　　冬去春来，田建新在收购、买卖蔬菜的过程中赚到了一些钱。这时，菜市场的很多老板都赚得盆溢钵满。有的自己买了大货车，有的雇大货车拉货。由于蔬菜大部分靠长途贩运，来去一趟，小货运车拉不了多少，确实不划算，市场上已经很难见到小货运车了。

　　他也想换车，将小货运车卖掉，换成大货车。但自己与群芳年龄越来越大，早该成家了。双方父母都在催，而要成家，房子还没有着落。

　　那时的荣城，除老居民有自己的房子外，从农村考上学而分配工作，或者直接招考进体制内的干部职工，居住的大部分是单位按照级别大小所分配的公产房。后来，房产改革，公产房卖给了个人。那些新招录和刚刚从乡镇调进城的公职人员，没有房子住，有少部分人通过转手得到一套两居室的廉租房，转手费五千到七千。针对这种情况，大部分单位利用自己的土地，在建集资房。这时，在单位上班的人，大多选择集资建房。

　　建新与群芳两人都没有单位了，当然没有这个福利。而小城里面刚刚建起来的少量商品房，价格贵得吓人，想要建私房，又办不了手续，他手里的这点钱不知道究竟先搞什么好。

　　一天夜里，他正在为这事发愁时，群芳来到他租住的小屋，眼泪汪汪地转告父母给她下的最后通牒：

　　"建新，如果这几个月你不将房子修好，那他们就不许我与你来往了。"

　　他看自己心爱之人为难，也就决定先修房子。他与群芳来到地基前，多日不见，没想到的是，他的基脚靠公路这一方不知是谁打了围墙。

　　"这是演的哪一出戏？"

　　他与群芳都懵了。

　　他向左邻右舍打听，原来是公路边的周二毛看到他下了房屋基脚后，说这个简易公路是当时居委会占用自己承包田修建的，没有补钱的，哪个要从这里路过，就要买路钱。周二毛看建新不懂味，于是，就在他下房屋基脚没多久，擅自打了围墙不让他过路。

　　他来到周二毛家打听，周二毛脸上绷得紧紧的，看到他来家里，没好气地吼叫道：

　　"田建新，你还好意思上我家的门，你下基脚时用了我的公路，连一句感谢的话都没有讲，现在，你说什么也没有用了，我不会让你过路的。"

他再三解释：

"当时，我买地基时，居委会王书记说这条公路是居委会的，大家都可以共用，我不知道是你家的，对不起。"

没料到他这样一说，周二毛更加来劲了，气势汹汹地告诉他：

"你既然这样说的话，那我就告诉你，以后修房子时，请你不要从我的公路上拖材料。"

他还想解释，不承想，那个周二毛竟然将他赶出了家门。

他眼见再说也是无益，就怏怏回到小屋，斜靠在椅子上唉声叹气。群芳来到他的小屋，听他说了这事后，就再三安慰他，月光如水，照着他清瘦的脸庞，群芳看见心上人这样无奈，也很心疼，她依偎在他身旁，给他打气：

"建新，不要急，我想到了一个人，与周二毛老婆彭伶俐关系特别好。"

他一听，马上坐直，偏着头，急忙说道：

"那还等什么，赶快找那个人去啊。"

从家中取出手电筒，建新与群芳提着礼物，连夜找到了那个人，原来她是群芳的一个远房亲戚。她见他们说的是这个事，就满口答应。隔了一天后，她给他们回了话：

"买点礼物，晚上我带你们上门去。"

当天夜晚，他又提着礼物，与群芳的那个亲戚一起，再去周二毛家，周二毛看见他们后，就什么都明白了。寒暄几句后，直入正题。周二毛说自己打围墙花了不少钱。

那个亲戚见周二毛说这些话，就望着周的老婆彭伶俐。彭伶俐见状，就对他们说道：

"本来这事是没有商量余地的，但看在老朋友分上，我还是成全建新，将我们所花去的费用补出来就算了。"

田建新当场满口答应。双方商定了价格，但现在已经这么晚了，银行也已关门，双方商定明天给钱。

第二天，他在银行排队取钱时，撞见居委会王书记，就随口打听：

"王书记，我地基旁边那条公路到底是怎么一回事，记得当时购买那块地皮时，不是说好共用的吗？"书记含糊其词，没有正面回答他。

周二毛那时承包有小工程，天天有进账。那天，彭伶俐在银行存钱，刚好听到建新与书记的对话。

建新取出钱，在群芳上班的商场接群芳下班。这时，碧水河上，川流不息，两岸等船的人，开心地聊着天，他们根本无心思倾听，两人拿着钱，只想快点到周二毛家，没想到周二毛一见到他们，马上变了脸色：

"建新，我好心成全你，你竟然去居委会告我的黑状。"

"告状？没有的事啊！"

"没有的事？你当我是瞎子聋子啊。"

周二毛妻子彭伶俐愤然说道。

田建新反复解释，忙从口袋中掏出钱，准备按说好的价格将钱交给周二毛，没想到周二毛将手一摆：

"既然你们这样不相信我，我不要你的钱，也不拆围墙了。"

边说边挥手往大门口指，他们没有办法，只好回家。

群芳见说好的事，因为建新多嘴而节外生枝，就很生气，埋怨他：

"都怪你，为什么要问王书记这个事？"

他还想解释，看见她泪水涟涟的样子，就将准备好的话咽了回去。

群芳见他闷闷不乐，想着自己刚才的冲动，就有点后悔，又转过来安慰他：

"走，我们再找那个亲戚去。"

田建新想了一下，目前只有这个办法了，他们又去那个亲戚家，说尽了好话，她才肯动身。

漆黑的夜晚，他们又来到周二毛家，周二毛还在生气，见他们来了，也没有甩什么好脸色给他们看。田建新再三解释，说自己在银行取钱时，刚好见到王书记，因为当时买地时，王书记明确讲过，那条公路是居委会的，又见大家都在公用，就随便问了这个事。

周二毛听见这个话后，又要赶他们出去，那个亲戚马上打圆场。她瞪着建新，眼睛看向彭伶俐：

"年轻人不懂事，多担待点，看在我的分上，还是方便他们了吧。"

周二毛见老婆的朋友话都说到这个分上了，就看一眼妻子，彭伶俐翘起嘴，生气地说道：

"田建新，按讲我是不成全你的，但既然你认了错，又有人从中调解，这样吧，按昨天说的价格再加 1000 元，不然，就是天王老子来求情我也不干了。"

那个亲戚还想替他们说话，田建新怕情况再变，就一口答应下来，先按昨天讲好的价格给了他们钱，余下的钱明天再送来。

隔一天后，田建新早早去银行取出钱交给周二毛，写好了协议。就这样，经过几次交涉，他可以从这条公路上路过拖建材了。

看着四周的界址清清楚楚的，通道也解决了，他心里一块石头终于落了地，群芳也跟着笑了。

第二十六章　办好手续

解决了与前后左右的地址纠纷后，田建新就准备修建房子了。当时，私人建房的风声越来越紧，办手续的要求越来越高，控违拆违也越来越严厉。县政府为了搞好这一工作，已经将控违拆违与各个居委会干部的帽子挂钩，只要发现一处乱占乱建的，立马摘掉居委会书记、主任的乌纱帽。这样一来，反而激起了那些修房人的欲望，私人建房更加多了起来。

有关系有门路的人办了正规的建房手续。而大部分人是没有建房手续的，他们只好花高价请人彻夜动工。这样一来，那些与修房应运而生的相关产业，也发展起来了。工程照明灯，木制的、铁管的脚手架，木制的、铝合金的人字梯，搅拌机、伸降机等，要什么有什么。

起先，居委会干部以为只是开会吓唬一下大家，并没有将上级的精神放在心上，睁一只眼闭一只眼，那些建房人只要肯花大价钱，100平方米的房子一个晚上就能搞定。之后，县纪委处分了好几个居委会书记，各个居委会才警觉，对乱占乱建来真的，每天不间断巡视，要想蛮干，基本是不可能了。

况且，田建新又不是本地人，他更加不能蛮干，他决定办正规建房手续。可是他户口不在碧水河居委会，怎么办？看来，只能以女朋友群芳的名义办了。

这样大的事，他觉得首先应该与群芳商量。又是伸手不见五指的夜晚，他借着微弱星光，来到群芳家。群芳和爹两人正坐在堂屋中间看电视。建新便鼓足勇气，与他们商量：

"爹，芳，我想动手建房子了，但我户口没有在这个居委会，我想以群芳的名义建房，来征求你们意见。"

她爹一听这话，认为对女儿没有任何伤害，便满口答应下来。群芳也点头同意，但提醒他：

"这样大的事，你可能还要回家征求一下你父母的意见为好，毕竟我们还不是正式夫妻，他们是否同意，如果因为这事一家人有了隔阂，就不好了。"

他见群芳说得有道理，就抽时间回家一趟，征求父母意见去。一天晚上，他开着小货运车到了天界山村。他父亲乘着夜色，还在将那些砍来的杉树剥皮，这时，母亲在家催促：

"老头子，该吃晚饭了。"

"差一点点就完工了，等这些树干了，好做儿子修房子的木材。"

他在大门外听了这段对话后，热泪直往上涌，这么晚了，两个老人还在忙碌，爹是在为修房子准备木材啊。凡桂英听见屋外有车子声，下意识地欢喜。猜测是儿子回来了，但她又不确定，儿子天天给人拖货赚钱，怎么会无缘无故回家呢，一定是自己听错了。她疑惑地跑出屋，定睛一望，那不是自己的儿子还能是谁？

两位老人见儿子回来了，忙着生火，又煎了几个鸡蛋，给他舀饭，吃饭时，他们见儿子又瘦了一大圈，就不停地给儿子夹鸡蛋吃。建新看一眼那旧饭桌上摆的一碗酸菜、一碗白菜，眼睛有点湿润。两个老人常年就一个干菜、一碗叶子菜，又是这么重的体力活，怎么受得了啊。

田建新想将以群芳名义办手续的事说给两位老人听，此时此刻又觉得说不出口，但这事又不能不解决，他于是心事重重的。凡桂英看出了他有心事，便鼓励他：

"儿子，你有什么话就尽管说出来吧，别憋在心里。"

他望一眼双亲，便鼓足勇气说道：

"我想建房子，但我户口没在碧水河居委会，想以群芳名义办手续，来征求一下你们的意见。"

田祥军听了儿子说的话后，眉头紧锁，沉凝半晌后，语重心长地告诉他：

"儿子，咱是山里人，家庭条件又不好，经不起折腾啊，不是我不相信群芳，只是这事太大了，害人之心不可有，防人之心不可无啊。就你们现在这种状况，以群芳名义办建房手续，哪能成呢？如果你们办了正式结婚手续，那就是另外一回事了。"

他再三强调，群芳不是忘恩负义的人，但田老汉就是丝毫不为所动，他实在没有办法可想了，就在母亲面前讲好话，凡桂英经不住儿子劝说，就在老头子面前打边腔。田老汉对老伴眼睛一鼓：

"你真是头发长见识短啊，将来竹篮打水一场空，你能怎么办？"

他见说服不了父亲，就乘着夜色下山，将车开回出租房后，深夜来到群芳家，将父亲的反应说与群芳听，她父亲李强林听了这话后，将椅子一摔：

"这样不相信人，不如你们趁早分手算了。"

群芳听到这些话后，起先也有点不悦，但仔细一想，觉得建新父亲考虑得也有道理，毕竟还不是正式夫妻。于是，她就给爹李老头讲好话：

"爹，你不要生气，换作是你，可能你也会这样考虑的。"

李强林气鼓鼓地对女儿望一眼：

"哼，你为他着想，他考虑你的感受了吗？'八字'都还没有娶，就想领证，门都没有。"

他一听有戏，就满口答应：

"爹，我马上请媒人来，举行'娶八字'仪式，正正规规来迎娶。"

月光如水的夜晚，建新提着礼物来到师傅家，与师娘说起相关事，李蕙兰满口答应。冬阳暖照，李蕙兰提着建新准备的礼物，来到群芳家，笑嘻嘻地叫道：

"大哥，建新请我求'八字'来了。"

群芳父亲热情地请她入座，思考了一阵后，列出了"娶八字"的礼金数目：现金 2 万元，三转二响（自行车一辆，缝纫机一台，手表一块，录音机一部，电视机一台），还有衣服等。

师娘得到这些信息后，给建新回话，他对师娘笑笑：

"这几样东西都可以想办法满足，只是这礼钱，如果给了群芳父亲，那自己这个屋就不用修了。"

鉴于这种情况，建新便与群芳商量，群芳心里有微微不悦，但慢慢也理解了他，就回家做父亲李强林的工作，哪知道，她父亲一听，就火冒三丈：

"我根本就没有提出过分要求，现在都是这个行情，难不成我们就要掉价？"

"这么说，你是要卖女儿啊？"

"你这个吃里扒外的东西，算我白养你一场了，没有礼金，你说什么我也不会同意的。"

就这样僵持了大约一个月，群芳还是没有说服父亲，建新听说后，心里也不好受。都是因为自己穷，群芳才跟着受气。为了不让心上人为难，他觉得还是先满足群芳父亲的要求后，再"娶八字"。

选好吉日，在荣城酒店订好两桌酒席，之后，田建新与群芳一起，分几次将"三转二响"购买好，他准备将礼金给群芳父亲，群芳一把抢过来还给他，并当着父亲面对他说道：

"建新，礼金就算你给了，拿这钱修房子去。"

李强林见女儿这样，也不好再说什么了。好日子这天，群芳那边请来至亲，建新这边就父母、舅舅与姐姐、师娘几人参加。进行简单仪式后，双方交换"八字"（出生的年、月、日、时，与之对应的天干、地支八个字）。

大家欢天喜地，双方至亲共同祝福两位年轻人正式订婚。第二天，她便带上户口本、身份证，与建新一起，去县民政局办了结婚证。

之后，建新拿着结婚证，以李群芳的名义写上报告，找到居委会王书记，求他帮忙办理建房相关手续。王书记告诉他：

"李群芳一个人只能办一层手续，要想办两层手续，还要加一个户口在一起的家里人。"

"加上我不行吗？我们可是办了结婚证的。"

"不行，因为你户口没有在我们居委会。"

他又与群芳商量，她建议加上自己爹李强林的名字。这事到了居委会就没有下文了，他去催了几次，王书记都用各种理由搪塞，叫他慢慢等，有序排队。他没有办法，只有等。过了一阵后，群芳厌食，又不停呕吐，建新带着她去医院检查。化验结果出来，医生笑吟吟道：

"恭喜你们，有喜了。"

他一听，懵了，刚刚自己正在为钱发愁，不想又孕育了小生命。如何是好啊。

群芳到了晚上，拿出那个单子看，没有想到她父亲李强林刚刚走进屋，刚好看见了那个化验单，气得一屁股跌坐在地上，骂个不停：

"田建新，你个杂种，还没有举行婚礼，你这是先斩后奏啊！"

见女儿那无所谓的样子，李强林摇头叹气：

"我怎么养了你这样的女儿啊！"

建新知道群芳怀上了自己的骨肉，决定尽快娶群芳进门，好给她和她父母一个交代。当天晚上，他就去找县蔬菜办覃主任。覃主任给王书记打了一个电话。王书记唯唯诺诺着答应了下来，信誓旦旦地说这事包在自己身上。

田建新回家后，又将办建房手续等情况告诉自己的双亲，田老汉看向远方，不停叹息：

"如果这样，我们花血汗钱辛辛苦苦建的房子，终究还是别人的啊！不行。"

"什么别人的，你们都要抱孙子了。"

"什么？我们要抱孙子了？老头子，你听见了吗？"

凡桂英喜出望外，忙叫着老伴。这时，田老汉皱得紧紧的眉头才慢慢舒展开来，轻轻说道：

"好吧。"

田建新下山后，连夜找到王书记讨教办法，王书记叫他买几条好烟，他一一照办。他跟着王书记跑碧水河办事处规划所、国土所，以及分管这个工作的领导。一个多月过去，建房的有关手续就办好了。居委会通知他去领手续。

深冬，北风呼呼刮，去居委会的路上，行人很少。零星雪花灌进他的衣领里，但他一点也不觉得冷，反而感觉心里热乎乎的。他领到这些手续时，紧紧抱在怀里，生怕搞掉似的。

第二十七章　修建房屋

办好了建房手续，田建新准备修建房屋了。老家的父母早就为他准备好了木料。现在，菜市场上有东升照看着，还请了一个女孩子给东升帮忙，他可以放心了，也有了一点收入，但离建房款还差得很远，他只有到处借。

好在他自己有车子，买好建筑材料后，自己运到地基旁。他首先拉来了一车沙，又拖来了一车砖头，倒在通道上，又买来水泥，码在周二毛屋檐下，再拖来钢筋，直接放在周二毛家里。因为当时修房子的人太多了，当地人都找的是本地基建队，至于工钱，有的按房屋每平米包干，有的干点工。他只有找老家人，按工日计算工钱。

看见建新在拖建房的材料，地基后面的刘贵生又开始忙活起来了。他隐隐听说这个房子是以李群芳名义修建的，但他又搞不准，就在基脚前问那些正在修房子的人：

"这个房子是谁修建的？"

那些帮建新筹备建材的老家人当中，有的上次下基脚时来过，认识这个老头，就没好气地回答道：

"田建新啊，难不成是你？"

刘贵生得知这个信息后心中窃喜，他打听清楚了，田建新户口没在这个居委会，那这房子就是没有手续的强建。而强建是要拆除的，想到建新拆除房子时的惨样，刘贵生就兴奋得一夜做美梦。

为了看到建新的狼狈样，在建新开始修房动工时，刘贵生一早就去了碧水河街道办事处，找到控违拆违的罗吉祥，工作人员告诉刘贵生，罗主任去了另外一个居委会，搞控违拆违去了。刘贵生又辗转找到罗主任，气喘吁吁地对他说道：

"罗主任，我向你反映一个情况，你上次带人下了停建通知的那个田建新，刚刚又开始动工修房子了。"

"什么？真是胆大包天，竟然还有这样的事？"

正在指挥拆除刚砌起来砖块的罗吉祥，不相信地这样问道。

"是真的，这样大的事，我怎么敢骗你？"

罗吉祥在旁边的自来水龙头旁洗了一下手，气愤地说道：

"老刘，你带路，看他田建新有多大的狗胆，竟然敢无证建房。"

于是，一行人气势汹汹地来到建新基脚旁，一看，工人们正干得热火朝天，一圈墙已经砌起了半人高。于是，他们隔很远就吼道：

"谁叫你们违法建房的？"

建新看见罗主任气鼓鼓的样子，为他点支烟，但罗主任恨恨道：

"不要给我来这一套，请问你有建房手续吗？"

"有的，没有手续怎么敢建房。"

罗主任一愣：

"你不会骗我吧，你办到了建房手续？"

"是的。"

"那还啰唆什么，赶快将建房手续拿出来呀。"

建新往群芳家里取有关手续去，并向岳父说了罗主任来找麻烦一事。这时的李强林很清楚，这个房子是以自己和女儿的名义修建的，找建新麻烦就是找自己麻烦。于是，李强林就将拟建这个房子的规划证、国土证、定点放样单，一并从家中拿出来，快步走到工地。

罗吉祥看见是李强林时，有点疑惑，当李强林将这些手续递与罗主任时，罗主任反复将地块与手续对照，当他明确房主是李群芳时，不相信地问李强林：

"这个地基怎么变成了李群芳的？"

"不行吗？"

罗主任再仔细对照后，只见房子办的是二层手续，共有人是李群芳与李强林，就没有再说什么了，手一挥，一伙人就散了。

刘贵生眼睛睁得大大的，怎么回事，这个房子办了正规的建房手续？看见刘贵生呆呆地站在房屋旁边，李强林警告这个猥琐的老头：

"老刘，你与建新以前的恩怨我不想管，但现在，这个房子是我女儿修的，请你不要再多事，要不然，我就会对你不客气，不信你试试看。"

老刘连连点头。

当办事处一行人来工地时，当地人都围拢来看热闹，他们想亲眼瞧见这个房子是怎么拆除的。一见是这个结果，众人都没有过足瘾似的，就在那里叽叽喳喳：

"李群芳怎么办到建房手续的，真是奇了怪了。"

"还没有结婚呢？男方就肯出钱为她修房子，怕是奉子成婚吧。"

"很多事说不准的，也许男方朝中有人，办建房手续值个屁。"

"你仔细看群芳那个样子，八成是怀孕了。"

他们管不了别人的闲言碎语，一门心思修房子。老家的父亲也将木料堆在一起，带信叫田建新拉下山。田建新将车开上了天界山，与父母一起将木料搬上车，两个老人又与儿子一同坐车下山，将木料一根根搬下车，码在房屋边的通道上。这样来来回回不知跑了多少趟，才将那些干木料运到工地上。

之后，父亲又帮他搭建临时窝棚守建筑材料。可是，就在第二天，只见乌云笼罩着天空，云层越积越厚，雨水哗哗直往下落，人一出门，就全身湿透，无奈，建新只好叫工人们停工。

为了稳住那些老家民工，他只好每天给他们开一点工钱。直到天放晴时，才又开始动工。这样干干停停，一个多月过去，两层房子的主体总算修建成功。

快过年了，那些工人急着回家，他也催得急，上面一层打的混凝土，可能质量没有过关，或者是没有保养好，经过一段冰冻天气后，有一次下大暴雨，新修的房子边缘，竟然有点漏水。

这个情况，按当时的政策，是可以申请在上面搭建钢架棚防水的。田建新找了几次碧水河街道办事处，要求在房屋最上面搭个钢架棚防水。但每次他去找，办事处工作人员都推说很忙，没有时间来查看，还说搭这个棚必须经过罗吉祥副主任签字才行。他一听，知道这事一时半会儿办不成了，得找可靠人帮忙签下这个字，就决定将这个事暂时缓一缓。

当时，田建新修房子欠下了一些钱，而他清楚地知道，每年快过年时，市场上的蔬菜生意都会异常火爆。他想趁着这个机会再赚点钱，就决定到外地拖一车菜去，也才有钱搭建这个棚，等过春节后再搞这个搭建钢架棚的事。

他去外地大约要一个星期，就将还没有完工的一些小事，譬如勾缝、贴外墙瓷砖等事，交与自己的老丈人，又给了李强林一笔钱，叫老丈人划算着用。

等他走后，李强林看到此时，本居委会的很多人都在强行搭建钢架棚。李强林知道建新也在办事处找了多次，毫无结果，就自作主张，想在上面搭一个这样的钢架棚。

说干就干，老丈人在卖钢材的地方找人量了尺寸，算好了价格，就着手干了起来。半夜时分，他给工程灯接上了电线，几个小时，早就做好了的钢架棚，就这样搭建起来了。之后，他一夜未睡，观察着后屋中刘贵生的动向。

不出李强林所料，一大清早，刘贵生坐在自己家里，对前面房屋顶上的钢架棚望了几眼后，就走出门。李老汉一直透过窗户观察着对方的动静，见刘老头走出门，就尾随其后。离办事处不远了，李老头紧追几步，赶上刘贵生，喝问他：

"刘贵生，干什么去？"

刘贵生见有人大声叫自己，马上一愣，一见是李强林，便有点慌张，哆嗦道："李强林啊，我，我没干什么，就是到处走走。"

"那就好，如果你又要搞什么缺德事，我绝对饶不了你。"

刘贵生见李强林一直跟着自己，就往家中的方向折回去。就这样，刘老头一直没有摆脱李老汉的视线，一天很快过去了。第二天，办事处工作人员便放假了，就这样，建新房顶的钢架棚搭建起来了。

建新从外地拉菜回市场，新鲜蔬菜一抢而空。他赚到钱后，来看自己新修的房子漏水情况，他对着自己新修的房屋顶上望了半晌，看到已经搭建起来的钢架棚，不相信自己眼睛似的，定睛看后，确信是真的，于是，他兴奋地咧开嘴笑个不停。

第二十八章　装修新房

荣城县城除外来工作人员外，大多居住的是土家族人，这里的人过春节大多过"赶年"。这源于一个口口相传的习俗：传说以前这里闹土匪，连过年都不得安宁，为了躲土匪，土家族人半夜过后就开始准备年饭，天刚麻麻亮，一家人团年，边吃边亮，然后又躲回山洞里。这个习俗一直沿袭了下来。

天空才刚刚吐出鱼肚白，小县城到处都在放烟花爆竹，一派喜气洋洋。群芳与父母、哥嫂、侄儿一起团年后，哥哥放爆竹，她与嫂子、侄儿捂着耳朵，然后，与侄儿一起放烟花。

天界山上，田建新与父母吃团年饭后，打开门，外面伸手不见五指，而此时，小山村僻里啪啦的鞭炮声已经此起彼伏响个不停。他放了一挂鞭炮后，就与父亲一起祭祖。

正月初一，他准备去群芳家拜年。今年就要与群芳行大礼了，这年的礼物要隆重些。七大姑八大姨每人都要有鱼有肉。这些，懂得礼俗的老母亲凡桂英早就预备好了，冬天杀年猪时，首先按所需要拜年的至亲数目，砍下了送礼的猪肉，已经用柴火慢慢熏干。每户两条大草鱼，早在腊月时，也买来晾干。

看到儿子正在换衣服，凡桂英就给他按照所要拜访的户数清理礼物，她怕儿子弄错，就一再叮嘱：

"装有香烟的最大袋子是你老丈人的；群芳姑妈一块腊肉，两条干鱼，两瓶酒，两盒点心，一包红糖；群芳舅舅一块腊肉，两条干鱼，两瓶酒，两盒点心，一包红糖……你记住了吗？"

母亲边嘱咐边将礼物分好、装好，每人一大袋，放在小货运车子上。田建新一出门，遇见东升，东升招了一下手，他问东升：

"忙什么去？"

"到摊位上看一下去。"

"多休息几天，摊位空着不碍事的。"

东升对他笑笑，诚恳地说道：

"我在家也没什么事做，不如去摊位，也可以顺便在大街上瞧瞧热闹去。"

他想起了那个刚刚请来的大个子女帮工，眼神复杂地看向这个好友，东升被他看得有点不好意思，红着脸道：

"看来，什么事也瞒不住你。"

他继续追问：

"这么说，有戏了？"

"嗯。"

他见东升要约会女友的心情急切，就叫他上车。这时的天界山顶上，还残留着少许白雪，家家户户的屋檐下，都挂着冰凌。山下，临近公路的树枝上，已经依稀可见嫩芽。他们一路感叹，真正是十里不同天啊。

到了群芳家，他将礼物给了老丈人后，就与群芳一起去那些亲戚家逐个拜年。细心的姑妈看着这些礼物，又发现了群芳微微现出的痕迹，什么都明白了。这个中年妇女笑着看向自己的侄女，轻轻说道：

"看来，今年又要吃喜酒了，说不定还是两场啊。"

群芳被姑妈看得不好意思，羞红着脸忸怩道：

"姑妈。"

拜访了那些亲戚，他们商量着装修房子。当时，修建私房的特别多。他好不容易找到一个水电工，那人承接得有好几处水电工程，一听他时间要求得那样急，就要他出高价钱，这样，或许可以考虑推掉其他生意而专心致志给他搞。他问这人的价格，水电工说出的数目，比他打听到的高出了两倍，双方没有协商定。

建新只好再找，没想到新找的这人也承接得有几处生意，但可以几家兼顾。他一听价格比第一个人低些，就与这人按每平方米多少钱签订了劳务用工合同。

正在他一心一意安装水电时，办事处那些春节休假的工作人员正月初八上班了。一天，他刚刚买来电线回到新屋，就见碧水河办事处罗吉祥带着一大帮工作人员在辖区内到处转悠，检查乱占乱建情况，远远看见前面多了一个钢架棚，他隐隐记得，这是李群芳修建的房子，虽说已经办好了建房手续，但没有同意她在上面搭建钢架棚呀。为了弄清楚是怎么一回事，罗主任带着工作人员向这个新房子走来。

当罗主任看见工人正在安装水电时，什么话也没有说，当场从皮包中拿出已经打印好了的制式处罚决定书，填上姓名、地址和日期，对建新恶狠狠地瞪了一眼后，告诉他：

"请你不要挑战我忍耐的极限，赶快停工。"

说完这话后，罗主任又来到碧水河居委会，见王书记不在，就对居委会的主任和秘书吩咐：

"赶快停了田建新的水和电，钢架棚自行拆除后，再送水电。"

主任和秘书唯唯诺诺。但他两人拿不定主意，他们想等罗主任走后，再与王书记商量对策。但罗主任稳坐在办公室，没有走的意思，一直等着两个人断电、断水去，于是，他们一边偷偷给书记打电话，一边找人停了建新的水电。

这样一来，建新只好停工，与群芳商量对策。岳父知道后，气鼓鼓的。老人找到居委会，高声骂道：

"为什么要停我家的水电，我已经办了正规建房手续，你们自己看看，这一方，哪个没有搭建钢架棚，光停我一个人的，你们欺软怕硬吗？"

主任和秘书再三解释，是办事处分管控违拆违的罗主任一直盯着要停的。正在吵闹间，王书记回来了，问明情况后，将他劝了回去。岳父去了办事处一个伙计那里，打听罗主任情况去了，回来时，面带笑容。

晚上，建新提着礼物，请求岳父与自己一起去书记家讨教办法去。

李强林想了想，点头答应了，在路上告诫他：

"晚上到了王书记家，你不要多说话，一切看我的。"

他疑惑地点点头。到了王书记家，建新请求书记想办法恢复水电。书记摇摇头，为难着叹气：

"罗主任亲自来要求停水电的，我能有什么办法？"

李强林请求书记：

"王书记，我明人不做暗事，我也打听清楚了，这次换届选举，罗吉祥刚好放在我们居委会，我也不让你为难，麻烦你给罗主任带个信，求他放我一马，这样，对我们大家都有好处。"

李强林说完这些话后，就观察书记的动态。正当建新听得一头雾水时，王书记听出了弦外之音，眼光划过李强林，点头道：

"好的，你还真是消息灵通啊，我一定给你将信带到，结果如何，就不得而知了。"

李强林马上点头答道：

"那是自然，只要你将信带到，就很感激你了。"

建新没有完全听懂他们的哑语，懵懵懂懂地跟着岳父回了家。第二天刚刚上班，王书记快步来到碧水河办事处罗主任办公室。罗主任热情地叫他坐下，边倒茶水边央求他：

"老兄，我放在你那里选举应该没有问题吧，到时你要全力帮帮我啊。"

王书记对罗主任望了望，轻轻咳嗽一声，缓缓道：

"我正是为这事来的，昨天，我不是没有在家吗，我居委会那两个不知天高地厚的东西，竟然停了李强林家的水电。

正在罗主任疑惑间，王书记缓缓道来：

"你知道李老头家族在我居委会有多少人吗？"

见罗主任疑惑的样子，王书记便慢慢说道：

"我干脆告诉你吧，他自己就有一娘生的八弟兄，还有叔伯弟兄，这样算起来，差不多有两百来号人，而且还很团结。你想想，到时，你在居委会推选人大代表选举时，他这一家要占多少选票啊。"

罗主任听了这话后，惊出来一身冷汗。想起自己还是个代理副主任，这次换届选举成功后，才能成为正式副主任，于是，罗吉祥讨好地望着王书记，颤抖着请求道：

"老兄，那如何是好啊，离选举日不远了，赶快替我想个办法啊。"

"没有关系，一切包在我身上。"

王书记拍着胸脯保证。

王书记从罗主任那里回来后，连忙吩咐手下人给建新通了水电。田建新不知道到底发生了什么事，通水电后，他又找来水电工，没过多久，全部水电线路就安装好了。

然后就找木工，按照群芳的要求，紧靠墙壁打了衣柜、书柜等橱柜。再之后，就是刮仿瓷，铺地板。

天界山上，田祥军早就准备好木料，剥皮晾干后码在屋檐下，以便儿子铺木地板时用。田祥军将家中值钱的东西悉数卖掉，给儿子凑点钱装修。

又一个月过去，春回大地，万物复苏。碧水河两岸的柳枝早已一派葱茏，河水呈翠绿色，平静如处子，光洁像镜面。柳树下，不知名的野花肆意生长。这时候，建新的房子也装修好了。他想择个吉日，将双亲先接下山居住，再娶媳妇，也算乔迁新居。

田老汉祖祖辈辈生活在这个小山村，一旦离开，真正舍不得。知道儿子的想法后，老汉走到常年耕种的田地间，手捧一把泥土，仔细端详：

"都说一方水土养一方人，这土养了我家几代人啊，不知道外面是何种情形，自己老了，这一走，就不能回来了啊。"

夜晚，田祥军来到东升家，眼含热泪问袁老六：

"老伙计，我如果下山了，你会不会下山看我？"

东升爹也老泪纵横：

"你要随儿子居住去了吗？如果那样，你要记得常回家看我们来啊，我有机会了会去看你的。"

凡桂英抚摸着相伴多年的黄牛，对老伴说道：

"这牛特别通人性，如果卖了，不知道别人能不能善待它？"说完，凡桂英将那牵着牛鼻孔的缰绳攥得紧紧的，偷偷抹眼泪。

望望生活了几十年的小山村，嗅嗅老两口一砖一瓦亲手建起来的小屋，闻闻常年耕种的泥土，摸摸相处多年长满老茧的老友双手，老两口经过反复思想斗争、情绪纠结，最后，还是艰难地放弃了与儿子一起生活的想法，决定暂时留在天界山村。

第二十九章　喜结连理

田建新父母早就知道群芳怀上了儿子的骨肉，在建新新居简单装修好后，就张罗他们的婚礼。他母亲提着礼物去了一趟师母家，要她作为媒人，去征求一下群芳双亲意见，师母自然满口答应。

皎洁月光洒满大地，师母李蕙兰提着建新娘准备的礼物，去群芳家提亲去。李蕙兰来到群芳家，发现只有两父女，便笑盈盈地问道：

"大哥，嫂子又不在家啊？"

"她到儿子家带孙宝去了。"

群芳父亲一看李蕙兰来，就知道是怎么一回事了，李蕙兰刚刚一开口，李强林就提出了女儿结婚时的要求：礼金两万元；新娘要用花轿抬进门；新娘要买时兴的衣服；拍婚纱照；摆酒席时的猪肉 100 斤，白酒 50 斤，烟 50 条；厨子、煮饭、端盘子、洗菜等人的红包；送亲中小孩的礼钱等。

李蕙兰将群芳父亲的要求转述给建新家。建新父亲看看老两口所居住的房子，轻轻叹息一声：

"按说群芳父亲没有提出过分要求，现在山上有的人家儿子结婚时，都给女方 5000 元到 10000 元，在群芳那样的城郊，我也打听清楚了，都给礼金 20000 元到 50000 元了。可是为帮助儿子修这个房子，老家所有值钱的东西都卖光了。结婚的其他物资都可以尽量借，唯独这 20000 元现金到哪里弄去啊。"

凡桂英看老伴一眼后，就默默不出声。建新也很为难，一方面，岳父的要求并不过分；另外一方面，父母为帮助自己修房子，已经倾其所有了，现在实在拿不出这么多钱来。而自己修房子时，所有的钱都投进去了，还借了账。装修时，全靠父亲卖老家那点东西帮助的一些钱。

建新从商场接群芳下班回家，春暖花开，微风吹拂着一对恋人的脸颊，他护着她慢慢往家中走。他们来到碧水河边，眼看渡船已经开到了河中央，艄公站在船头，用竹竿费力地撑着小木船，水面荡起一圈圈波纹，对河两岸，陆陆续续有人来往。两人就在柳树下歇一会儿等船。她见他闷闷不乐的样子，猜测到可能是因为礼金没有着落，就柔情地开导他：

"我知道你为什么不开心了，那天师娘走后，我与爹吵了一架，我问爹是要钱还是要女婿，我爹听后，气得直跺脚，为这事，几天都不与我说话。"

他见心上人受委屈，就低着头，责怪自己：

"都怪我无能，害得你跟着受委屈。"

她靠在他肩膀上，坚定地说：

"你什么也不用说了，这事我做主，礼金不用凑了，你只管将其他礼物准备齐全。"

他将她送回家时，叫了一声爹，李强林没怎么理睬他。

回家后，群芳告诉了爹自己的决定。李强林恼怒地看她一眼，但瞧着自己女儿微微隆起的肚子，他叹了一口气，幽怨说道：

"女儿终究是婆家的人，还没有嫁过去就向着婆家，养女儿到底有什么用啊！"

群芳听出了这话的意思，爹是答应了自己的要求，就欢天喜地走来告诉建新。于是，双方请人算了日子，最后，选了个双方都认可的吉日。

定好日子后，建新爹在天界山请人吃喜酒。田老汉首先来到东升家，两人唠着嗑没完，袁老六还陪着田祥军一家家的去请亲朋好友吃酒。

建新娘下山去请亲戚吃酒。她首先来到弟弟家，弟媳见老姐来了，就说出了自己的想法：

"考虑到姐姐第一次在山下摆酒席，又是在建新岳父所在地，我们想给你们搞热闹点。"

凡桂英连声道谢。

舅妈拽着建新娘来到猪圈，指着那头大肥猪，笑嘻嘻地看向老姐：

"这头猪到时送给你，这样，办酒席时，就不用买猪肉了，送女方家的猪肉也有了。"

正说话间，建新舅舅回家了，他一见到自己姐姐，就知道是怎么一回事了，也笑着说：

"外甥买户口那会儿，我自己生病，没有钱借给他，心里一直有个疙瘩。现在他大婚，又住在女方娘家地方，我与几个侄儿商量好了，给他搞得热热闹闹的，到时，请场大戏唱哈。"

凡桂英见娘家人这样支持，早已泪水涟涟。建新姐姐田秀丽，也想给娘家人搞热闹点，特制了一个匾，用百元大钞凑成了一个大大的双囍字。

确定了大喜日子后，群芳母亲也回家了，这最后一个女儿，当然要搞体面些，考虑到建新家的经济条件，老人怕女儿嫁过去后吃苦，就想为女儿多准备点嫁妆。老妇人几乎天天去大商场，床上用品买了四套，锅碗瓢盆样样备齐；又去弹棉花的地方，守着弹了八床新棉絮。

好日子前两天，同组人大部分来到田建新家帮忙。有的站在木质谷仓中撮谷，挑去村里打米场打米；有的将家中需要搬下山准备办酒席用的东西，装在早就洗干净晾干的蛇皮袋中。

建新娘忙着吩咐：干辣椒装在蛇皮袋中，干苦瓜装在塑料袋子中，干西红柿装在布袋中……

正在大伙忙碌时，田建新将小货运车开来了，乡邻们将装好的东西，一包包地帮忙扛上车，装了一整车，又选了几个力气大点的跟车。这些人坐在拖斗中的米包上，叽叽喳喳：

"建新有出息啊，将房子修在了碧水河边。"

"你发现没有，他媳妇有喜了，我们不久又要吃满月酒了。"

"田老头命好，马上就要抱孙子了。"

田建新建议乡亲们都跟着一起下山去，在场的山里人都笑着爬上车。天界山上，那唯一通往外界的公路上，大家一路欢天喜地来到他的新屋，上上下下打量后，赞个不停：

"这个屋的地方就选得好啊，一开门就可以看见碧水河，背靠天界山，风水好。"

"可不是吗，我那个在沿海打工的儿子回家时跟我说过，这样的房子叫河景房，老值钱了。"

"田老汉终于盼出头了，现在，儿子就要在这里结婚，他的任务也要完成了。"

婚礼这一天，春光明媚，天空碧蓝碧蓝的，小朵的白云在上空飘来飘去。新屋前面的碧水河岸鲜花盛开，特别是那一树树桃花，粉红粉红的，大朵绽放，鲜艳欲滴。新居门口，人山人海。大红的对联、窗花贴满了大门、小门、窗户。穿红挂绿的少女们，将一楼的堂屋、二楼的新房用气球和彩纸装扮得喜气洋洋。每次一来人，洋鼓洋号就使劲吹吹打打，欢快的歌曲一首接一首。

头天晚上，建新就被负责喊礼的"礼生"训练着告祖、行大礼。好日子这一天，田建新穿上群芳为他买来的新装，口袋边挂上新郎礼花，帅气十足。

天还没有亮，群芳哥哥开车送她去理发店做头发，然后又去化妆店化了妆，回家后，换上新娘装，美丽动人，迎来好一阵称赞声。闺蜜拿来镜子，群芳一照，确实比平时更加美丽，有神采。

"吉时到，出门娶亲去啊。"

随着"礼生"的喊声，早就安排好的迎亲队伍抬着花轿向不远处的群芳家走去。

众人来到群芳家，看见码在屋檐下的那么多嫁妆时，他们一声接一声喝彩：

"哇，这么多嫁妆，我数了一下，有四铺四盖。"

"这里竟然有一辆女式摩托车，也扎了大红花，应该是陪嫁的吧。"

"哇，有电视机，还是彩色的。"

正当迎亲人员看花眼时，只听到对方"礼生"高喊道：

"吉时到，先发嫁妆。"

一听到这指令声，那些迎亲人员，按照先前分配好的任务搬东西：

"凡二与这几个人搬铺盖。"

"张三推那辆女式摩托车。"

"李四力气大些，搬彩色电视机。"

"王五挑锅碗瓢盆。"

……

等这些嫁妆和原来订婚时送给群芳家的几大件搬完后，又听见对方"礼生"高喊道：

"吉时到，请新贵人就位。"

建新走到群芳家堂屋，随着对方"礼生"的喊礼节拍连连磕头。然后，对方"礼生"高喊道：

"吉时到，发人。"

盛装的群芳由哥哥背着送到花轿内，四个人抬着花轿，优哉游哉地沿碧水河边绕一圈后，向新家走去。一路引来碧水河畔的很多居民围观：

"快看来啊，新娘子坐的是花轿，真新鲜。"

不多一会儿，那些嫁妆就到了建新家，按照早就安排好的分工，众人有条不紊地忙乎，大部分已经摆放好。负责铺床的两人可有讲究哪：要儿女双全的，要是原配的，要贤惠的，还要模样长得周正的。两人边铺床边念叨"夫妻和睦，早生贵子"云云。

新娘子到家了，"礼生"高喊道：

"肃静，肃静，内外肃静，新婚典礼开始。"

众人自觉分开站立两边，让一对新人步入婚姻殿堂。举行婚礼后，就是给长辈敬茶环节。先给父母敬茶。群芳端着四个糖水蛋，敬给田祥军，大声叫了一声爹。田老汉眉头上扬，大声回答："哎。"

旁边站着的"礼生"问田老汉：

"儿媳叫得妙不妙？"

老汉欢喜地高声道：

"妙！"

"礼生"忙嬉戏附和：

"妙，快给钞票。"

田祥军从口袋中抠出一个大红包，递与群芳。

紧接着群芳给母亲敬茶，她叫妈时，凡桂英眉头上的那颗大黑痣不停跳动，哆嗦着高声答应："哎。"

旁边站着的"礼生"问凡桂英：

"儿媳叫得甜不甜？"

凡桂英抑制不住笑道：

"甜，甜。"

"礼生"忙嬉笑着：

"甜，快给钱。"

凡桂英便将手中早已捏着的大红包递与群芳。

然后，依次是姑父、姑妈，舅爷、舅妈……这边在敬蛋茶，那边在喊开席，酒席摆在三楼的钢架棚下。一次可以摆 12 桌，一共摆了 4 次。众人边吃边议论：

"建新作数，娶来的媳妇这么多嫁妆，竟然还陪嫁有电器，我还是第一次见到。"

"女方家里经济条件好，听说她哥哥老有钱了。"

"田老汉这下发财了，不仅原来订婚时的几转几响一样不少回来了，那边还添了很多东西啊。"

这些人吃饱喝足后，要建新放电视，说是瞧一下新鲜，当电视上出现彩色画面时，众人又是一顿惊呼：

"这个电视作数，人和景物都是彩色的，不像我们看的那个黑白电视，老飘雪花，这个就没有，好看多了。"

正当人们还在感叹电视上的画面是彩色时，众人又听到外面在喊：

"看大戏啰。"

大家连忙搬上板凳，抢好位置在外面看大戏。只见戏台上，一会儿木偶跳来蹦去，一会儿变脸……众人睁大眼睛观看时，凡桂英拿出花生、瓜子、糖果，笑呵呵分发给众人，又引来一阵又一阵感叹声。

那些帮忙了几天的山下亲戚，家里事实在忙不过来了，大戏散场后还要赶回家。建新和群芳站在大门外，目送这些人过河离开。小两口望着这条在灯光下波光粼粼的碧水河，憧憬着美好未来……

第三十章　添人进口

新婚第二天，天界山客人在家里吃完早饭后，田建新开车送他们回去，他父母也跟着一起回家了。田建新用眼神示意新婚妻子，自己要出门了。群芳没有说一句话，微笑着点头应允。

田建新从天界山下来，刚刚回到家门口，只见群芳豆大的汗珠直往额头上冒，很痛苦的样子，他心里不由一惊：

"芳，你怎么了，哪里不舒服？"

群芳用手捂着肚子，摇摇头。见怀孕的妻子这个样子，田建新急了，怕她肚子里的孩子有问题，急忙抱着媳妇上车，往县人民医院驶去。关车门时，他刚好看见邻居，就与邻居打了声招呼，说是送媳妇到医院检查去。

到了医院妇产科，医生说动了胎气，要赶快住院保胎，他们便毫不犹豫地住进医院。在病房里，主治医生告诉群芳：

"要注意休息，睡觉时只能平躺着。"

就这样，群芳每天躺在医院病床上，吃饭时，由田建新抱着坐起来轻轻放在床上，上厕所也是扶着的。

这里的女儿嫁人后，有在第三天回门的习俗，第三天，群芳妈准备好饭菜，直到傍晚，还未见女儿、女婿回门，就来到建新家打听，邻居告诉群芳妈：

"你女儿昨天由女婿送去医院了。"

一听到女儿过门还没三天就住进了医院，群芳妈急得打"慢慢游（意为人力车）"去医院，见到女儿后，连忙问：

"怎么一回事，好点了没有？"

当问清情况后，群芳妈狠狠地瞪了建新一眼，唠叨说：

"怎么搞的，一进你家门就住医院了？"

田建新百口莫辩，只好默不作声。在群芳住院后，他带信给山上的老母亲，叫她来服侍媳妇儿。就这样，两位母亲轮番着给群芳做好吃的，一个月过去了，再检查，医生说胎心不稳，建议还要保一个月胎，就这样，她在医院又住了一个月。

天天这样躺着，群芳特别难受，建新什么事也没有做，成天陪伴她，给她不停地讲笑话、故事。

经过两个多月的保胎治疗，胎儿保住了。医生建议群芳要卧床休息，商场本来就是私人承包的，在群芳请假住院后，就上了新人。她出院后，搞了交接，结算清了工资，就在家休息，所有的心思都用于保胎。

考虑到好不容易才保住的孩子，建新什么事也不准群芳做，她每天除了吃饭、上厕所，就是睡觉，而且有意识地平躺着睡觉。

群芳出院后，田建新去市场转了一圈，东升告诉他：

"蔬菜卖光了。"

田建新前往那些订好了合同的周边农户家收菜去，哪想到，大部分农户眼见蔬菜价格好，又看他迟迟没有来收购，就将他早已垫付了种子、农药、化肥的蔬菜，卖给了那些来地中收购蔬菜的人。现在，只剩下零星的、收购余下的细小蔬菜了。望着一片片狼藉的、自己花费了不少心血的地块，他欲哭无泪。

他知道，这是订了合同的，可以去打官司。但这些人不是亲戚就是熟人，怎么好意思与他们打官司呢？况且，有句话不是说得好，叫法不责众吗，自己应该怎么办呢？

田建新为打不打官司犹豫了几天，心里不是滋味，就去老家看有无蔬菜收购。回到家里，父亲感觉出了他的异样情绪，就追问他是怎么一回事。田建新见瞒不住，就一五一十地告诉了老父亲。田祥军看向远方，眼神坚定地告诫他：

"我知道你心里不好受，但都是亲戚朋友，怎么打官司？况且，你自己也有责任，到了时间没有去收，老百姓种点菜，谁不指望多卖点钱，不能眼睁睁看着成熟的蔬菜烂在菜地里，他们也有难处啊！"

听了父亲的话，他释然了。从这件事情中，他也悟透了，觉得与人订合同种菜这个办法行不通，想尝试着租地种菜。

可是要租地种菜，首先要有地可租啊，田建新来到老家，通过打听，好地块农户自己都种上了菜，只有一个地方，农户愿意租出去，那就是有名的漏水地，名叫白石垇。

当他将自己的想法与家人商量时，熟悉这个地块的老父亲第一个反对，田祥军告诉儿子：

"这是个鬼不生蛋的地方，地块瘦弱，不聚水，怎么种得来菜？"

因为之前找了几个地方，别人都不愿意租，他就决定租种这个地方的地。他认为，地块瘦，可以养，缺水，可以抗旱。况且，这种地，租金也低一些。但白石垇这个山包的地块，属于很多农户的。

于是，他将群芳送回娘家，要岳母帮忙照看着，他自己住在山上，白天在山上帮人拉东西，晚上上门一家家与人协商租种地块的事，忙得不亦乐乎。隔几天下山一次，探听一下妻子的情况。

这样几个月过去后，在硕果累累的秋日，群芳快到预产期了。他陪群芳去县医院妇产科检查，医生说胎位不正，建议住院观察治疗。他考虑到这样保险些，就在县医院住下来了。

建新安排好市场与菜地后，就去医院陪媳妇。一天，他陪群芳到医院外散步，她感觉到下身有东西流出，而且越流越多，他们赶忙奔到医院。经检查是羊水破裂，已经流出来不少，群芳进入待产室。几个妇产科医生首先建议她自己生，她们不停地给她加油、打气。她全身都折腾得湿透了，胎儿的头还未见到，这样过去了好一阵，群芳说她实在受不了，也没有力气了，要求剖腹产。

主治医生征求家属意见，他见妻子的脸苍白，头上汗水直往外冒，又担心这样下去对母子不利，就同意剖腹产。

群芳被推进了手术室，建新、凡桂英、群芳娘一直等在手术室外，隔一段时间，一个医生探出头来，问：

"李群芳家属在哪里？"

他马上回答：

"我就是，群芳怎么样了？"

"病人急需输血，征求一下家属意见，输不输？"

"肯定要输啊！"

他不假思索地回答。

"好。"

说完这话，护士要他签字，之后，就关了手术室门。他想问有关问题，没有人回答他了，他就问那些同样守在手术室外的家属：

"要输血是什么情况啊？"

"肯定是身体差，缺血呗！"

"有的产妇有大出血情况，需要抢救时也需要输血。"

田建新听了这些话后，坐立不安，就在走廊上走来走去。凡桂英搓着双手，自言自语：

"这可如何是好啊，孩子怎么样也不知道。"

群芳娘一句话也不说，痛苦地将手撑在墙壁上，不停掉眼泪。

隔了一会儿，手术室门推开了，医生探出头来：

"李群芳大出血，而且刚刚血库告急，怎么办？"

田建新央求医生无论如何要想办法，无论花多高的价钱购买都行。他边说边伸出自己的手臂，要医生抽自己的。医生点点头：

"知道了，我们尽力而为。"

手术室外，医生迅速找到经常在医院卖血的几个人，验血后，恰巧有个人与群芳的血型相合，医生将这人请来抽了血，马上输入群芳体内，她已经蜡黄的脸慢慢有了一点血色。

隔了好一阵，"哇"，一声婴儿的啼哭声打破了手术室外的宁静，田建新抢先一步抱起婴儿，忙问：

"群芳什么时候出来？她没事吧？"

　　凡桂英抢过孙子，眉梢上的那颗大黑痣又在跳；群芳母亲看一眼婴儿后，担心地问医生：

　　"群芳情况怎么样？"

　　推婴儿出来的医生笑着向他们道喜：

　　"谢天谢地，供血及时，李群芳已经没有什么大碍了，等麻药醒后就会推出来。"

　　听了这句话后，田建新一颗悬着的心才算真正落了地，长长地松了一口气。抱着孙子的老母亲笑呵呵的。群芳母亲撑着墙壁的手才慢慢放下来，用手抹一下眼睛，张口深深吸气：

　　"这下好了。"

　　然后，群芳娘才转身认真看新生婴儿：

　　"是个男孩。"

　　两位老人都嘴角上翘，哈哈大笑起来。

　　不多一会儿，群芳被推出来了，田建新马上接过推车，握住妻子的手，激动地说：

　　"芳，你受苦了。"

　　两位老人也慈祥地看向她，群芳忙问：

　　"孩子怎么样？让我看看。"

　　群芳满怀柔情地看向自己好不容易得来的婴孩，见孩子瘦瘦的，她有点担心，但还是眼含热泪，轻轻地笑笑。回病房后，医生告诉他们：

　　"孩子有点黄疸，也很瘦弱，需要在保温箱中观察治疗几天。"

　　他们只好听医生的。群芳每天担心孩子的情况，怕小孩在保温箱中受委屈，天天催建新将孩子抱出来。建新母亲怕别人换自己的孙子，也不放心孩子待在那里。群芳娘也怕外孙被人替换，同时又认为女儿可以趁这时好好休息，恢复体力，心情就很复杂。建新也担心孩子，但他现在是她们的主心骨，他安慰着至亲至爱的几个女人。

　　几个直系亲属知道群芳生了儿子后，都来医院看望她。过了几天，小孩黄疸正常，群芳的伤口也拆了线，就出院回家了。

　　一个阴雨绵绵的日子，田建新姐姐田秀丽提来几只老母鸡来家里再次探望，她这次是带着那个小点的孩子来的，小孩看见舅舅家的小弟弟非常可爱，在外婆给小弟弟洗澡后刚刚穿衣服时，也要抱一下。

　　趁大人们没注意时，小姑娘竟然将表弟抱出了门，建新娘赶着抢过来，没想到这个回家后还未出过门的婴儿淋了几滴雨后，额头发烫，老人觉得不对劲，忙告诉儿媳群芳，建议马上去医院。

　　就这样，刚回家没几天的群芳，又与婴孩一起住进了医院的儿科。经过儿科医生仔细检查，原来是感冒了，住院治疗几天后，才回到了家。群芳娘见女儿与外孙都正常了，就商量摆喜酒的事。

丹桂飘香的秋日，又是一个大晴天。建新家热闹非凡，在群芳娘家与他家之间的小路上，全是来吃喜酒的人群，个个穿戴一新。他们有的挑着大米，有的提着鸡蛋，有的挑着摇窝，有的背着婴儿衣服、鞋帽、被子等。队伍前面，两个人抬着用人民币贴着大红喜字的囍匾，八个人吹着洋鼓洋号，欢欢喜喜向他家走来。

这些客人到了，田建新请来的督管吩咐帮忙的人赶快上茶、准备酒菜。先倒糖水茶，再每人两个鸡蛋，再上清茶。三道茶过后，就开始摆酒席。酒席开在三楼，听见督管一声喊：

"开席啰，请群芳娘家人首先就座。"

这些人在群芳房间里看过婴儿后，有序入席。这时，那些帮忙的天界山人又在议论：

"建新真的有福气，结婚时，群芳带来了那么多嫁妆，现在生儿子后，她娘家人又送来这么多好东西。"

"建新家中的喜事一桩接着一桩，那菜市场的生意也一直不错，天界山恐怕没有谁比得上他了。"

那天，喝酒的人个个尽兴后才散席，那些亲戚在他家喝完喜酒后，很多人泡在碧水河中，尽情戏水，直到天快黑时，才依依不舍过河回家。他家搭了两个大通铺，供天界山人歇息，老家人第二天吃完早饭后才回家，一路又不停地议论着建新家。

第三十一章　经营菜地

天界山人从田建新家吃喜酒回来后，很久还在议论他一家人现在过上了好日子，买了车子，建了新房，还添了男丁，人人羡慕得不行。

袁老六更是感叹：

"我家东升要是有这样的归宿就好了啊！"

建新办喜酒后没有几天，安排好母亲照料月子中的妻儿，就驻扎在那有名的白石垴上。他将小货运车开上山，白天，有生意时他就拉东西赚钱，下大雨天与晚上，他几乎每天都要深入各家各户，与农户反复协商，签订合同。

这时，有少数天界山人看到他在捣鼓这个事，认为发财的机会来了，尽管很多地块荒芜着，也不轻易成全他，他苦口婆心请求，一个冬天过去，他搞定了白石垴上拥有地的大部分农户，但还是有几个农户不肯将地租给他。

他没有办法，只好请人挖那些签订了合同的地块，由于不肯租种的地夹在中间，他所栽种的蔬菜就很难连成一片。

春天，万物复苏。他将已经租种的地进行了合理布局，这里种西红柿，那块种四季豆……在背阴处种小白菜等生长期短的品种，在向阳处种植甜玉米等较抗旱的品种。

田建新知道白石垴这个地方不聚水，就特别注意这方面的管理。他在地块中间挖了几个水塘，在下雨时贮存水，以便在用水时有可浇灌的水源，在施肥时，多施磷肥与钾肥，控制氮肥的使用量。

他每天晚上，都要将第二天的工人排出班来：李小毛挖地，张二强锄草，王大利打农药。

眼看蔬菜就要丰收了，没有想到的是，那年的春夏之交，接连下大暴雨，竟然破天荒将大部分菜苗涝死了，只收到一点点小白菜。

他只好忍痛毁掉根部已经腐烂的菜苗，抢时间重新栽种。通过精心管理，又一季小白菜丰收了，四季豆也挂满了藤条，西红柿红红的一串串挂在枝条上。

这时，田建新又要安排人工采摘，山上人大部分都自己种有蔬菜，请工很困难，他只能去山下请人工采摘，每天要开工资，供应饭食。

这样一来，他卖菜得到了一些钱，但要高价请人工采摘，除租金与工资外，其实所剩无几。

而且这时天界山上的那些土地拥有者，看他蔬菜大丰收后，见合同期已到，在他又要与他们续签合同时，要求将租金提高。他算了一下账，种菜一年，尽管自己精心管理，天天驻扎在工地，但并没有得到多少收入，还不如自己跑车来的钱快。

他又告别了老家，继续跑车，照看蔬菜市场，去外地拖菜卖。一天，当他从外地拖一车菜刚刚回到市场，恰遇县蔬菜办覃春来主任，他给覃主任装了一大袋新鲜蔬菜，顺便说到自己的近况，特别是这一年来在天界山上种菜的遭遇，覃主任唏嘘不已，见他以前帮过自己，又看到他这样能吃苦，就对他说：

"你如果真的想种菜，就在碧水河居委会承包地，搞大棚蔬菜种植，一个大棚国家可以补贴 1000 元，一亩蔬菜补 500 元，两季菜可以补贴 1000 元。"

他又问：

"那我在天界山承包地种蔬菜可否得到补贴？"

覃主任笑道：

"目前，菜篮子工程还只辐射到城区周边几个办事处，天界山还不在其中。"

得到这个信息后，他就在碧水河边转悠，当发现有处闲地时，就打听是谁家的地，愿不愿意出租。通过反复打听，他找到几处闲置地的主人，没想到他们有的要自己种菜，有的已经租给别人做其他事，比如做打水泥砖的场地。酒店旁的地块，酒店老板租来用作停车场。

只有一处地长年荒芜着，这块地的主人是两兄弟，长年在外地打工，在碧水河也没有其他亲人了，他们去了大城市后，暂时还不想回家，也不知道现在家乡发展成什么样子了。

田建新辗转找到这两兄弟的联系方式，通过电话沟通，他们最终愿意租出这块荒地，租钱可以少给点，但如果什么时候自己要地，就要无条件退还。

他满口答应下来，就着手经营这块地。先是自己用砍柴刀砍掉人多高的杂草，晒干后烧掉。然后，请耕田机翻耕，再挖沟，才种上菜。他白天大部分时间在跑车，到了傍晚，就在菜地里忙碌。月光下，他锄草施肥，从碧水河挑水上来给菜地浇水，时常在菜地里劳作。

第一季菜，是种的小白菜，他搭了蔬菜大棚。他每天看到这样不停向上长的菜苗，心里乐滋滋的。因为他有摊位，不愁菜卖不出去，想象着一沓沓钞票就要到手了，并且还有政府补贴，他心里美滋滋的。

他算了一笔账，这种菜一年可以种好几季，等这一年下来，种菜收入再加上市场上卖菜的收入，还有自己跑车的收入，再卖掉小货运车，就可以买辆大货车了。他一想到这些，做梦都笑醒了。

看着菜苗一天天长壮，他觉得生活是如此甜蜜。一天，他拉货回家，又去菜园看了一眼，映入眼帘的是满眼的碧绿，他将草绳、箩筐早在家准备好，还通知了东升，计划着等到次日天刚刚亮时，就一起去摘菜，拉去市场卖。

在老家的父亲掐着日子，估摸着儿子栽种的小白菜到了采摘时候，也恰巧那天晚上赶来他家，他们准备第二天去摘菜。

东方才吐出鱼肚白，当建新与老爹、东升来到菜地时，只看见稀疏的一些小菜苗，刚下雨的菜地，踩满了脚印。看着这些辛辛苦苦种的小白菜就这样被人偷去，老父亲一屁股跌坐在地上，老泪纵横：

"天杀的，这是哪个断子绝孙的缺德鬼干的，这是要抢我家的饭碗啊。"

田建新心里也难受，见父亲这样子，就安慰道：

"别难过，我们再来。"

于是，他们又再次种了小白菜，除种植这种见效快的品种外，他们还按照季节，种植其他蔬菜，如西红柿、四季豆等。

快到小白菜采摘季节，为了蔬菜不再被人偷去，他就在菜地旁边搭了一个棚，晚上睡在菜地里，这样一来，就没有人敢偷他的菜了。

没过几天，又到了小白菜收获季节，全家人除老母亲照看小孩外，他与妻子群芳、老父亲都在地里摘菜，群芳还喊来了自己的老父亲前来帮忙。就这样，一季小白菜一天就采摘干净了，运到市场上，很快就销售一空。

这之后，他如法炮制，到了蔬菜成熟季节就睡在菜地当中。这块地中种植的其他蔬菜，也有了收入，四季豆一包包运往市场，很快就抢完了，西红柿放在摊位上，也很快卖光。到年底时，他还在蔬菜办领到了政府的大棚和蔬菜补贴。

全家人个个高兴，老父亲习惯性皱着的眉头渐渐舒展开，老母亲眉开眼笑，群芳抿着嘴，脸上像盛开的向日葵花。连那个小不点儿子田俊杰，也嘿嘿傻笑，小脸蛋红扑扑的。田建新在计算着买大货车还差多少钱。

正当一家人准备再大干一场，再种一季菜时，在外地打工的那两兄弟回家了。他们在外地听说了家乡的变化，决定回家盖房子，要用那块地，他只能忍痛给他们腾出那块地，他的种菜生涯也在这里打住了。这时，各种议论又风起云涌：

"建新车开得好好的，在那里假装种菜，真是瞎折腾，白忙乎，活该。"

"也不能这样说，不亲自试试，怎么知道锅儿是铁打的，真是的。"

"那是人家想套国家项目资金，叫作洗钱，你知道不？"

时时盯住他的罗金莲哪里肯放过这个机会，逢人便讽刺他：

"吃着碗里的，看着锅里的，真正是人心不足蛇吞象啊，哼！"

不理这些流言蜚语，田建新继续埋头做自己觉得应该做的事。

第三十二章　摊位拆迁

田建新自己种菜的希望破灭了，市场上的摊位上只能就近收菜卖，生意冷淡，还要开工资，他感到很棘手。况且，一家人时时需要用钱：买米、买油，交水电费。群芳身体自从那次大出血后，就没有完全恢复过来，儿子田俊杰没有奶吃，只能购买奶粉喝。

好在他有个小货运车，有时可以帮人拉点货物，还能勉强维持一家人的生活。

此时，蔬菜市场拉菜的车子大部分换成了大货车，像他这样的小货运车几乎绝迹。就是平常私人建房、单位搞建设运材料，都请大货车，开发商就更不用说了。因为请大车划算些。他的车子很少有人请了，只能去那些交通极为不便的边远地方找事做。但往往时间耽误在路上，要花不少买柴油的冤枉钱，他认为这样下去不是办法，就与群芳商量：

"芳，我们是否将这个旧车卖掉，再借点钱，换一辆大货车？"

群芳想了想，问他：

"现在，家中毫无积蓄，儿子天天要奶粉钱，欠账太多怎么办？"

正在小两口为是否换大货车犹豫不决时，市场上已经谣言四起：

"听说这个农贸市场要拆迁了，政府已经卖给了一个大开发商。"

"可不是吗，前几天还看见好多人在这里转悠，指指点点。"

"是真的，说是这里要建一个大商场，都有人来测量了。"

听到这些话后，田建新也将信将疑，但他想：又不是我一个人在这里有摊位，看情况再说，管他呢，该咋样咋样。

他决定去外地进菜卖，去交通不便的地方揽工做，一去就是好几天。有一次，他刚拖一车菜回来，到市场大门口，便远远看见很多干部模样的人在市场上转来晃去，一会儿与那些摊主争执，一会儿挥手指指点点。没过多久，那些人来到他的摊位前，在与东升和汤新菊交谈，只听见他们一再说自己做不了主，要等老板回来。

田建新将车子停在自己摊位前，东升叫汤新菊守住摊位，自己就急忙跳上车搬菜下车，那帮人一直等到他们两人将一车菜下完后，才问他：

"你就是这个摊位的老板？"

田建新还不清楚这帮人究竟是来找自己干什么的，反问道：

"是的，请问你找我有什么事？"

那些人便对他侃侃而谈，说政府将城市做了整体规划，这里马上就要建大型商场了，要征收这里的土地。

还没等这些人说完，他便明白了大体意思，很快反应过来，急忙问道：

"那我们到哪里卖菜去？"

"商场的负一楼将来就是菜市场。"

"那暗无天日的负一楼，怎么卖菜？"

"这个请你放一百二十个心，以后肯定要安装节能灯，白天黑夜地照着，底下也是亮堂堂的。"

一想到在商场的最脚下卖菜，田建新就觉得憋屈，但他知道，政府决定了的事，就算心里不爽也是徒劳，他信马由缰地胡思乱想。那些人到底说了什么，他也未完全听明白。工作人员见他懵懵懂懂的样子，也不再说什么了，便去了其他摊位。

不一会儿，在离他不远的摊位旁，刚才那些人与摊主吵了起来。

"老子在这里卖菜几年了，刚积聚点人气，你让我在那个商场负一楼卖菜，门都没有，还假装拿狠话压我，你以为老子是吃素的，哼！"

"好，好，咱们走着瞧。"

这一下，可惹毛了那些摊位的主人，大家都跟着起哄：

"好呀，政府工作人员还敢这样拿狠话来压我们，我们都不同意去那商场的地底下卖菜，不同意征收这地，难道政府还能抓我们去坐牢不成，就算把我们都抓去了，我们有伴，还有人管饭吃，怕个球。"

见激起了众怒，那些人就气冲冲走了。到了第二天，又来了一拨人，换成了几个"老把式"，这些人来到建新摊位前，笑容可掬地与他攀谈起来：

"你是哪里人？是自己购买的摊位，还是租别人的？"

他一一作答。

那个年纪最大的人见他配合，就趁机做他的工作：

"这周围都是高楼大厦，就这低矮的菜市场夹在中间，确实不协调。"

他没有反驳。那老者继续开导他：

"这里与周边的农户都要拆迁，要建全县目前最大的商场，负一楼就是蔬菜市场，市场的四周开发成门面，中间就方便周边的老百姓卖菜。"

他听懂了老干部的意思，急忙问道：

"这样一来，我们的摊位就没有了啊。"

"你可以换门面呀。"

"说得轻巧，我们买得起门面吗？"

"门面确实有点贵，但那是一本万利的事，买到了好门面，将来还可以做其他生意啊。"

他心里很纠结：好端端的摊位，有固定的客源，将来在那黑魆魆的地底下卖菜，怎么会有人来买啊，老者见他迟疑的样子，拍拍他的肩膀：

"小伙子，再仔细考虑一下，我明天再来。"

一行人又去了其他摊位做工作，又听见吵吵嚷嚷声：

"我们买不起门面，说什么我们也不会搬走的。"

他觉得这样吵闹终究不是办法，就去其他正在征地的项目处打听情况，得到的信息是：征收的价格分地段而定，像这样的摊位都是拿现金走人。

心里有底后，他就与那些摊主中平常办事比较公正、有点威望的几个人商量对策。他首先提出一个方案，如果要我们搬迁，必须满足如下条件：这个市场新修的门面首先满足我们这些搬迁的摊主，按同意搬迁签字的先后顺序选择门面的位置；按摊位的面积置换门面的面积，再补齐建材的差价。他的方案得到了那些摊主的一致响应。

有了方案后，他们便以摊主委员会的名义写出报告，同意这个方案的摊主就在报告中签字画押，他第一个签了字，并按下了鲜红的手指印。

看见这些平时有威望的摊主签了字，其他摊主也跟着签字、按手指印。当那些工作人员再来做思想工作时，他交出了这个方案。工作人员见多日的忙碌在今天终于看见了一丝希望，望着一个个红红的手指印，露出了难见的喜色，说是呈交给领导定夺后，再来答复他们。

工程指挥部的领导看见这个方案后，仔细审核，召集全部工作人员集思广益，最后，形成一致意见：菜市场摊主委员会的报告第一条是绝对可行的；第二条行不通。

第二天，工作人员来反馈这个意见，但摊主们一再坚持，双方僵持不下。关于第二条，都各执其词。指挥部工作人员认为，门面要按市场价格算，摊位按国家政策征收，不能混为一谈；摊主们认为，这就是一码事。由于摊主的要求与项目指挥部有分歧，这事就这样陷入了僵局。

建新刚刚从外地进的那点菜眼看就要卖光了，他又要去外地，为了这事心里有个底，他来到了这个项目工程指挥部。工作人员热情接待了他，刚好当时指挥长也在，说到拆迁这个市场的事，指挥长沉吟片刻，明确告诉他：

"按签字的前后顺序购买门面，这个主意好；以摊位换门面，那是不可能的事，门面绝对要按照市场价格购买，摊位的定价还可以再协商，但也不能比国家的征收定价高出多少。"

指挥长眼光划过他，继续说道：

"你可能还考虑以后这个地底下的菜市场无人知晓，这个你完全不用担心，我们会利用各种媒体，大张旗鼓进行宣传报道的。"

从指挥部出来，他就打定主意了，要想在市场上立足，必须购买一个好门面。他将自己见工程指挥部指挥长的过程说与那些摊主听，要他们顺应潮流，按工作人员所讲的要求签字，签字在前面的才能得到好门面，不然到时候鸡飞蛋打两头空。

那些摊主听了他所说的话后，有的不以为然，有的认为他在吹牛，有的居然哈哈大笑着嘲笑他：

"真正一个山巴佬，这样胆小怕事，工作人员一吓唬就屁了。"

他回家后，又将自己的想法与群芳商量，她也同意丈夫的意见，就是担心钱的事，他叫她放心。

建新走后，指挥长仔细考虑了他代表摊主委员会所呈送来的报告。结合在其他项目中的经验，关于对市场的摊位怎么拆迁，他对指挥部做出了具体指示：

"首先，新修的门面由摊主购买，顺序按签字的前后，价格按照市场价；其次，考虑到拆迁后，很长一段时间这些人不能正常做生意，每个摊位的价格在之前定的基础上，再增加一点，这些摊主还可以去临时划定的地块中去卖菜。"

指挥部工作人员将这一最新情况传达给各位摊主，还是有很多人不肯签字，他们还在幻想着用摊位换取门面。当工作人员来找他们时，他们不停吵闹。田建新清楚地知道，这是不可能的事，就再次给摊主们做工作，要他们签字同意拆迁，好得到相对好一点的门面，那些人又讥笑他：

"田建新头上顶不得芝麻大点事，纯粹是个胆小鬼。"

当时，紧靠大门的两旁有两个好门面，他很想买一个，就第一个签字了。他签好了合同，将摊位折算成的价格，与政府给的摊位损失补偿一并算作预订金。另外一个摊主看他签字后马上买到一个好门面，也紧接着签了字，购得了与他对面的那个好门面。之后，他安心去拉菜，继续去那些交通不便之地运东西。

大半年过去，田建新卖菜的收入，加上车子的运费，付齐了门面款，得到了门面的钥匙。东升与女友这段时间没有事做，建新给他们结清了工资，建议东升去考大货车驾照，还为东升女友汤新菊找到一份在超市收银的工作。

大型商场开业了，各种媒体进行了广泛宣传。田建新得到钥匙后，迅速进行简单装修，也刚好赶在这一天开业，由于负一楼的菜市场门面只有他一家开业，而且又在大门口，这样一来，媒体的聚光灯全部打在他门面的货物上，记者还对他这个新开业的业主进行了专题采访，他神采飞扬，侃侃而谈。

家乡人在电视上看到他后，很快传开了：

"我们村的建新上了电视，你们看到了吗？好潇洒的。那些菜多新鲜啊，堆成了山。"

"怎么没有看到，我们山里人也神气起来了，他卖菜发财了，还购买了大门面，令人羡慕啊。"

"建新从小就与别人不一样，发财是迟早的事。"

碧水河边的邻居也羡慕地叽叽咕咕：

"那个山上人还不错啊，比我们当地人还聪明，他下岗没多久干了好几件漂亮事，是个人才啊。"

这样一传十，十传百，从此后，田建新的蔬菜很快有了名气，买的人也多了起来。田建新叫群芳在门面中坐镇，继续请来东升帮他经管这个门面。

不久后，东升与汤新菊结婚了，东升媳妇在超市收入稳定。东升从内心里感激田建新，建新每次一车菜拖来后，东升下菜时尽心尽力。

第三十三章　修防洪堤

田建新购买了门面后，将小孩托付给老妈照料，自己和群芳一门心思经营这个门面，生意逐渐红火起来。

转眼到了夏日，接连下了几天暴雨，碧水河的水面看着往上涨，一天凌晨，田建新起床后习惯性沿河张望，一看不打紧，他马上一个激灵：

"碧水河涨洪水了。"

田建新赶紧叫醒家人往高处跑，当跑到一处高地时，眼见洪水进了家门。

他往下望去，只见滔天洪水像猛兽一样咆哮着，在睡梦中的碧水河两岸人们，还未明白是怎么一回事，就眼睁睁看着洪水肆意往家中灌。有楼房的人家赶紧往楼上跑，那些居住在低矮房子的居民，机灵点的，赶紧打开大门往高处躲，但洪水来得太猛，很多人困在家中跑不出去，只能绝望地看着洪水往面前灌。

正当很多人惊恐地望着洪水不知所措时，消防官兵、驻扎在当地的武警，驾着皮筏艇救人来了：

"把手给我，快上来。"

"屋中还有人没有？"

"救救我！"

"快来人啊，我不行了！"

这个人上了皮筏艇，那个人上了机帆船，还有人将老人、小孩背在背上，就这样，在这些最可爱的人的搀扶、救助下，居民们上了岸。一拨人稍许停顿下来后，另一拨人又去救人到安全处。

洪水继续往上涨，在确保居民们安全后，那些人又搬来一包包装着沙子的麻袋，堵在沿河两岸。见沙包被冲走了，官兵们又运来很多沙包，那些被救上岸来的居民，望着这咆哮的洪水，绝望地吼叫：

"这百年不遇的洪水要吃人啊，家中淹没了，怎么办啊？"

"看，连十字街都淹了，还让不让人活下去啊。"

洪水还在猛涨，岸上临时搭建起了帐篷，有关部门送来了衣物，支起了锅灶，灾民们也不管是哪个居委会的，都聚集在一起开餐。

几天后，洪水开始消退，人们陆续回到家中，清理淤泥、污物，那些曾经住在破烂房子里的人，回到往日旧址，怎么也找不着房子，原来这烂房子被洪水冲走了，看着一片狼藉的昔日之家，他们眼神空洞地对着碧水河喊道：

"老天啊，房子没有了，家在哪里啊？"

面对这些人群，政府组成了临时救济处，同时，迅速组织各级政府查灾、救灾。对无房户组织重建，针对不同灾情赶修廉租房、经济适用房。

洪灾过后，荣城县水利部门，及时写出了要求在沿河两岸修建防洪大堤的报告，县政府分管领导马上给主要领导汇报，在得到肯定答复后，政府有关部门在各级媒体上征求社会有识人士的意见。

关于这个提议，两种意见进行了激烈交锋，保守派认为：

"修防洪堤是好事，但两岸的柳树就要被毁掉了，影响了美观，要慎重考虑。"

创新派认为：

"说不定这样的洪水还会再来一次，到那时人民生命财产就没有保障了，防洪大堤一定要修建。"

经过反复征求意见，惊魂未定的人们，同意修建防洪大堤的占了绝大多数，修建防洪大堤的意见得到了一致通过。

经过几轮招投标，碧水河岸的防洪大堤开始修建了。对河两岸到处是拉沙石、水泥的工程车。

河堤上，居民都种上了菜，有的是自留地，有的是在河岸上无人经管的荒坡上开的荒。洪水肆虐后，菜冲走了，菜地也被冲毁了。但当政府要在这地方修建河堤时，这些居民尽管还心有余悸，认为修河堤是好事，可是占了自家菜地，还是要求补偿钱的。这些人就在修建河堤指挥部吵吵嚷嚷：

"我挖这点菜地干了多少天工，腰都直不起来了，现在要占这个地，我是要补钱的。"

"这块菜地就是我的生活来源，我全靠这点菜地种菜卖后买米买油的，现在要占了，可就断了我全家的口粮了，凭谁再怎么说，我都不会同意占去的。"

工作人员一家家上门做工作，但有些人就是滴水不进。田建新的菜地也占了一大块，他妻子群芳娘家人只给她划出这么一块菜地，这样占去了也就没有菜地了，今后吃菜只能买了。

但不占菜地防洪堤无法修建，田建新反复考虑后，有了主意，防洪堤要修，但菜地确实也要适当补偿。心态调整好后，当指挥部工作人员上门找他协商菜地补偿办法时，田建新说出了自己的想法：

"对着每户承包地的底子，按实际占地多少补偿钱。"

指挥部通过多次征求毁地户的意见，几经调查后认为这个建议可行。指挥部工作人员经过实地丈量，对照国家的征地补偿标准，一家家算出补偿价格。

那些居民知道补偿的价格后，认为太少了，还是不放手，建新得知这一情况后，又给周边菜农做工作，给他们讲洪水的危害，并首先签字同意占地。指挥部工程队从建新这块地开始动工，那些居民的地由于洪水冲毁后，界址不清，每天吵闹不停。

建新知道后，建议指挥部在每个居委会的秘书那里清理出分菜地的底子，由于掌握了第一手资料，底子上有名字的居民，在工作人员反复做工作后签字领了钱，而那些没有名字又实际种了菜的居民就吵闹不休：

"我开荒种的菜，怎么没有补偿？"

"你非法乱挖河堤还要补偿？"

"没有补偿是吧！老子跟你们拼了。"

通过实地调查，那些人确实是非法开荒。

当挖机开挖时，有个老妇睡在冲毁的菜地处不肯走，这时，工作人员喊来了她的子女，通过给子女反复宣讲国家的征地补偿政策，老妇人的儿子终于同意占用冲得一片狼藉的荒地，将老母亲从工地中抱出来，挖机又才开挖。

就这样，通过有关工作人员反复做工作，做通一家人的工作，筑一段坝。经过两年的努力，碧水河两岸的防洪大堤才修建成功。

这个大堤分几层而建，临水是梯形的石条，中间是几米宽的人行道，上面是坡地，最上面一层又是几米宽的人行道，在坡地上种上樱花树、蜡梅树、桂花树等，树下面种上草。

河堤上四季都是风景。春天，草地绿油油的，樱花绽开，桃花怒放，两岸一片粉红。夏日，河中小伙子在游泳，河岸悠闲的市民在垂钓。秋天，银杏树叶落满地，金灿灿的。冬天，蜡梅开了，火红一片。

人行道上，早晚锻炼身体的人川流不息，跑累了，有休闲的长椅供人歇息。

河堤的休闲区，大妈们在打太极拳，老头子在下棋，大婶们在跳广场舞，年轻人在跑步、在体育设施上锻炼身体。市民们见到这派光景，感慨万千：

"这防洪堤变成了市民休闲、健身的好去处，建得实在太好了啊。"

"是呀，再大的洪水也浸不到家里来了，我们的日子真是越过越好了啊。"

第三十四章　架碧水桥

防洪堤修建好了，田建新与李群芳在市场上买菜卖菜，他们几乎天天从堤上经过，这时，渡河的小木船换成了机帆船，他们每天坐机帆船往返，在等船的间隙，建新感叹道：

"以前，这碧水河两岸的人们，多少年来，都是小木船人工摆渡，如果挑着较重的货物，就要从很远的地方绕路，从老碧水桥上面路过。"

群芳看着从对岸开来的崭新机帆船，接过话：

"是呀，那时，碧水河南岸的菜农，早晨挑着粪桶去河的北岸收粪，这时，从南岸挑菜过来的，与挑着满满一担粪从北岸回来的菜农，经常在河岸相逢，真的是人来人往，热闹非凡。河两岸的大姑娘、小媳妇，洗衣的棒槌声此起彼伏，玩笑声不绝于耳。"

与他们一起等船的人也随声附和：

"是的，每逢节假日，学生们放假了，北岸上的小孩子们从青石板上往下滑，有时青石板上还洒有粪水，但这些孩子们也不管不顾粪便的气味时不时浸入鼻孔，尽情玩耍。"

随着时代发展，这种船只能作为水上交通工具，两岸的物资运送还是只能靠人工肩挑背驮。为了方便来往，许多有识之士给县政府提出建议，要求于南来北往人群最集中处，再架一座桥。

在广泛征求意见后，为了顺民意，荣城县政府领导决定，召开县长办公会议。在这个会议上，一个副县长发言：

"原来的碧水大桥已经过去这么多年了，承载的过往任务确实太大，需要再架一座桥分担一下。"

另外一个分管财经的副县长紧跟着发言：

"再架一座桥，资金困难啊。"

大家你一言我一语。最后，已经升任为荣城县政府县长的张锦程一锤定音：

"纵使举全县之力，也要架通这座桥。"

就这样，县政府形成了一项决议：今年，一定要想方设法架通清水湾大桥，作为为民办实事的头等大事，抓紧抓落实。

通过专业人士反复勘测，又向有资质的建筑工程队招投标，临近冬天时，头戴安全帽的工程队员们，运来相关机械，就要下河施工了。工程队将下游的河坝放干水，在图纸规划区域内的柱子四周，进行钉装，在钉装处周围对河水进行围坝拦截。然后，工人们顶烈日、淋暴雨，放心大胆地铺钢筋，倒混凝土。这样日复一日，一个桥墩一个桥墩进行施工。大约施工了一年多，清水湾终于通桥了。

通桥当天，进行剪彩，然后车辆试着开上桥，人们奔走相告：

"碧水河上新修通了一座大桥，快去看啊。"

看热闹的人们从四面八方涌来，叽叽喳喳：

"这下好了，卖菜可以用车运了，去街上买粪也可以用板车拉了。"

"哎呀，以后我们上街好方便啊，这下是真正的好了。"

"肯定的呀，我们有福气啊，对河两岸的人盼这一天盼了多久啊，美梦终于成真了。"

田建新一家人更是欢喜异常，之前，他每天从家中去菜市场，要么坐船，要么绕很大的圈子，从家中经过以前的老碧水桥，到市场门面，要很长一段时间。而现在，从家中到新的清水湾大桥只间隔两栋房屋的距离，过桥后，再走一小段路，就可以直接到菜市场。由于节省了路途时间，他市场的门开得更加早了，生意也越做越红火。

张锦程县长很想为官一任，造福一方，修桥铺路，是最能显出政绩的工程，况且也是行善积德的好事。他看到两岸居民隔着碧水河，来往很不方便，就选择首先建桥，在清水湾大桥通行后，他又在这座桥的上游和下游较远的地方，准备建第二座桥、第三座桥。

当第二座桥建成之后，他准备在上游的老碧水桥那个地方建第三座桥。通过专业人员鉴定，老碧水桥已经是危桥了。尽管有心理准备，但听到这个鉴定结果后，张县长还是吓出了一身冷汗。

他曾经走访了一些居民，了解到本县大部分人对这座老碧水桥，怀有特殊感情。原来这座桥，是当年全县人民用了十三年时间，完全用简陋的工具，简单的设施，人工一天天修建起来的。他广泛征求意见，就是否废掉老碧水桥一事，在当地的日报社刊登消息，让居民大胆发言，集思广益。居民纷纷写信表达自己的意见。建新也给《荣城日报》写信表达自己的观点，那就是虽然不舍但不拆不行，并讲了自己父亲田祥军当年驻扎在工地修桥一年很少回家的故事。

与此同时，张县长又召开县内有关人士的听证会，让大家畅所欲言。得到的结论众说纷纭。看到这种结果，张县长决定召开县长办公会，征求几个副县长的意见。在这个会上，其中一个年纪较大的副县长，恰恰就是当年建这个桥的指挥长，说到这座桥，他有点情绪激动，哆嗦道：

"这座桥是我们这一代人青春的见证，那时，全县所有的村，都抽出了精壮劳力，长期驻扎在这里来修这座桥，凭着简单的劳动工具，历时十几年时间，才将这座桥修建成功，这期间，发生了很多感人故事。"

见他这么说，另一个副县长情绪受到感染，也急忙发表意见：

"是呀，那时，可以说是举全县之力，才有这座桥啊，真心舍不得。"

县长通过与专业人士反复交谈，心里已经有了一本账，他听了几个副县长的发言后，最后拍板定夺：

"各位发表了很好的意见，我知道，这个县的很多人对这座桥怀有很深感情，很多人的青春岁月挥洒在了这座桥上，但既然是危桥了，还是要拆掉，不然人命关天，谁也负不起这个责任。"

县长话一说完，所有人都沉默了。最后，大家举手表决，绝大多数人同意拆掉老桥。

就这样，那个历经了多年风雨的旧碧水桥，将要拆掉了。

形成决议后，县委、县政府就在主流媒体上，向全县人民公布了拆桥时间。那段时间，荣城人民见面后的第一句话就是：

"碧水桥要拆掉了，好可惜啊。"

"是呀，这座桥见证了我们这一代人的青春岁月，也见证了这座城市的发展变化啊。"

"几时拆桥？我一定要请假看这座桥最后一眼。"

拆桥前几天，田建新在老桥上面走了一趟，他踩着每一块石头，抚摸着伸出来的桥墩，感慨一番：

"再见了，碧水大桥。"

拆桥这天，人们早早起来，有的在单位处理了一下公事后，匆匆赶往这附近，田建新带着家人很早就在碧水河南岸占据最佳观看位置，他一家人要亲自目送这座桥离去。

对河两岸，都是密密麻麻的人群，在这座桥的附近，警察在维持秩序：

"往后退点，这里危险。不要往前挤，注意安全。"

这是一个晴朗的冬日，暖阳照在人们脸上，很舒适。9：18，指挥长举着喇叭高喊道：

"时间到了，炸桥。"

与此同时，工作人员用手将一个小盒子一摁，没有听见任何响声，只见碧水河的水面上，升腾起来一条条波浪。在众人一阵阵惊诧声中，一座桥就这样没了，不一会儿，水面平静如镜。

两岸人们还没有从惊异中回过神来，就听见有人在叫：

"碧水桥就这样说没就没了，那时，我们修这座桥，在这里驻扎了一年多啊。"

"你别说了，我参加修桥时间比你还长些，哎，怎么说没就没了啊。"

"再也没有碧水桥了，再见了，我的青春，我的桥。"

"有什么好可惜的，最多一年，就可以看到新的碧水大桥了。"

通过施工队日夜奋战，一年后，新的碧水大桥修通了。通桥运行这一天，很多荣城人又早早起来看热闹，他们抢占有利位置，将新的碧水大桥两端围得水泄不通。那天，田建新又携家人来看新的碧水大桥运行。

　　警察在桥两端疏通人群，车辆、行人才得以顺利通行，这样的日子，持续了很长一段时间。

　　修通了几座桥后，对河两岸人们出行方便多了，到哪里都有桥，就再也没有人坐船过河了，碧水河上的那几个船老板失业了。

第三十五章　勇夺冠军

碧水大桥架成功了，荣城县人民高兴了很长一段时间，为了传承传统文化，县委宣传部正在召开部委会议，从省城空降下来的龙学斌部长，被小县城的干部职工称为儒雅部长，他是一位学者型的领导干部。

在这个会议上，他首先发言：

"荣城是具有光荣历史的县城，眼看端午节快到了，这里的龙舟赛源远流长，很有群众基础，我想在今年的端午节前举行全县龙舟赛，各位意下如何？"

龙部长言毕，其他几位副部长和部委会成员，眼睛一直盯着他说话的表情，确信他是下了决心要办这件事，他们相互瞄了几眼后，纷纷发言：

"部长高瞻远瞩，办龙舟赛确实是老百姓多年的愿望，好。"

"部长看准的事，一定是好事。"

龙部长见下属说这些拍马屁的话，叹了一口气：

"哎，既然大家都同意这个方案，那我就给几位主要领导通下气。他们可能会同意这个方案，大家做好举办龙舟赛的准备。"

不久后，不时有小道消息传出：

"荣城要举办首届龙舟赛了，有大奖呢。"

"那好啊，我第一个报名。"

"不是以个人报名，要以单位报名。"

这样传了一阵后，荣城电视台、荣城日报都在宣传这个消息，荣城将举办首届龙舟赛，希望各单位组队参赛，第一名有 10 万元大奖。

一天晚上，春风吹得人暖洋洋的。田建新正坐在家中看电视，刚好看到这条消息，他在心里盘算：现在自己准备换大货车，正愁没有钱。如果取得了第一名，那 10 万元就到手了，想到这里，他仔细研究报名参赛规则。首先的参赛条件就是以集体组织，起码是居委会。他为了弄明白规则，决定找主办单位问清楚这个事。

一个大清早，他直接去了荣城县委宣传部问清楚了来龙去脉，有关人员告诉他：

"这个龙舟赛要以办事处下面居委会的名义报名参加。"

他得到了准确的信息后，就马不停蹄地去找碧水河居委会王书记。

碧水河居委会，由于是荣城县政府所在地，征地拆迁任务最重，刚好有一个项目到了最关键时刻，有一拆迁户工作做不通，需要强拆。面对县委宣传部组织的这项活动，实在抽不出人手来搞，但作为碧水河边的居委会，不报名参加又觉得面子上过不去。进退两难时，王自清书记就将居委会成员招来商量对策。

田建新一走进碧水河居委会，刚好看到居委会几个主干在开会，就大胆讲出了自己想以碧水河居委会名义参加龙舟赛的想法，还说自己可以立军令状：

"所有的训练费用自己出，如果拿奖了，分给居委会一成，没拿奖，赔给居委会一万元。"

居委会几个主干正愁没有精力搞这件事，见建新这样热情高涨，几个人传递了一下眼神后，王书记拍着他的肩膀鼓励他：

"建新，好样的，你就代表我们碧水河居委会参赛，参赛人员你组织，培训费用你自己出，奖金归你，荣誉是我们居委会的，好好干，我信你。"

"好，一言为定，你去办事处大胆报名去。"

"能否借居委会那条船？"

"当然可以。"

得到了参赛资格后，建新立即组织人手，他首先去找刚闲在家里的那个船老板。

天气开始燥热起来，池塘里的青蛙呱呱叫个不停，建新来到船老板家，家人告诉他船老板往碧水河钓鱼去了。

他来到碧水河边，只见船老板痴痴地坐在河边，眼光无神地看向远方，钓竿离船老板的手差不多有一米远。建新说明来意后，船老板一惊：

"你说的是真的？居委会同意你作为代表参加这次龙舟赛？你要我帮你训练水手？"

"当然是真的呀！"

"那太好了，走，看我的老伙计去。"

二人来到居委会小学一个杂物间，一只废弃的小木船孤零零缩在一个角落里，船老板从头到尾抚摸着这条相伴了多年的木船，老泪纵横：

"老伙计，咱们又要开战了。"

建新见这个船老板如此伤感，趁机鼓励道：

"老师傅，你大显身手的时刻马上就要到了，你负责训练划手，如果这次我们拿到 10 万元奖金，给你分两成，如果没有拿到奖金，我给你每天开 100 元工资。"

老师傅望他一眼后，伸出右手，与他击掌为誓：

"好，一言为定"。

确定了舵手后，建新回老家找来 10 个身强力壮的小伙子，告诉他们：

"这次的龙舟赛，我势在必得，如果拿了大奖，我给你们分两成，如果什么奖也没有拿到，我给你们每人每天开 100 元工资。"

那些选出来的老家人都是建新平时关照过的，见他这时需要自己，人人握紧

拳头，坚毅地说道：

"建新，你不用说那些见外话，训练时，我们不要你开工资，管吃管住就行，也算一次历练，拿了大奖后，分我们两成，作数。"

水手找好了，建新请这些人下山，请来船老板一起在餐馆吃饭，船老板看到这些人个个机灵，身板又好，笑弯了眉毛：

"好，看样子个个都很棒。"

老师傅环顾了一下四周，叹了口气：

"划手齐了，只是少了一面鼓，还有一个鼓手。"

田建新对一个角落指了指：

"鼓，划船的桨都堆放到那里呢。"

他继而拍着自己满身肌肉的胸脯，笑嘻嘻对那些人说道：

"至于鼓手吗，就有现成的。"

老师傅走近一看：

"好，滑板、桨、鼓、锤，都准备齐了，那还等什么，现在就开始训练。"

众人从小学抬出木船，船老板将那十人分在木船两边，他自己作为舵手站在最前面，建新坐在中间，用力击鼓，和着节拍，扯开嗓子呐喊宣战。

开始时，那些从来没有划过船的山里人，动作有点不协调，在老师傅的悉心指导下，不几天工夫，众人就学会了，而且相互协调，动作默契。他们每天在碧水河上训练，其他沿河的居委会得到消息后，也纷纷效仿，就这样，碧水河上，每天参加训练的船员川流不息。

两岸的居民每天都有人来看热闹，他们边观看边议论：

"看来今年有好戏看了，清水塘居委会这次一定会拿冠军，因为那些船工全是船老板家人，人家很早就配合默契。"

"南木湾也不错，那个舵手好年轻，有的是力气，他一看就是以前参加过比赛的人。"

"碧水河那组人也了不起，看那些人的个头，就有蛮力。"

"你道是扳手劲啊，你还不知道吧，那些人是天界山的，从来没有划过船，他们想取得名次，哼，除非参赛的人都犯规。"

"不是吧，山里人也会划船？"

"你发现没有，在市场上卖菜发了财的老板田建新天天管这些人吃住，还请来碧水河的船老板天天给这些人训练，他自己击鼓的。"

"说不好哟，谁得奖要看最后的韧劲。"

"那也是。"

"碧水河上龙舟赛将要正式比赛了，大家准备看热闹去啊。"

"从第一座桥下面开始到第三座桥前面为止，沿河两边都划出了警戒线，到时，沿途将有好多警察维持秩序啊。"

人们奔走相告，建新得到确切消息后，去天界山叫来亲朋好友，要他们作为啦啦队沿途高喊：

　　"天界山人牛。"

　　他又去碧水河居委会，要居委会再组织一支啦啦队，比赛那天高喊口号：

　　"碧水河第一。"

　　比赛那天，居民们早早起床，占据观看最佳位置。不多一会儿，参赛的水道两岸就挤满了人，那些卖小吃的推着板车，趁机挤在人群中高声叫卖。

　　建新那一船人身穿建新请人特制的红衣，头上缠上写有黄字的红布条，个个威风凛凛。他代表碧水河居委会签订了安全责任书后，在面前放着一面大鼓，准备随时敲响。

　　"吉时已到，比赛开始。"

　　随着震天一声炮响，总裁判宣布比赛开始。各路摆放整齐的船只如离了弦的箭直往前飞，滑板划船扬起的水波一浪高过一浪，赛船按照自己划定的航道一会儿这只向前，一会儿那只超前。

　　两岸看热闹的人在议论：

　　"这次比赛的关键，在于过中间这个桥洞时谁冲向前，之后，就基本没有悬念了。"

　　"那肯定的呀，傻子都懂的道理，难道那些水手不懂？"

　　观战的人更是兴奋地高叫道：

　　"清水塘加油！"

　　"天界山人牛！"

　　"南木湾加油！"

　　"碧水河第一！"

　　叫喊声此起彼伏，一浪高过一浪。

　　眼看就要过中间那座桥的桥洞了，建新所在的船只与清水塘的船只跑在最前面，势均力敌。他咚咚咚擂响战鼓，其他人会意，用力猛冲。没有料到的是，只略微迟疑间，清水塘的船只首先驶出了中间那个桥洞。那些人马上高兴起来：

　　"我们赢了啊。"

　　眼看刚刚与自己相距不远的船只上了前，船上有的人遗憾起来：

　　"哎，就差那么一丁点啊。"

　　两岸看热闹的人也闹哄哄地：

　　"这一下，没有任何悬念了，清水塘居委会赢了。"

　　过桥后，再也没有障碍物了，建新眼看赛道只有几十米远了，而清水塘的船只就在前面一点点，他用尽全力擂响战鼓，一船人会意，一齐使出洪荒之力，在他们奋力拼搏时，天界山村和碧水河居委会的啦啦队也一齐扯着嗓子呐喊助威：

　　"天界山人牛！"

"碧水河第一!"

须臾间,建新船只的龙头前沿便驶到了终点线。终点裁判马上宣布:

"碧水河居委会勇夺冠军。"

两岸看热闹的人简直不敢相信自己的眼睛:

"刚才过桥墩时,我亲眼看见清水塘居委会的船只在前面啊,怎么就落到后面去了呢?"

"他们正在忘乎所以时,没有想到碧水河居委会的船只跑到前面去了,哎,真的刺激,像看电影一样过瘾,精彩。"

"主要是碧水河居委会那个击鼓人太牛了,在最后几米时镇定自若地拼命擂鼓,有这样的鼓手,不夺冠军才怪。"

"他们的啦啦队也作数,喉咙可能都喊破了,不光有碧水河居委会的,好像还有天界山村的。"

比赛在人们的叽叽喳喳声中宣布结束,当场就颁奖。颁奖仪式就在终点举行,建新的船员依次分左右坐好,观众一看那 10 个船员,每人额头前面的红布条上分别写有一个字,左边凑成一句话,写的是:

"天界山人牛。"

右边也凑成一句话,写的是:

"碧水河第一。"

龙学斌部长亲自给优胜者颁奖,建新代表领队领了奖,有一块奖牌和一个大红包。他将奖牌高高举起,媒体的聚光灯一齐打向他,并采访了他,他侃侃而谈。

之后,他当着自己的团队数了钱,确认数字后,按照之前的约定,给了老师傅两万元,给了那 10 人 2 万元,每个人分得 2000 元。这时,他手里还有 6 万元,他主动交给碧水河居委会 1 万元。现在,他手里还有 5 万元,看着这实实在在的钱,他欣慰地笑了。

参赛的水手,天界山、碧水河的啦啦队员都为他高兴,大家纷纷议论:

"建新太棒了,为咱们天界山人争了光。"

"他现在住在碧水河,已经是我们的人了。"

"说到底,他的根还在天界山。"

"走哇,去建新的餐馆吃中饭去。"

第三十六章　惨遭车祸

田建新得了奖金，就筹划着购买心心念念的大货车。他这几年经营蔬菜生意赚了一些钱，但家中时时需要钱用，觉得买车不能欠账太多，只能将就手中这些钱来买车。

儿子需要人照顾，老妈下山与他们住在一起，帮忙带小孩，老父亲虽然舍不得那些田土、果木，但建新考虑到老爹一个人在山上，生活没有人照顾，又担心他生病后无人知晓，就不允许田祥军一个人在老家居住，强行将父亲接下山。田祥军先是不肯，但在儿子的一再要求下，也就不好再坚持，随建新下山了。

一天傍晚，一大家人正在吃晚饭，东升满头大汗跑来，告诉他一个好消息：

"建新，市场上有辆大货车，九成新，急着卖，价格划算。"

建新急忙赶到菜市场，常年一起做生意，他知道这个人的底细，又见价格实惠，就一锤定音，买下了这个车，双方办了过户手续。

建新购买了大货车，很多人羡慕不已，市场上的那些摊主红着眼说：

"建新的门面本来就在大门口最好位置，现在又购买了货车，真是如虎添翼啊。"

"那是，怎么好运气都落在他一个人头上了。"

碧水河邻居们看着他家一天天兴旺起来，也很眼馋，不屑地说道：

"一个乡巴佬，还是个倒插门的，有什么好神气的，哼！"

"你别不服气，人家下岗后，买摊位换门面，刚刚又提了大货车，日子一天比一天强啊！"

老家的乡亲们也说个不停：

"建新不错，几年时间干了好几件大事，可以说是家兴业旺啊！"

罗金莲知道后，阴阳怪气嚷嚷道：

"看建新那神气样，有什么好嘚瑟的，只不过得了一笔横财，不然还不是与我们一个样。"

田建新管不了这么多，一门心思在外地拖菜，然后码在大型市场负一楼自己的门面中慢慢做批发，每天忙个不停。群芳坐镇负责销售、收钱，东升负责上下货、送货。

田建新经常长途运输，有时通宵达旦开车，精力不足。东升通过在驾校正规培训取得了 B 类驾驶证，他为东升高兴。在又一次长途运输时，他一看门面中已经没有多少菜了，就安排群芳一个人守着，叫上东升与自己一起出远门，在自己困倦时，可以帮忙替驾一下。

深冬，大雪封山。大小山岭银装素裹，路面很光滑。大货车上装满了白菜，正从南方向西北方开来。车轮上安装了防滑链条，车子在慢慢移动。田建新看了一下天气预报，得知明天就是晴天。

天刚刚黑，他对东升说：

"我们得赶快找个地方住宿，不然看不见路了。"

他们放眼望去，天地一片苍茫，前不着村后不挨店，没有办法，只有硬着头皮开。

由于连日劳累，他实在太疲劳了，上眼皮与下眼皮一直在打架，东升看他这个样子，就自告奋勇要替他一会儿。他看了一眼打滑的路面，又望一眼东升，疑惑地问道：

"你到底行不行啊？"

东升拿出自己的驾照，在手中扬了扬：

"我这个驾照可是正儿八经自己考来的，你以为是花钱买来的？"

他又打了一个哈欠，一看望不到边际的群山，离人群处不知道还有多远，就将方向盘让与东升，一再叮嘱：

"慢慢开，千万不能出事啊。"

东升不耐烦地回敬道：

"你怎么像一个老太太，唠唠叨叨的。"

边说边坐在了驾驶位子上。

装满蔬菜的大货车，在结了冰的公路上缓慢行驶，前面还是看不见一间房子，更不用说有人了，建新趁这间隙打起盹来。过一会儿，东升高兴地叫起来：

"建新，快看，前面有房子了。"

田建新迷迷糊糊往前一望，真的有村庄啊，他高兴地吩咐伙计：

"看来我们离集镇不远了，开到集镇上吃晚饭去，再找住宿的地方，等明早天晴了再走。"

"好啊。"东升高兴地答道。

"哎呀，车子撞倒人了。"

东升听到凄惨的叫喊声，急忙刹车，只听见后面司机骂骂咧咧：

"怎么开车的？这样踩急刹。"

东升打开手电下车查看，只见一个中年男子全身是泥，蜷曲在公路下边的稻田里，左膀子上插着一把铁铲。他刚刚走到那个伤者身边，猛然从公路上滚下来一块大石头，砸向铁铲，那个伤者用尽全力大喊一声后，就昏过去了，左脚小腿飞出来好远。东升吓傻了，不知所措地搓着双手：

"怎么办啊？"

后面拖着一车石头的大货车司机也苦着脸：

"哎呀，这下完了。"

田建新马上给交警打电话报案。自己想叫醒伤者，但是徒劳。交警来了，查看现场：原来是那个做工回家的当地人将铁铲横搬着，铁铲撞上他大货车的保险杠了，运动中的惯性力量将铁铲撞回去打在那人的左腿上，将那人震出公路，落在了稻田里，铁铲口子插进了左腿。

后面一辆装满大石头的大车在光滑的路面上行驶，见前面猛一停车，一踩急刹，一块石头滚出去，刚好砸在插进那人小腿的铁铲上，铁铲将伤者小腿铲断，飞了出去。

不多一会儿，公路边围满了人，叽叽喳喳：

"怎么会有这种事？原先铁铲可能只伤到表皮，没想到后面飞来一块大石头，竟然将那个人的小腿打断了，这也太意外了。"

"这怎么分责任啊？两辆车都参与了？"

"哎呀，人家交警自然有办法的，要你咸吃萝卜淡操心？"

伤者的家属要打东升和那个司机，交警急忙制止，吩咐将伤者送入当地县人民医院，将田建新的车和那个大货车开至交管所。田建新跟着伤者去了医院，伤者的家属对他怒目圆瞪，他边交钱边赔不是，东升去交管所做笔录，旁边也跟着一群人。

后面的车辆是本地人，在交管所交了 10 万元押金后，开着大货车出去赚钱了，他没有现金抵押，也不是本地人，大货车只能扣押在这里。

这样的日子过去了几天，眼看一车大白菜就要烂掉了，他央求交管所办案人员让他将这车白菜开出去卖掉，好换点钱，但那些人根本不为所动，几天后，交警将发出臭味的大白菜开出去倒在了垃圾场。

伤者家属通过打听，大货车还不够交医药费等各种费用的，怕他们跑掉，就派人一对一地昼夜守着他和东升，在交警的协调下，将他放回家筹钱，留东升一人在那里做人质。

伤者在医院进行治疗，通过检查，左小腿骨头被后面滚落的石头打碎了，只能截肢。伤者的家属看着好端端的一个人，现在变成了这个样子，心里难受，越发恨东升和那个司机。建新理解伤者家属的心情，要医院用最好的药医治。

田建新回家后，在当地一个有名的律师那里打听了赔偿价格后，就一门心思到处筹钱。

东升在那里，伤者的老父亲寸步不离守着，晚上住宿时，那个老父亲将床抵着房间的门睡。

一个多月过去，伤者出院了。田建新付清了伤者的医疗费，由交警协调，将他的大货车折算成现金，与那个滚落石头的司机交的钱一起赔与伤者，伤者自然不满意，但到律师那里打听后知道应该赔的钱按照正规算法只有这么多，也说不出更多理由。就这样，这事才算结束，他刚买的一辆大半新的大货车就这样没有了。

处理完这事，做了一个多月人质的袁东升终于与建新一起回来了，东升一见到建新，就苦着脸，内疚地对他说道：

"建新，实在对不起，我把你害惨了，刚买的大货车又没有了。"

建新拍拍老伙计的肩膀，安慰东升道：

"东升，不要自责，谁也不想这样是不是？咱们从头再来。"

菜市场一些羡慕田建新的人知道这件事后，高兴得逢人便说：

"建新不是很神气吗？才购买来的大货车呢？"

邻居也不屑地嘀咕：

"还以为他就要发财了呢，哪知道经不起几下折腾。"

罗金莲听说后更加跟着起哄：

"命里只有八颗米，走遍天下不满升啊。"

田建新没有精力理会这些闲言碎语，他冥思苦想怎样才能赚钱，让一大家人过上好日子。

第三十七章　父亲受伤

田建新一家人从天界山村搬下山后，住进了碧水河边的新房子，娶妻生子，上慈下孝，一家人和乐融融。哪知道他刚刚买了大货车，就遇到一场车祸，又将他家打入生活的漩涡中。

作为老父亲的田祥军，跟随儿子一起生活后，觉得非常清闲，开始时很不习惯。比他早下山的老伴就时常安慰、提醒他，田老汉才慢慢安下心来。田祥军眼看儿子刚刚出了车祸，新买的大货车也在一转眼间就烟消云散了，就成天思虑：这么大一家子人，每天都要吃饭，时时需要钱，我能为儿子做点什么呢？

思来想去，劳动已经成习惯的建新父亲，便在房屋周边转悠，到处寻找空闲地块。田祥军在那些城里人买的空闲地基中，分别种上了南瓜、冬瓜、西红柿等蔬菜。可是没过多久，别人要修房子，刚刚种上的菜苗被白白挖掉。

田祥军看种这些私人地块不行，就在那些公司、单位已经征收并且打了围墙的地块中种上蔬菜。这次，田老汉聪明些了，就种小白菜，挖细地块，撒点小白菜种，然后悉心管理，不几天就冒出了嫩芽。这一发现，让老人兴奋不已，就不停劳作，除供应自己一家人吃的菜外，还可以卖一点。那段时间，老人每天挑菜在市场周边卖。

可是这些单位的土地也是不定什么时候就要修房子，满地的蔬菜马上就会被挖机挖掉。想到这些，田祥军心痛不已，看来这样也不是办法，还得另外找出路。

田老汉在市场上卖小白菜时，看到城里人都买不到放心的土鸡与土鸡蛋。看到这是个商机，于是他与老伴商量，自己可以去乡村的集市上收购土鸡蛋、土鸡，然后运到城里卖，老伴觉得可行。

主意拿定后，田老汉经常往返于各个乡村的集市与城里的农贸市场之间。在每个逢场日，田老汉早早起床去赶集，再将收购来的土鸡、土鸡蛋，运到城里的农贸市场去卖。

田老汉每天忙个不停，由于货真价实，很多买了他土鸡蛋和土鸡的人，回家吃后，都觉得是真货，就每次守在固定买货处买他的东西。这样一来，他逐渐在市场上打出了一点名声，买他土货物的人也越来越多。

田老汉还与东升爹长期合作，叫袁老六收购天界山的土鸡、土鸡蛋，收购来的土货再转手卖给他。这样一来，他的生意越做越大，有了一点本钱后，田祥军在农贸市场上租了一个摊位，专门收购天界山人的土鸡、土鸡蛋。他还在摊位前挂了一块牌子，写明是天界山的土鸡、土鸡蛋，以示与别人的货物不同。

这样口口相传，城里那些精明的主妇得知这个消息后，都自觉来到他摊位前买土货，他的名声越来越响。

天界山人每次来送货时都这样问他：

"田老头，你这样辛苦赚钱，你儿子建新呢？"

这时，老人总是眉头上扬，笑嘻嘻回答：

"建新有他自己的事，他在门面上卖菜啊，哈哈！"

"那你怎么不到他门面里面卖东西去呢？"

"七斗米与八斗米不掺和的，明白吗？"

那些人见老人这样回答，就笑着走开了。

这样的日子持续了一年多。有一天早上，天刚蒙蒙亮，田祥军在家中杂物间的架子上取鸡笼时，身子一晃，连人带鸡笼一起，从那个搭建的木架子上滚了下来。同样早起的老伴，隐隐约约听到"咚"的一声响后，马上跑去杂物间，只见老头子躺在地上不停地呻吟。

"老头子，你怎么样了啊？"

田祥军指指自己的脑袋，痛苦地哼哼：

"头痛得厉害。"

凡桂英马上叫醒儿子，建新急忙披衣下床，来到杂物间，一见爹这个情形，马上打医院"120"急救。

不多一会儿，"120"到了，进行简单急救后，忙将老人送去医院。经检查，田祥军头部受到严重震荡，但没有发现淤血，就住院治疗。

田祥军刚刚进医院，东升便提着礼物来看他了，问他身体怎么样，查房的医生告诉东升：

"田祥军腿骨摔伤了，必须每天躺在床上。加上以前就有慢性支气管炎，又连日劳累，咳嗽得好厉害。在外科住院一段时间后，可能还要转入内科治疗。"

东升安慰田祥军：

"田叔，安心治疗，会好起来的。"

这样一路折腾，田祥军在医院住了两个多月才出院。起先，田祥军自己身上有点钱，不用儿子想办法，但从外科转入内科时就用光了，只好不再坚持，让儿子出钱治疗。

建新大货车弄丢后，由于没有车去外地进新鲜蔬菜，只能在周边收集蔬菜，供应不了那些大单位的食堂，就失去了很多单位的销售市场，收入减少了许多。

他只好到处借钱为老爹治疗，在田祥军住院期间，爹的摊位又要交摊位钱，他想将摊位退还给别人，但田祥军说什么也不肯，说自己出院后还要经营的，他没有办法，只好替爹交了两个月的摊位钱。

出院时，田老汉征求医生意见，自己还能不能再做生意，医生瞅了瞅他的腿，劝告田祥军：

"你自己看看你的腿，腿骨都摔断了，以后能不能恢复都不知道，慢慢拄着拐杖走路，生活能自己料理，就不错了，还想卖鸡，我不是打击你，你真是异想天开啊。"

听到这话后，田祥军半晌没有说一句话，眼望着天花板，眼泪吧嗒吧嗒直往下掉。田建新见爹这样伤感，就安慰老爹：

"爹，你都这么一把年纪了，只要能生活自理就行，我还有门面，怎么说都有点收入，你不用着急。"

见儿子这样说，田祥军才稍感安慰，将头转向建新，轻声说道：

"儿子，将那个摊位退给别人吧，免得又要白交摊位费，我两个月的摊位费白交了啊。"

"白交就白交了，你安心养病就是，其他的，你就不用再考虑了。"

父子两人正在谈话时，恰巧东升赶来了，东升急忙安慰田老汉：

"田叔，你的摊位钱没有白交，我这两个月天天用板车拉菜去那边卖。"

父子两人听后都很惊讶。

田建新又问医生：

"我爹吃什么东西可以尽快恢复健康？"

医生笑着告诉建新：

"多喝鲜鱼汤。"

建新点点头，之后，几乎每个清早，他都会下到碧水河中弄鱼，实在没有收获，就在河岸上买那些刚从碧水河中弄来的鱼，熬鲜汤给老爹喝。

天界山人得知田老汉生病后，有人还念着旧情，来医院看望了他，有人幸灾乐祸，不停传唱：

"田老汉没有福气啊，刚搬下山就劳累过度，还摔伤了腿。"

罗金莲恶毒地挖苦田老头：

"无福之人就是到了好地方都消受不起的，田祥军就是最好的例子。"

第三十八章　天外来客

田老汉病愈出院了，儿子田建新为给他治病，欠下了一些债，好在还有门面，一家人慢慢糊生活。

恰在这年夏天，远居的退伍老兵田思祖通过荣城县对外办，打听到三哥家还有一个儿子，叫田祥军，通过写信联系上，双方当时照了一张照片，互相随信寄给对方。隆冬时，田思祖准备回老家探亲，与侄儿定好接站时间。

想到以前自己走时家中的贫困样，田思祖将自己当兵时的军装、穿过的衣服凑成两大包，还有自己一年的生活费换成美金，坐飞机、转火车、搭汽车来到当时自己出走的地方。由于是深冬，有点冷，他戴了一顶厚棉帽子。

接站那天，田祥军刚刚一出门，冷风便灌进脖子里，他便将棉大衣裹紧，也戴了一顶帽子，拿着叔叔穿着单衣时的照片，按叔叔说好的火车车次接站。田祥军站在凛冽的冷风中，缩着脖子，眼睁睁看着一列火车过去，没有发现和照片上一模一样的人来；又一列火车过去了，也没有这个人。直到当天最后一列从荣城路过的火车过去，田祥军才沮丧地走出火车站。

他马上回到家，给儿子说起这件事。建新安慰他：

"也许幺爷爷回家心切，自己去了老家。"

"不会吧。"

"要不我们看看去？"

建新借来一辆车，叫老爹上车，一路飞奔着向天界山脚下开去。

话说这个田思祖，那天出站时没有看见与照片相像的侄儿模样，问明了去老家的汽车，就急忙坐了上去。他来到老家打听家人近况，周围的人往天界山一望，告诉他：

"你抓壮丁走后，可苦了你那残疾的三哥啊，与你老母亲几十年相依为命，上了那山上讨生活。"

"你是说我妈和三哥去了上面的天界山上？我另外那两个哥哥呢？就一直没有回家？"

那个好心人眼神复杂地看他一眼，缓缓道来：

"你那两个哥哥，哎。不过，现在，你大哥这一支，还有个侄儿，就住在本村，你二哥就不知去向了。"

老兵听说后，唏嘘不已，挑着两包衣服就要上山，这个好心人告诉他：

"现在天已经快黑了，今天无论如何是走不上山了，不如在你大哥的儿子家住宿，明天有便车下来便可上山去，不过，我听说你三哥的儿子现在已经搬下山了。"

说完这些话后，这个好心人将田思祖领到大哥儿子家里，叔侄初次相见，几分陌生，几分亲切。大哥的儿媳妇为田思祖准备晚饭，老兵到了老家，又长途劳累，只好住下来。

远方的亲人到家，田思祖大哥的儿子觉得是喜事。但在他成年后，父亲曾经告诉过他：

"当年世道乱时，你小叔被抓去当壮丁，你姑妈成家后，我在外面惹了事，连带着害死了我父亲，趁着黑夜将父亲尸体偷出来，与你二叔抬着埋在天界山上，当夜，我就与你二叔往外地跑了。后来走散了，你二叔至今下落不明。当时家中就只剩下残疾的三哥与你奶奶奔到天界山糊生活。"

大哥儿子望一眼这个从未见过面的小叔叔，探寻着他的眼光，小叔叔究竟知不知道这个事呢，他会不会责怪父亲呢？唯一的姑妈就曾责怪过父亲，迁怒自己，多年来对自己不冷不热的。想到这些，大哥儿子就有点担心。

田思祖在大哥儿子家没住多久，建新与爹就赶到这个伯伯家里，快到这家门口时，望见大伯儿子与一个老头坐在家门口，田祥军叫了一声哥后，疑疑惑惑地望着眼前这个老头子，老人对他左看右瞧，依稀可见一个人的身影，那不是活脱脱的三哥吗？田思祖轻轻颤抖着嘴唇：

"三哥。"

田祥军也依稀看到老年父亲的身影，惊喜地盯着老人。这个叫哥的人，见两人这个样子，马上给他们相互介绍。

"小叔叔。""祥军。""幺爷爷。"

相互认识后，几个人都很激动。过了好久，这个叫哥的人才问建新父子：

"军娃，你父子两人还未吃晚饭吧？"

田祥军回过神来，忙走进堂哥家。堂哥媳妇在火坑中烧腊肉，在大灶锅中煮饭、炒菜。之后，几叔侄大块吃肉、大口喝酒，边吃边说之前被抓去当壮丁的事，说到自己几十年来在外漂泊的经历，田思祖老泪纵横：

"几十年过去了，现在，我终于回家了。"

有几个与思祖年纪相仿的老头，见昔日的小伙伴回家了，都跑来叙旧。说到儿时的趣事，嬉笑不止。直到很晚，建新看见老人眼皮在打架，就催促这个幺爷爷回自己在碧水河的新家睡觉去。伯伯家尽力挽留，老兵就在这里安顿下来，说好明天再来接，田建新与爹才开着车回到碧水河的家。

没有想到的是，这个田祥军的堂哥，看见小叔叔明显与田祥军贴心些，他担心小叔叔迟早会知道自己爹以前做的坏事。他还听人说过，那边的人现在都有钱，如果小叔叔有积蓄，一定会留给三叔家的祥军，而绝不会给自己的。

　　歪心思在头脑中一闪，田祥军堂哥便趁着老兵熟睡时，与妻子一起，轻手轻脚翻看老人的包袱，却没有发现钱包。两口子就将那两包衣服的口袋一个个抖开翻看，将近半个钟头过去，两人终于在一件夹衣口袋里翻到了一沓钱币，两个人左看看右瞧瞧，不是经常用的人民币啊，是绿色的，但他俩人觉得这应该是个好东西，就将大部分取出来，只给老人留了几张，然后，装作无事似的睡觉。

　　第二天一早，田思祖便嚷嚷着要上天界山，田思祖从小就与三哥关系最好，也最体谅残疾的三哥，知道三哥已过世了，就想早点去看看爹娘与三哥的坟墓。

　　天刚刚亮，建新与爹就来伯伯家接么爷爷。田思祖将挑来的那两包东西往车中放，然后在一个衣服口袋中摸索，从中掏出来几张绿色的票子，眼神复杂地看向大哥家儿子，然后无奈地摇头，什么也没有说，就坐上车往天界山上驶去。

　　田思祖要侄儿带他到爹娘与三哥的坟墓前祭拜，在坟前他长跪不起，口中念念有词，说等明年再回家时，给爹娘和三哥打墓碑。

　　祭完祖后，他们来到碧水河的家，田思祖将两包衣物交与祥军。思祖大哥的几个女儿知道后，也找到建新家，来看望这个叔叔，还有山下的那些本家，尽管有的从来没有来往过，也纷纷来到家中。碧水河的邻居都在看热闹，议论纷纷：

　　"都说穷在闹市无人问，富在深山有远亲，看来还真是这么一回事。"

　　"听说从那边来的人很富裕，怎么就只见挑这两包衣物？"

　　"那里用的是美钞，财不露白，要让你看见？"

　　田思祖在碧水河住了一段日子后，就想看一下唯一的胞姐去。建新将么爷爷带到老姑婆家，两姐弟相见，分外亲密。姐姐说到爹娘的遭遇，两姐弟唏嘘不已。思祖更加恨大哥了。住了几天后，那些侄儿男女，远房亲戚又赶到老姑妈家。老姑妈的几个儿子也每天围着这个舅舅转，老姑妈每天接待不停，搞得很不耐烦。

　　目睹这种情况，老兵就带信给田祥军，说自己不想住在姐姐家了，田祥军就带着叔叔在碧水河边的儿子家又住了一段时间，那些人又赶到建新家。

　　田思祖知道那些人三番五次围着自己转的意思，但看看那少得可怜的几张票子，连连叹息。建新忙问么爷爷的难处。田思祖眼神划过这个晚辈，望见侄孙儿真诚的眼睛，就缓缓说道：

　　"我领了一年的生活费，原来打算给来看我的晚辈每人100美元的，没有想到弄丢了，那个黑心人只给我留了回去的车费。"

　　隔了一会儿，田思祖又犹豫着慢慢说道：

　　"我以前在同乡那里放了点钱，准备以后给我办后事的，没想到人家现在不承认了，唉，都怪我自己无能，受人欺负。"

　　田建新听了这话后，急忙问么爷爷，这个同乡现在在哪里，现在这边的亲人有哪些人。得到准确信息后，田建新二话没说，就去张县长家打听情况，要张县长帮忙。

通过张县长干预，荣城对外办高度重视，工作人员组织了首次回乡老兵活动，任命思祖这个同乡为联络人。在活动中，工作人员有意无意与这个联络人和亲属座谈。经过对外办多次交涉，这个联络人不好意思了，终于拿出了替思祖保管的钱，换算成了人民币给了思祖。田思祖捧着这失而复得的钱，老泪纵横，对建新感激不尽，马上抽出一沓钱要给建新，田建新说什么也不肯要。

之后，当那些人结伴再次来时，田思祖给了每人 500 元人民币。当轮到大哥家的那个侄儿时，田思祖定睛对这个侄儿瞪了许久，那个侄儿像什么事也没发生一样照样接过钱，笑嘻嘻装在口袋中。就这样，田思祖好不容易得来的棺材本剩下不多了。

田思祖在田建新家住了几个月，凡桂英变着花样给田思祖做好吃的，田思祖觉得过意不去。临走时，田思祖将所剩的钱数了几遍，留足回家的车费后，将钱全部掏出来，递给建新，田建新坚决不肯要。田思祖瞪着眼睛，火气更大了，叹口气：

"唉，建新，你不知道啊，当年世道乱时，你大爷爷害死了我爹，只有你那个残疾爷爷，与我娘相依为命，给她养老送终啊。这点钱算你借我的，行不？明年我来时，你再还给我。"

任凭田思祖说什么，田建新都不肯接这个钱。田思祖走后，那些亲戚认为田思祖这次肯定是带了很多钱回来的，八成是田祥军一个人独吞了。他们到处造谣：

"都是侄儿，为什么分彼此？太不公平了，难不成父辈的血债要我们这辈人偿还？"

"那些独吞老人钱的人，得不到好下场的。"

第三十九章　亲情破裂

田思祖回去后，田建新一家人忍受着田家族人的冤枉，一门心思赚钱养家糊口。

时间过得真快，转眼间，一年时间又过去了。有一天，田祥军去医院看望亲戚，亲眼看到一个活生生的人，瞬间便从这个世界消失，心里震动很大。从医院回来后，田祥军经常感叹生命的脆弱。他又拾起自己当年的老本行，给找上门来的人治病。

田祥军长期在山中生活，天界山上毒蛇特别多，他从一个民间医生那里学得了一手绝活，特别擅长治疗与毒蛇有关的病。在闲暇时，他上山采来药，放在家中，以备不时之需。这样口口相传，他逐渐在周边有了一点名气。特别是"烧灯火"，所谓"烧灯火"，说的是刚刚得了蛇斑疮的病人，身上长有像蛇一样缠着的毒疮，只要在患者身上的毒疮上面找到蛇的七寸，将灯草粘上桐油，用火点燃粘上桐油的灯草，往七寸处烧七下。烧完后，敷上特制的草药，患者马上就会轻松，病情很快就会好转。

只是后来田祥军年纪大了，爬岩壁扯草药不方便了，就放弃了这门绝活。

秋高气爽的一天傍晚，建新一家人正在吃晚饭，一个女人牵着一个小孩来到家中，央求田老头"烧灯火"，田老汉一惊：

"你怎么知道我会烧灯火？"

那个女人见他这样问，眼中闪着泪花：

"我儿子腰上长了一圈毒疮后，在医院治疗了很久，都没有根治，我打听了好多人才找到这里来，看来，我孩子有救了啊。"

这个女人边说边拉住孩子让老人看，正在用手隔着衣服不停抓后背的小男孩，有气无力地趴在板凳上让老人查看。田祥军望一眼老伴后，见小孩这般难受，就给他查看：

"是蛇斑疮，但现在已经这样了，不用烧灯火，敷点草药，就会马上好的。"

老人从家中取出放了很久的一点干草药，用砂罐煮开后，再用嘴嚼烂，敷在孩子后背。又给了女人一点药，教她使用方法。女人给了田祥军一个红包，田祥军不要，女人放在板凳上后，牵起儿子跑了。田祥军摇摇头后，只好将红包放在口袋中。

就这样一传十，十传百，时常有人来家中要田祥军"烧灯火"、敷药。田祥军也不讲价钱。但这些人都不会空着手来，有人提一只鸡，有人送一条鱼，大多给红包。这样一来，田祥军就有了一些收入，他积攒起来，田祥军没有存钱的习惯，将钱时常装在内衣口袋中，儿子什么时候需要就拿出来。

话说田思祖回到供养他的住址后，回想起在老家的点点滴滴，总觉得乡情难却，想落叶归根。在老家，自从田建新帮他要回了放在战友加同乡那的钱后，他就对这个孙辈刮目相看了，再加上本来就对三哥这一脉有好感，他回去后，经过反复思量，觉得以后有什么事就可以托付这个孙辈了。在通信中，他知道建新生意兴隆，一家人和和睦睦，心里面特别爽。

田思祖很清楚，自己每年只能回一次老家，领来的生活费如果给了那些几十年没有来往的亲人，甚至那些八竿子打不着的远房亲戚也来分一杯羹，而且那些人好像也没有怎么感激他，得到钱后一副心安理得的做派，有的还好像对自己有意见，他就感到微微不悦。

而且田思祖这次回来，大部分时间都住在建新家里，建新妈变着花样为自己做可口的饭菜，田思祖又觉得过意不去。思来想去，觉得与其这样，何不拿这些钱在老家购买一套房子，这样一来，以后回来就可以住在自己的房子里了。主意已定，他就写信要建新帮着在老家的城区购买一套两居室房子。

建新接到信后，就着手操办这个事，通过反复比较，最终看上了离自己家不远的一个新楼盘，从中选了一套80平米两居室的房子。但田思祖的户口没有在老家，他叫侄孙以田建新的名字购买。

建新帮田思祖交了定金，随着时间的推移，市场上的生意越来越好，建新手边也有点钱了。当这个楼盘修建成功后，他帮老人垫付清了首付款。在这中间，田思祖写了几次信来，说待到来年秋收时，会再一次回来，给他归还所垫付的首付款。

田建新考虑：幺爷爷回家后看到自己的新房子后肯定会高兴，他想给幺爷爷一个惊喜，就将自己修房子剩下的木料在加工厂做成木条，请人按要求设计后，铺上木地板，买电线、水管，将家中装修得一应俱全，想给幺爷爷一个舒适的居住环境。

田思祖归乡情切。在一个硕果累累的秋天，他匆匆忙忙揣着一年的生活费，准备来荣城。从通信中，田思祖知道建新给自己装修好了新房子，说是离火车站不远，就很欢喜，他告诉了建新归家日期。

不料，那里的一个同乡母亲病重要提前归家，相邀着一起回乡，田思祖看写信或者打电报都来不及通知建新了，觉得自己反正知道建新家的住处，新家也离火车站不远，到时应该问得出地址，如果实在问不出，就去老姐家，这样一想，田思祖就随那个同乡回来了。

田思祖一路奔波到了荣城，在火车站下车后，同乡有人接车，恰巧离老姐家很近。田思祖随这人去了老姐家。

没过几天时间，老姐生日，姐姐丈夫家那边的、娘家的侄儿男女都来给她拜寿。田思祖大哥的儿子与孙子田发旺，也随人流来到老姐家，父子两人意外见到这个叔叔与爷爷后，满脸堆笑，诉说相思之苦。

田发旺似乎在不经意间，说到田建新帮忙购买的那个房子。只见这个孙子眼

睛眨了几下，神秘地对幺爷爷说道：

"幺爷爷，你还不知道吧，建新在这个房子中赚了不少钱呃，他购买的电线、水管价格都出奇地高，他请的木工是群芳的叔叔，工资也是别人的好几倍。"

幺爷爷听后，心中有点疑惑：

"从上次归家后打交道来看，建新好像不是这种人啊！"

客人走后，田思祖将自己的疑虑说与老姐听，老姐意味深长地看他一眼后，幽幽说道：

"老弟啊，你怎么尽听那些谗言，你回来后，建新一家人怎么待你的，难道你忘记了？我与你同在他家住的那些日子，侄儿媳妇天天给你变着花样做菜，你难道感受不到？"

老姐夫也跟着帮腔：

"你那两个侄儿，一个嘴巴乖，会哄人，但心肠歹毒；一个不会说乖话，但爱憎分明，心肠软。谁都能一眼看穿，谁好谁坏，你自己斟酌。"

田思祖听后，在心里反复掂量着最亲之人说的话。田发旺自从幺爷爷来后，感受到这个爷爷对建新比对自己亲近一些，他在考虑一个问题：田思祖没有儿子，那将来老人的遗产肯定是建新的，不能，千万不能让这样的情况发生。

于是，田发旺与母亲商量，要断建新财路，砍断田思祖对建新的信任，唯一的办法就是给老人说一门亲事，让女人架空幺爷爷，从幺爷爷身边挤走建新。要完成这一任务，必须要有合适的人选，这个人必须与自己家沾亲带故才行。主意拿定，田发旺一家人便到处寻找这样的对象。

大哥的儿孙回家后，媳妇儿也跟着来到老姑妈家，来看望这个叔叔，还要给他介绍对象，说是自己的叔伯姑姑，现年五十多岁，有一个快要成家的儿子。这个寡居了几十年的老人听后有点动心，老姐就这事坚决反对。

没想到趁老姐出去买菜时，侄儿媳妇竟然将那个姑姑带到老姐家里来了，这个女人与田思祖刚刚一见面，田思祖就喜欢上了这个伶牙俐齿的女人，不管姐姐与姐夫如何劝阻，就要马上成亲。就这样，田思祖与那个女人定下了办酒日期，双方各自去请亲朋好友。

秋日早上，和风徐徐。田建新刚刚准备出门，这个长期生活在远方的幺爷爷就来到家里，一见面，就告诉他，自己要成婚了。田建新有点惊讶，毕竟幺爷爷这么大岁数了，而且与对方相处时间还这么短，但他仔细一想后，马上欣喜地祝贺道：

"这样也好，你以后就有人照顾了。"

田建新带着田思祖来到新房子里，田思祖很高兴，问了他买房子及装修的价钱，从内衣中掏出一个皮包，从中取出钱，当场如数付清了他垫付的首付款和装修钱。给这个爷爷装修房子时，他用的是自己木料做成的木板这事，就没有提及。然后，建新将爷爷带到银行，归还了按揭房款。

没有多久，田思祖与那个女人在建新帮忙打理的新房中成了亲。田思祖结婚后，首先带着这个女人上山祭祖，他来到祖坟前，兴奋地拉着女人的手，双双跪下：

"爹、娘，你们的幺儿子成家了，你们放心吧。原先准备给你们打碑的，可是说了一门亲后，钱花光了，只能等明年了。"

随后，老人望向建新，眼眸中满是感激。

这样过了一段时间，田思祖家中人来人往，很久才慢慢安静下来。田思祖住在自己家里，天天与新婚的女人泡在一起。渐渐地，女人到处打听电线、管线的价格，木工的价格，泥瓦工的价格，然后，说建新这样赚了钱，那样虚报了价格，天天给老人吹枕头风，就这样，老人对建新起了疑心。

有人天天在耳边叨叨，田思祖分不清楚了，他想试一下建新到底怎么样。

有一天，田思祖与新媳妇将田祥军与建新叫到自己家，当着老田家族人的面教训建新，建新一一给老人解释，田祥军见叔叔这样对待儿子，想起儿子这段时间的不易，用了自己好多木料都没有算钱进去，现在，还得到这样不公平的待遇，田祥军便霍地站起来，怒从心中起：

"叔叔，你这样怀疑我儿子是什么意思？"

那个远方老人见状，马上回敬：

"什么意思，他虚报价格，难道还说不得？"

"什么？虚报价格？你说清楚，哪一项是虚报的？"

这时，那个女人一把抢过清单，硬生生说出几项建材比实际价格高。田思祖也不管不顾跟着帮腔，田祥军看到这里，脸气得成了紫色，嘴唇哆嗦着说道：

"那你说说，究竟要补给你多少钱？"

那个女人说出了一个数目，田祥军摸摸自己身上，很多日子积攒下来的一点钱，估计也差不多。于是，田祥军对田思祖怒目而视：

"好，很好，我付给你们这些钱，你们这样不知好歹，从今往后，我们也就没有任何关系了。"

田祥军边说边将钱从内衣口袋中掏出来，按照女人说出的数目，一分不少地给了那个女人。

就这样，田思祖与建新一家没有任何来往了。周围的人听说这事后，说什么的都有：

"好不容易盼来的亲情，就这样随着这个房子毁灭了，好不值得啊。"

"当初建新为这个老头子装木地板时，我就警告过他，要他将自己的木料算成钱，可他偏偏不听，说什么肥水没落外人田，现在，落得这个下场，出力出钱都讨不到好啊！"

"那个老头好糊涂啊，怎么尽听女人话！"

"枕头风扎实啊，况且还有那个田发旺经常挑针拨火，老头怎么分得清楚？"

罗金莲知道后，笑得腰都直不起来了：

"最蠢不过建新，自己垫木料，给人帮忙还讨不到好，虽然是山上砍的，也要工啊！"

"老田家这样不团结，看来要玩完了啊！"

第四十章　　"屋"有所值

话说田思祖受媳妇唆使，与侄儿田祥军闹翻后，就再也没有与建新一家人来往了。那个女人之前也听侄女，也就是田思祖大哥的儿媳妇说起过，老人一直对三哥有感恩之情，没想到自己掺和后，略施小计，田思祖就与三哥的后人翻脸了，看来这个老人是没有什么主见的人。

她联想起自己与田思祖的同居关系，惊出了一身冷汗，要想拴住老人，现在唯一的办法是：用田思祖的钱买不动产在自己名下，但田思祖现在已经在城区买了一套房子，想叫田思祖再买房肯定不现实，那就只能在乡下修房子。

主意已定，晚上睡觉时，她抚摸着老人枯瘦的身体，假装怜惜道：

"老头子，你一个人几十年在外漂泊，多可怜啊，现在好了，以后，我会好好照顾你的。"

她见田思祖有了互动，就趁机劝道：

"你现在，与关系最好的侄儿已经关系搞破裂了，我们住的这个房子离他家这么近，抬头不见低头见的，住在这里心里憋屈，不如我们在乡下再修栋房子？"

她见田思祖不吭声，就再鼓动他：

"我们将房子修漂亮点，这样，以后别人说起来，你也算是光宗耀祖了。"

女人说到这里时，田思祖眼睛一亮，看了她一阵后，微微点头。得到默许，那个女人就在自己的老家寻找地基，在娘家，她没有分到田土，在婆家，她离婚后，丈夫不肯分给她田土，时间过去了几天，她都没找到修房子的地基。

她来到叔伯侄女家，也就是大哥儿媳家诉说自己的遭遇，大哥儿媳也为她惋惜。正在两人为这事焦急时，侄女的儿子田发旺笑嘻嘻告诉她：

"姑婆，啊，现在应该叫你幺婆婆，你不用着急，我正在办理建房手续，你在我上面修一层如何？这样一来，你也不用找地基，更不用跑那些建房手续，多好的事啊！"

这个女人看向他：

"这样行不行啊？"

"怎么不行？"

双方说好后，这个女人回到县城的小家，就将自己的主意说与老头子听，田思祖对她望了望后，疑惑地问道：

"这样妥当不？大哥当年就害死了父亲，他儿子人品也不咋的，我担心将来我们会吃亏。"

这个女人忙辩解道：

"长辈的事不能算在后代身上，我看你大哥的孙子就很好，嘴巴又甜，待我们又热心，错不了的。"

田思祖考虑一阵后，看到女人高兴的样子，就对她说道：

"既然你那么肯定，那就这样吧。"

第二年，田思祖回去领了一年的生活费后，就与这个女人办理了结婚登记手续，再将钱交给这个女人，女人将这些钱大部分用于建那一栋房子了。几个月过去，田发旺用这些钱将三层房屋的主体工程完工了。

之后，那个女人装修了第二层房子，于是，他们在乡下房子中住了一段时间。

搬进新居后，一大家子人相处甚欢。侄儿媳妇饭煮熟后，就叫他们吃饭，老人高兴得咧开嘴笑，认为选到了好住处。没过几天时间，田发旺就开口向老人借钱，老人看看装修一新的房子，边在身上搜钱边笑嘻嘻说道：

"借什么？这钱你拿去用吧！"

还没有过去几天，田发旺又开始向老人借钱，老人摸索着身上准备回那边的路费，为难地说道：

"没钱了，我明年回来再说。"

田发旺看老人这样，就气愤地问道：

"幺爷爷，你几十年难道就没有什么积蓄，难道你都给建新了？"

"什么？我没有给他啊，就给过他帮忙在县城买房子时垫的房款啊。"

"哼，你就这点能耐？"

田发旺见从老人身上榨不出多少油水了，就对老人目露凶光，田思祖身体哆嗦了几下，气得说不出一句话来，那个女人见老头这个样子，就跟着帮腔：

"发旺，你怎么对你幺爷爷这个态度？"

"那要怎样的态度？你们住在我家，白吃白喝，我妈天天服侍你们，还要怎样？"

"什么？住在你家？这可是我们自己花钱修的房子？"

"你们的房子，有何凭证？"

见田发旺这个态度，两人灰溜溜地回到县城，晚上，田思祖回想起田建新与田发旺对自己的态度：那时候，建新妈也这样给自己弄饭吃，从来没有提过生活费的事，唯恐不合自己口味，建新一心一意为自己买房子、装修房子，而自己呢，还那样训他，是自己做得不对啊！

女人见田思祖回家后没有与自己说上几句话，知道他在生自己气，就向他道歉：

"老头子，是我错了，我不该轻信田发旺的话，害得你与建新家关系搞得这么僵。"

田思祖也不看她，自言自语道：

"真是不比不知道，一比吓一跳。田发旺的心真是黑啊。"

女人赶紧附和：

"是呀，是呀。"

田建新自从幺爷爷搬走后，被人误会，心里不是滋味，但他始终坚信：有一天，幺爷爷一定会知道真相的。因而，他每次回家时，都要对幺爷爷的房子望一眼，生怕小偷光顾。有一天晚上，他发现这个房子的灯一直亮着，就走进去一看，发现门没有上锁。他心里一惊，难道进来小偷了？这样想着，他就在门口大声喊道：

"房子中有人吗？"

随着田建新的喊声，田思祖与女人出现在他面前，田思祖看建新的眼光不再是愤怒，而是欢喜。田建新忙问幺爷爷最近过得怎么样，田思祖眼里噙满泪水，控制不住，哽咽着，断断续续地说着田发旺的恶行。

田建新眼睛睁得很大，不相信地问道：

"旺哥怎么会这样？是不是有什么误会啊？"

"误会，我自己的亲身感受，还能有什么误会？"

田建新连忙安慰田思祖，说事情一定会弄个水落石出的。

没想到田思祖回去后，想起大哥家儿孙的恶行，心里一直不爽快，自己又错怪了三哥儿孙，觉得自己瞎了眼，这样反复纠结、自责，便一病不起了。那边通知那个女人后没有多久，田思祖就命丧黄泉了。

田思祖过世后，他的女人为了得到田思祖的安葬费，在荣城县城的对外办办理手续。当时在对外办登记的亲属是侄儿田祥军，对外办要她去田思祖之前所在的村、镇签字盖章，证明没有与她同一顺序的直系亲属继承人。但田思祖出走时是在天界山脚下的村，田发旺不肯帮她去村里开出证明，她只好找侄儿田祥军。

田祥军想起自己一片诚心对待叔叔，换回的是质疑和猜测，也不肯帮这个女人办手续。而田建新认为，幺爷爷一生漂泊在外，要尽快将骨灰弄回来，以了却老人心愿。他与那个女人达成协议，他为女人跑手续，女人负责将田思祖的骨灰运回来安葬，得来的安葬费归女人所有。

这个女人想得到那笔安葬费，就答应了。达成了口头协议后，田建新跑上跑下，为那个女人办好了相关手续，那个女人才将一个骨灰盒运回来，田建新要那个女人在老家祖爷爷与祖太太的旁边，安葬了这个骨灰盒。

那个女人儿子的工作单位在外地，她想随儿子一起居住去，就首先去田发旺家，准备取回修房子的钱。女人对田发旺说道：

"现在你幺爷爷也去了，凭你的良心，你将我们垫付的修房款还给我们，我要去外地了，房子也归你了。"

"房子归我了？这个房子本身就是我的。"

"做人要凭良心，我给你多少钱，你自己心里应该有数，难道这钱就要打水漂了？"

"谁能证明是你的房子?"

"好好,你要遭报应的。"

这个女人见侄女一家人这样可恶,丢下这样一句话后,快快地回到县城。

回到这个县城的房子里,她想起了田思祖生病时对自己的交代:

"我走后,你随你儿子居住去。两处房产,你只要取出我们给的现金就可以了,发旺那里,你可能要不回来,建新那边,你取出本钱就可以了,他爹那钱,你退还给人家,我们冤枉建新和他爹了。"

女人反复比较着田建新与田发旺对自己与丈夫的态度,觉得自己错怪了建新,她有意将房子处理给建新,又怕遭遇到与田发旺一样的状况,房子的名字本来就是田建新的,如果建新一口咬定是自己的,那到时候就拿不到钱,还是及时卖掉的好。想清楚利害关系后,她就到处打听,在心里估算了一个价格。

她到处张贴卖房子广告,建新路过一个路口时,看到了这个广告,他心里一惊:

"难道幺爷爷走后,这个女人生活无着落了,要卖房子?毕竟是幺爷爷的遗孀啊。"

为了弄清原委,田建新来到幺婆婆家,问明情况后,那个女人抓住他的手,要他帮忙卖这个房子。他看着这个曾经自己亲手弄得很舒适的房子,很舍不得,就劝那个女人不要卖房子。不料那个女人卖房心切,他便问那个女人要多少钱可以卖,他帮忙放信息,那个女人说了一个价格,他替她估算了一下市场行情,认为价格适中。

此后,看房子的人来了一拨又一拨,那些人听说这个女人急于卖房,就故意压价。三番五次都是这种情况,女人急得不行,要田建新帮着想办法。

田建新看女人铁了心要卖这个房子,为了解决这个难题,他就到处借钱,按照两人那天估算的市场价格,决定买下这个女人的房子。女人见这段时间建新帮着忙前忙后,完全没有吞下房子的意思,就说出了老头子生病时向自己交代的意思。田建新坚决不肯少她的钱,还是按市场价给了女人房款,拿到写有自己名字的房产证。女人又数出一些钱要退还给建新,他不肯接,女人看向他,幽幽说道:

"建新,我这段时间老梦见你幺爷爷,他一再叮嘱我,要将多余的钱退还给你,你如果不接,我以后良心会得不到安宁,你还是成全我吧!"

田建新见话都说到这个分上了,才收下这个女人曾经敲诈自己爹的钱。有人听说这事后,又在议论他:

"建新好样的,不要白来财,但愿他好人有好报。"

"他那个堂哥,就黑心,白白地占用了老人出钱修的房子。"

罗金莲知道这件事后,哪肯错过这损他的机会:

"建新一看就是个蠢货,送到手的钱都不晓得要,他以为这个女人以后还会认他的,看不清楚状况啊,憨到家了。"

第四十一章　经营熟食

田建新治好了父亲的病，买下了幺爷爷的房子，欠下了许多账。他继续在菜市场卖菜。如今，大货车没有了，只能请车去外地拉菜，可是，在外地买一车菜，除去车费后，没有多少赚钱的空间了，他觉得划不来，就想转行。

他将自己的想法与群芳商量，媳妇也觉得他的想法可行。为了慎重，他叫东升照看着店子，自己和媳妇在周边的几个市场考察，每到一处，他逢人总是嘴角往上一翘，笑嘻嘻地逐个与人打招呼：

"李大叔，你这熟牛肉生意怎么样？"

李老头看一个年轻人这样谦逊地问他，便满脸带笑回答：

"勉强糊口呗。"

"张大哥，你这酸萝卜做得不错啊。"

"马马虎虎，还过得去。"

通过在几个蔬菜市场考察，田建新惊奇地发现：县城的几个蔬菜市场没有几家做熟食的。这一发现使他欣喜不已。他经过反复思考后决定做熟食，但是，以哪样熟食为主打产品呢？他还在纠结。

他又进一步仔细观察，发现烤鸭、烤鸡有人做，但还没有一家做鸭脖子、鸭肠的。对，那自己就以鸭脖子、鸭肠为主打产品，结合其他熟食。

主意已定，田建新就在市场周边找门面，转了一大圈后，发现很少有空着的，好不容易找到一个，租金还贵得吓人。

经过深思熟虑，他决定将卖蔬菜的门面改成熟食店。建新将门面用白色乳胶漆粉刷干净，再在地面铺上纯白色瓷砖，装修得简洁清爽，又买来专用于卖熟食的烤箱、货架。

选择一个春暖花开的吉日，他的熟食店开业了。他半夜就起床，叫群芳打帮手，将鸭脖子、鸭肠、牛肉、猪耳朵、豆皮等食材煮熟，拌好自制的调料摆在货架上，供客人挑选，还放一些牙签，供人们品尝。建新将挑选好的鸭仔、鸡仔挂在买来的烤箱中，用匀火慢慢烤，不时抹一点特制的调料、香油，整个市场都可以闻到香喷喷的味道。

众人一踏进市场大门，就经受不住香气的诱惑，不自觉地在他门面前停留下来。尝到好东西的人们叽叽喳喳：

"这鸭肠太好吃了，给我来一斤。"

"好的，来啦。"

"这鸭脖子太爽口了，我要买一斤。"

"好咧，来啦。"

就这样，人们鱼贯而入。他做的熟食口味好，价格适中，每天吸引了很多客人前来购买。那些家庭主妇，给媳妇、女儿带孩子的老太太，是他熟食店的常客。

他童叟无欺，妇幼一个样，生人熟人一样对待，很受客人好评，就这样一传十、十传百，他的生意逐渐好起来。

一个老妇人带着孙子在楼下玩耍，听到几个老太太兴致勃勃地说着什么，她仔细一听，她们谈论的是熟食：

"你们知道吗？菜市场里面有家熟食做得特别好吃。"

"是呀，最出名的就是鸭肠子了，吃了还想吃。"

她听到这些话后，也想去那里买一点尝尝，就向那些老太太打听熟食店的具体位置。然后，她趁着周末儿子休息，决定找那家熟食店去。

老妇人按照那些老太太的指点，慕名来找这家熟食店。她刚刚走到市场大门口，就闻到了一股香气，她吸了几下鼻子，确定是熟食的香味，感慨道：

"看来小区的那些老姐妹没有骗自己，确实好香。"

又见人提着熟鸡鸭出来，老妇人忙打听店子的详细位置，那些人努努嘴：

"就在市场上一进门那个门面里。"

老妇人找到这个店子后，一看是几个年轻人在忙乎，就有点犹豫，但看到许多人都在排着队抢购，也不自觉地加入到排队行列中：

"给我来一只烤鸭！"

"好咧。"

"给我来两坨熟牛肉。"

"来啦！"

"给我来一斤鸭肠！"

"作数。"

建新、群芳、东升几个人正忙得不可开交，群芳笑哈哈地边收钱边称东西。

"有个老太太摔倒了。"

田建新正在给一个中年妇女烤鸭肠时，猛然听到这个不和谐的声音。他马上放下鸭肠，急忙奔到这个老太太跟前，只见老妇人整个身子横躺在地面上，仿佛停止了呼吸。众人听到喊叫声，围拢在老妇人跟前。有人建议马上送医院，有人看一眼后漠不关心走开了。人们叽叽喳喳：

"要赶快救人啊，不然会有生命危险的。"

"还是莫沾边的好，现在社会上有好多碰瓷的，到时候惹一身的麻烦划不来。"

市场上围满了人，说什么的都有，就是没有一个人施以援手。田建新来到老人面前，急忙打120急救。在这间隙，当众人看热闹时，他忙掐老人人中，然后给老人扇风。

急救车来时，老妇人慢慢睁开了眼睛，田建新要送老妇人去医院，老妇人死活不肯。他没有办法，连连给医护人员赔不是，并自愿付了请车的钱。

老妇人搜了搜自己的口袋，发现钱不够，连声感谢他，一再说自己没有事，下次一定会还他帮忙垫付的请救护车的钱。他忙问老妇人来市场干什么，老妇人不好意思地告诉他：

"我很早就听说了你这家熟食店做的东西好吃，一直没有时间来，今天，趁着儿子在家看孙子，就奔到这里来了，想买一点熟食吃。"

听到这话后，他按照老妇人的要求称好了鸭肠，联想起老妇人刚才的情况，生怕她在路上出事，就要群芳和东升照看店子，自己毅然放下火热的生意，坚持将老妇人送回家。

在回家的路上，老妇人边走边与他拉起了家常：

"我老伴几年前就过世了，儿子进城安了家后，担心我一个人在家孤单，多次接我进城来，我舍不得家中那点田地，就一个人住在老家。有孙子后，儿子要我带小孩，我看儿媳妇在医院工作好忙的，没有办法，才跟着进城来了。"

田建新见老妇人很自豪地说这些话，就顺着她讲话：

"那你老人家有福气啰。"

"有什么福气，今天儿子休息，他自己带小孩，我才有时间出来买熟食，哎，没想到老毛病犯了，给你添了麻烦。"

他安慰道：

"老人家，你说到哪里去了，添什么麻烦，小事，你身体没有问题就好。"

这样一路唠嗑，他眼前现出一幢大楼，像是医院的宿舍。正在他疑惑时，老妇人高兴地对他说道：

"到家了。"

他还是不放心，坚持将老妇人送到家里。来到一个两居室，老妇人给他倒杯茶后，忙给儿子介绍，并告诉儿子自己今天的遭遇，儿子上下打量着老母亲，急忙问道：

"妈，你感觉怎么样啊，咱们到隔壁的医院检查一下去。"

儿子边说边坚持要母亲去医院，母亲坚决不肯去。老妇人好像想起了什么，忙问儿子身上有钱没有，要他赶快给田建新垫付的请救护车的钱，田建新坚决不肯接这个钱。老妇人儿子也不再坚持。他看着这一对母子，心里暖暖的。望一眼房子，感觉很宽敞，就带着羡慕的口吻赞叹：

"你们这房子好宽啊。"

儿子见母亲真的没有什么事，回过神来，回答他：

"我们住的这个房子，是妻子单位的集资房。我一个教书匠，单位哪有集资房啊。"

这个儿子怜惜地看一眼母亲后，又缓缓说道：

"我母亲很久以前就有晕病，那时家里穷，没有钱治疗，我参加工作后，才给她治病，好了许多，但还是无法根治。"

老妇人儿子真诚地看向他：

"这不，今天周末，我在家休息，老母亲就想到县城市场逛一下去，走时，我一再叮嘱她，没想到还是出了事，要不是遇到你这个好心人，后果不堪设想啊，真的谢谢你了。"

这对母子对他千恩万谢，要留他吃中饭。他连忙摆手，说自己要回市场继续卖熟食。老妇人儿子将他送到医院宿舍门口，真诚地告诉他：

"小伙子，今后有用得着我的地方，告诉一声，我一定尽力去办。"

田建新摆摆手：

"没有什么，换任何人都会这么做的。"

当他回到市场时，门面前很多人还在议论：

"这个老板放着红火的生意不做，学雷锋去了，真是的。"

"人家思想有那么好，你管得宽。"

"想出名想疯了吧，其实赚钱才是根本，有的人就是看不透。"

群芳也开他玩笑：

"建新可能要改名字了，干脆叫明星算了。"

他装作没有听见这些话似的，也懒得理会，继续做自己的事。

第四十二章　喜得学籍

时光匆匆，转眼间，田建新儿子已经到了上小学的年龄，他与妻子都没有上过大学，就想着无论如何都要将儿子送进大学。为此，他早就与群芳商量好，那就是：将儿子从小学抓起，要让儿子在全县最好的荣城小学读书。但他自己很清楚，儿子田俊杰的户口随群芳落在碧水河居委会，按规定应在当地的办事处小学上学，按照学籍规定，荣城小学只接收学校周边几个办事处户口所在地区的学生，儿子户口不在这几个办事处，怎么办呢？

田建新问了一些人，有人说可以打擦边球，将小孩从学前班开始，就送入荣城小学就读，这样，在开学时，就可以顺理成章进入一年级了。他得知这一消息后，就托熟人将儿子田俊杰成功送入荣城小学的学前班。

转眼一年将要过去。骄阳似火的六月，商场的负一楼非常闷热，家中有小孩的生意人都在议论共同的话题：

"听说每年要到9月才开学的荣城小学一年级，现在就开始报名了。"

"什么？有那么早？要怎么样才能在荣城小学读书？"

"这个么，听说要户口在所辖的办事处居委会，不过蛇有蛇洞，鼠有鼠孔，首先要有关系。"

要是在平时，建新是不会听这些闲言碎语的，但关系到儿子读书这个事，他就竖起耳朵听。当他了解到荣城小学报名的流程后，就准备报名去。

周一早晨，他起了个大早，凉风习习，朝霞冉冉升起。他忐忑不安怀揣着媳妇和儿子的户口本，来到荣城小学，只见学校门前人头攒动，在工作人员指挥下，排着长长队伍。

他依次排队，好不容易到了报名处，一位漂亮女教师从上到下打量着他，要他拿出户口本，他从口袋中掏出户口本，静静等着，那个女教师一页页翻着他家人的户口本，然后，摆摆手，皱着眉头对他说道：

"你这户口不在荣城小学所辖办事处居委会的报名范围。"

他急忙解释，说自己儿子早就在这里的学前班就读，那个女教师看他不知所措的样子，就对他手一指：

"你到那边登记去。"

他又在另外一个地方排队，然后拿出户口登记，他边登记边问这里登记与那边有什么区别，工作人员告诉他：

"这里登记的是，户口不是在学校规定范围，有意向在这里读书的，而且小孩已经在这个学校的学前班就读了的。等那边户口所在地的学生招生结束后，如果有剩余的学籍名额，就可以参加摇号，如果运气好摇到了号，就有学籍了。"

　　他听后，觉得单凭运气摇号，那就太悬了，大多是没有希望的，儿子要入这个好学校还要想其他办法。

　　田建新在头脑中一遍遍搜索着自己的社会关系，觉得首先应当找当教师的姐夫去，都是干教育这一行的，姐夫应该有点关系。

　　六月的夜晚，空气中吹来的风都是热烘烘的，田建新一路小跑着来到姐夫家，全身都湿透了。姐姐见到他后，心疼地拿来一把蒲扇给他扇风。他上气不接下气地说明来意。

　　姐夫王兴国推了推眼镜，搜索着荣城小学几个认识的人，结果搜出来的几个以前同事都是一般教师，但建新一家人没有别的办法可想，只有死马当作活马医。

　　姐姐在家中准备了一点礼物，建新与姐夫就去了王兴国的一个同事家。王兴国这个以前的同事，见到老熟人后很热情，当他们说明来意后，这个教师很为难地说道：

　　"不是我不肯帮忙，而是根本帮不上忙，不在所辖办事处居委会户口范围的学生，想进荣城小学真的是难上加难，要想进荣城小学，必须找学校的校长，或者分管教学业务的常务副校长彭朝阳这两个人才有用。"

　　田建新从那个老师家中出来后，很失望，好长时间都在琢磨一件事：要怎样才能与这两个人攀上关系呢？他百思不得其解。他想找蔬菜办覃主任去，又觉得不妥，毕竟覃主任不是在教育战线。难不成又要找张县长去，可是，张县长已经帮过自己几次了，俗话说得好，贵人不可多用呀，不成。

　　建新因为这件事一直堵在心里，每天经营熟食也心不在焉。这样一来，以他为大厨所做出来的熟食味道就比以前差了一些，有细心的客户感觉到了，生意开始清淡起来。他感觉这样下去很危险，但又想不到其他法子。

　　真是无巧不成书，有一次，田建新之前救过的那个老妇人，又来到他的熟食店，还是买鸭肠，老妇人手中提了很多东西，很吃力的样子，他就叫老人在店子中歇一会儿，还给她倒来茶水喝。

　　不一会儿，一个中年人接老妇人来了，认出建新就是曾经救过母亲的恩人，急忙递烟。田建新与来人攀谈时，有个买熟食的人笑盈盈地叫这人彭校长，还将这人拉到一边嘀嘀咕咕。

　　母子两人走后，他仔细琢磨"彭校长"这个敏感的字眼，心里想：

　　"他是彭校长，哪个学校的？"

　　他非常纠结：儿子要进荣城小学，必须找人，找哪个去呢？他想去自己救过的老妇人家中打听一下情况去，就算她儿子不是这个学校的，也是同行，应该说

得上话，为了儿子，他顾不了那么多了，觉得无论如何都要试试去；但这样一来，那不是挟恩要别人办事了，又觉得不妥。想来想去，他还是没有去找老妇人的儿子。等待开学时再摇号，他在心里轻轻说：

"儿子，相信老爸，会摇到好号码的。"

临近开学时，那些小孩早已经在这里读了学前班，但户口没有在辖区范围内的家长很早就来到荣城小学，排着长长的队伍参加摇号，得到号码的喜笑颜开：

"太好了，小孩终于可以在这里读书了。"

没有得到号码的愁眉苦脸：

"我的运气怎么这样差啊，我家小孩到哪里读书去啊？"

终于轮到田建新了，他深深吸了一口气，眼睛一动不动地盯着摇号机，须臾间，滚出来的白色乒乓球上写着一个红色大字：无。他看着这个决定儿子学籍的红字，心里就像被掏空了似的，垂头丧气地慢慢往回走，刚刚走到校门口，就遇到那个彭校长。彭校长见他失魂落魄的样子，大概知道是怎么一回事了，就问了他的电话号码、小孩的名字。他顺口告诉了这个彭校长。

当天晚上，彭校长心里也纠结：学校给几个副校长每人预留了两个名额，一个已经答应了媳妇的侄儿，只剩下一个名额了，找的人这么多，究竟留给谁好呢？母亲看儿子在家走来走去，忙问出了什么事，儿子就告诉了母亲自己的困惑。

母亲也不看儿子，自顾自说道：

"儿子，我从来没有干涉过你的事，但这一次，你一定要听我的，做人要讲良心。将那个名额给市场那个卖熟食的儿子，要不是他及时救我，你妈我，恐怕坟墓早长草了。"

彭朝阳考虑了好一会儿后，笑嘻嘻看向自己的母亲，然后，一拍大腿：

"中，这一次听老妈的。"

彭校长马上给田建新打电话，叫他明天一早就到自己办公室来。

田建新接到电话后异常激动：莫非儿子上学有希望了？难道这个人就是传说中的那个彭校长？田建新不确定是否有这样的好事，翻来覆去睡不着觉，折腾了一夜。

第二天清早，田建新来到门卫室问彭校长的办公室，门卫上下打量他后，疑惑地问他：

"你是找哪个彭校长？"

田建新说出了那个人的长相，门卫告诉了他所描述的那个彭校长的办公室。他直接来到彭校长办公室，见外面围满了人，都是要求小孩在这里读书的。彭校长给他们一一解释，这些人只好垂头丧气地走出去。

等这些人走后，彭朝阳从办公室的抽屉里面翻出了一个学籍卡，上面写有田俊杰的名字。

拿到了学籍卡后田建新如获至宝，揣在怀里，一路哼着歌儿回家。不几天，他就带着儿子田俊杰来荣城小学报名了。

消息不胫而走，众人又在议论：

"建新救个老妇人，为小孩救出一个学籍来了，当初如果知道有这个好事，我也会干的。"

"这就叫作好人有好报，连这个你都不懂?"

"是的，那次机会多好，我糊涂，竟然冷眼旁观，只怪我不清楚那个犯病的老妇人儿子这么有能耐啊。"

第四十三章　为子了难

田建新好人有好报，因为救人为儿子得到一个学籍，这在小县城传了许久。儿子进了荣城县最好的小学，孩子很聪明，学习成绩优秀，就是有点淘气。

在一次课外活动中，儿子田俊杰不小心将同班一个关系最好的小孩头部弄伤了，鼓起一个很大的包。班主任是个年轻女教师，马上将这一情况反馈给学校综治办主任，综治办主任忙吩咐班主任，将受伤的孩子送往当地医院。女教师怕出意外，要求学校领导一起去。

就这样，综治办主任与女教师一起去医院。在途中，女教师打电话通知双方家长，告知这件事。

建新接到班主任电话后，赶快放下手中的活，告知群芳和东升后，从收款的小箱子中抓出一把钱，急忙赶往医院，那个小孩的家长也匆忙赶来了。

在医院急诊室，医生给孩子开了照 CT 的单子，他马上付了款。结果出来了，只是皮外伤，没有什么大碍，医生建议住院观察治疗几天后再说。

看到检查结果后，刚刚围绕着这个孩子来到医院的学校综治办主任和班主任、双方家长，都松了一口气。

见孩子没有大碍，学校综治办主任，就孩子的治疗问题，建议双方家长坐下来好好协商。

这人话音还未落，那个小孩的母亲便拉住建新的衣领，怒目圆睁，气鼓鼓吼道：

"你把你家肇事的小孩子找来，叫我儿子将他头上也打成这个样子，双方各自出药费，治疗孩子的伤。"

班主任见这个女人情绪激动，就规劝道：

"小孩玩耍也是不小心才弄伤头部的，平常这两个小孩关系可铁了，只不过都有点顽皮，冷静点。"

那女人看班主任一眼，讥笑道：

"冷静？孩子都伤成这样了，你还叫我冷静，亏你说得出口。"

综治办主任也做那个孩子母亲的工作，女人根本不听，骂骂咧咧不休。综治办主任于是吩咐他：

"田俊杰家长先交住院费，其他费用等孩子出院时再协商。"

田建新使劲点头，女人根本不买账，还在吵吵嚷嚷：

"我不用别人出医药费，我儿子头伤了，上不了学，那个小孩也不能上学，要来医院陪我儿子。"

他连忙赔不是，医生也来帮腔：

"孩子没有多大问题，还是以和为贵，何必将关系搞得那么僵，将来两个孩子怎么相处？"

看这些人都为田建新说话，女人的吵闹声小了一些，但还是愤愤不平。他交了住院费后，就去学校了解这起纠纷的经过，得知是儿子在丢玩具给这个小朋友时，无意丢在这个小孩头上了。

放学后，儿子耷拉着脑袋，不敢正眼看父亲。田建新要儿子说清楚整个过程，得知与自己在学校了解的一样，就叫儿子以后玩耍时注意。他吩咐群芳为那两母子做好晚饭后，夫妻二人拉着儿子手，去医院向那个伤者道歉去，凡桂英怕孙子遭打，也跟了过去。

几个人到了医院，奶奶始终护住孙子，眼睛警惕地瞪着那个小孩母亲，生怕孙子被人打，田俊杰连忙向那个小朋友道歉，伤者拉着俊杰的手，指指自己的头部，连连说：

"没有关系的，看，已经不疼了。"

看两个小孩这般亲密，家长又主动送饭，那个女人见老妇人又时时提防着自己，寸步不离地护住孙子，情绪才没有那么激动。

田建新叫群芳变着花样为受伤孩子补充营养，时时过问孩子伤情。他发现这个孩子的眼镜片碎了，在孩子身体恢复一点后，便带小孩在荣城最好的眼镜店验光配了眼镜。尽管他和群芳这样尽心尽力，孩子的母亲还是不满意。

一个周末傍晚，他又去医院看望受伤小孩，看到那个彭朝阳校长夫妇也来到这个小孩的病床前嘘寒问暖，彭校长见到他后，心里一惊：

"你来看望谁？"

"这对母子啊。"

"谁？"

这个彭校长很惊讶：

"难道那个肇事者是你儿子？"

他重重点头，彭校长马上明白是怎么一回事了，连忙看向那个女人告诉他：

"哎呀，大水冲了龙王庙，自家人啊。"

见彭校长这样说话，那个女人疑惑地望着他，彭校长忙用手制止她：

"什么也不用说了，孩子治疗差不多后，就可以出院了，孩子的学习时间不能耽误得太长了，其他的费用，我作个中，给1000元营养费算了。"

那个女人还想说什么，见彭校长讲出这些话，再看看姐姐也在点头，就不再出声了。伤者母亲在心里想：毕竟孩子是姐夫从乡里弄进这个好学校来读书的，那个弄伤儿子的人也是个小孩，家长这段时间又无微不至地照顾我们母子，还能说什么呢?

就这样,孩子治疗一段时间后,田建新主动建议医生开出 CT 检查单,帮孩子复查一下,怕头部内部有问题。

检查结果出来了,小孩的母亲拿着那个片子,拽着他,问主治医生到底有无问题,主治医生举起放大镜,仔细对照片子,然后欣喜地告诉他们:

"恭喜你们,孩子没有什么问题,可以出院了。"

两个家长听后,都松了一口气。田建新付清了医药费,再拿出 1200 元给了这个孩子的母亲,女人接过钱数了数,对他望一眼后,没有再说什么了。

田建新长长地舒了一口气,在心里默念道:

"哎,总算了结了这个难题。"

他又打车送他们回家,帮着提小孩的东西,一路嘘寒问暖。

第四十四章 房屋搬迁

　　田建新为儿子了却惹的祸后，就一心一意赚钱。正当他干得热火朝天时，市场上却传出一些小道消息：

　　"听说火车站要从西站搬到东站，那一方又要征收了。"

　　"什么？不可能吧？"

　　"什么不可能，听说政府都召开征地拆迁大会了。"

　　田建新听了这些话后，也没有放在心上，一门心思捣鼓他的熟食店，也没有考虑碧水河边的房子需不需要征收。

　　没想到过了几天，老父亲来市场上找他，说办事处与居委会的人一起来家中做工作，要求房屋搬迁。他略一迟疑，告诉老父亲：

　　"那些人再来家中时，你要他们来找我。"

　　父亲连连点头。

　　听了老父亲的话后，建新知道之前那些传言并不是空穴来风，政府是真的要征收房屋了。为了得到第一手资料，他必须放下火红的生意，去别处了解情况。

　　夏天的夜晚，经过一天毒日烘烤后的空气，像蒸桑拿似的，热气腾腾，在这个点，东门口的桥墩下面最凉快，人群也最集中。以前的许多老街坊现在住在筒子楼里，很不习惯。人们来这里唠嗑，见见老朋友，释放一天劳累的心身。可以说，这里八卦最多，信息量也最大。田建新每天回家时要经过此处过碧水河，劳累了一天，他也想在这里歇一下，顺便打听一些信息。他刚刚在石板上坐下，就听见那些人你一言我一语地唠嗑：

　　"你知道现在房子征收的价格不，听说比去年涨了三成。"

　　"哎呀，那住户也占不到什么便宜，以前价格是低一点，但安排得有地基呀，我有个亲戚，今年位于市中心的房子征收了，没有补地基，是直接拿钱走人的。"

　　第二天，田建新去了一个叫刘家巷的项目部，打听那些已经征收了房屋的居民，看征收后是怎么安置的，有没有地基补偿。

　　当他走到离那里不远的公路上一望，只见一幢房子边站了好多人，他不知道是怎么回事，想凑上去看个究竟，便径直奔到那幢房子前，只见房子顶的瓦片上，撑着几把雨伞，雨伞旁边坐着几个年老妇女。那些工作人员正在朝房顶喊话：

　　"快下来，屋顶上危险，有什么要求好好说。"

　　那几个妇女回应道：

"你们答应给我们补地基后，我们就下来，不然我们就住在这上面。"

站在他旁边有个看热闹的人问道：

"那些雨伞放在上面是干什么用的？"

有个看起来见多识广的人鼻子一皱：

"这个你都看不出来呀，那是她们内急时遮羞用的啊。"

那些工作人员看喊话根本不起任何作用，就准备采取果断措施，迅速在那幢房子下面围满人，不停地对着坐在瓦片上的几个女人喊话，那些年轻力壮的小伙子，从一辆车子中搬来一把梯子，飞快爬上房顶。

当那几个小伙子快到房顶时，有个女人看见了，要掀梯子，说时迟那时快，下面几个大个子用力扶住梯子，趁这间隙，几个小伙子飞上房顶，每人抓住一个女人，就要往下拖。女人们死死赖着不走，骂骂咧咧不停，瓦片纷纷往下落。

这时，为了防止意外发生，房子周围又围满了气垫，众人都屏住呼吸，时刻注意着房顶动态。

田建新也睁大了眼睛观看：只见一个小伙子一只手将一女人夹在胳肢窝里，一手护住梯子慢慢往下爬，一步、两步，在人们的惊叹声中，两个人终于落地，大家才松了一口气。

上面几个女人，看下去了一个同伴，想跳下去，被人箍着，动弹不得，也舍不得白白丢命。再说下面那么多气垫，也丢不了命，长叹一声后，乖乖随着小伙子们下来了。然后，那些工作人员对拆迁户说：

"拆迁房屋怎么补钱，怎么安置，政府有统一规定，你们这样胡来，是行不通的。"

那些人还在吵吵嚷嚷，但也说不出抵制的理由，只能幽幽地说：

"我们有什么可讲的呢？干不赢政府，只能乖乖认输。"

田建新心里面有了一本账后，当那些工作人员来找他做工作时，他提出了要求补偿的房屋每平米价格和要求安置地基。

荣城县房屋征收办通过调查，了解到他所修房屋的地基还是农业用地，不属于蔬菜基地范围，补的钱比蔬菜基地的地基钱要少一些，更不可能再补地基。

田建新得知这一情况后，首先想到了那个蔬菜办主任覃春来。他清楚地记得，县档案馆就在县蔬菜办隔壁，作为办公室邻居，覃主任应该可以帮得上忙。

春暖花开的一个周一早晨，一轮红日从东方冉冉升起，微风吹在脸上，很舒服。早上八点钟之前，田建新就在县蔬菜办门口等覃主任，覃主任刚刚走到办公室门口，一眼看见他时，分外热情，拍拍他的肩膀：

"建新，好久不见，有什么事？"

他问道：

"覃主任，你可能也听说了，那时得到你帮助，我那幢修在碧水河旁边的房屋马上就要征收了，求你帮忙在县档案馆，调出当年碧水河蔬菜基地的原始档案。"

覃主任望一望办公室外面，笑着对一个老年人说道：

"老王，我到你那里查一份资料。"

"好的，你马上过来。"

覃春来带着他去县档案馆，调出原始档案，他一看，档案中确实没有他房屋所在地的蔬菜基地项目。他知道结果后，懵了，但他马上清醒过来，步履蹒跚地回到家。

他从档案馆出来后，就知道了自己驻地所在组的地基情况，组上有人知道他去找了人，就来他家打探消息，他如实告知。那些拆迁户知道真实情况后，当时就情绪激动，像炸开了锅，说什么的都有：

"什么？都是一样种菜，就我们这个组不是菜农，世上竟然有这样的事？"

"这样的事多着呢，你可能太单纯了。"

"不行，我们要上访去，看有没有人管这个事，我就不信没有说话的地方了。"

看这些人情绪失控，田建新急忙制止，建议召开群众大会，选出代表去反映民意。他的建议得到大多数人的同意。很多组民考虑到他有一点社会关系，讲话也较公道，就把他首先选出来。

选出的几个代表，带着全组人民的托付，通过反复调查、取证，弄清楚了事情的原委：原来是几年前上级在这个村所划定的蔬菜基地面积有限，他这个组没有一个人是居委会干部，居委会秘书就动了手脚，没有将他这个组的菜地规划进去。

他对这个现象很反感，就与组长一起多次去找蔬菜办覃主任，覃春来将他们引见给当时的县征收办主任姚道德。

姚道德考虑到这个组的实际情况，通过与即将施行的新项目指挥长汇报，再与新项目施行方反复协商，最后，这个组与全村其他组一样，房屋所占的地基属于蔬菜基地，补的地基钱与居委会其他组一个样。

解决好了地基的价格后，项目办的工作人员就逐户做工作，要求尽快搬迁。组上的居民强烈要求，要以地基换地基，但征收办的工作人员要求他们拿钱走人，那些居民死活不同意。

这时，政府还发动财政供养人员，给亲属做工作。一天晚上，市场上各个店主送走了最后一批客人，有的在打扫卫生，有的在吃晚饭，这时，田建新他们也轻松下来了，相互说着笑话、趣闻，开着半荤半素的玩笑。

建新正在拿着蒲扇扇风，咧开嘴讲笑话：

"市中心的老黄家一只八哥死了，他很伤心，又没有地方安葬，就准备给那个宠物火葬。他用炭火仔细烤，边烤边流泪，烤着烤着，越来越香，他实在经受不住那香味的诱惑，口水直流，就轻轻地咬了一口。啊，真好吃！他一不做二不休，干脆抹点辣椒和香油，然后，几口吃完了。吃完后，老黄舔了几下油乎乎的嘴唇，放声大哭起来：我的八哥呢？"

市场上那些人听后，都哈哈大笑起来，这时，当老师的姐夫王兴国来到他门面前，苦着脸半晌没有说话。他忙问是怎么一回事，王兴国急忙说道：

"学校要求我来给你做工作，说做不通拆迁工作，就不用去学校上课了。这不，已经停发了我的工资。"

他面对着曾经帮助过自己的姐夫，不知道怎么回答的好。那些被要求征收拆迁的居民吵吵嚷嚷，坚决不同意搬迁。有个年长的妇女历数自己建房时的艰辛，一把鼻涕一把泪地告诉那些工作人员，自己将与房子共存亡。

他也觉得自己辛辛苦苦建房子不容易，那可是一家人的栖身之所啊，也不愿意拆迁。可是政府需要搬迁火车站，按说自己也应该支持呀。他很纠结，便反复打听，得出结论：政府决定了的建设项目，是没有一个人阻挡得了的。

当时的县政府也考虑到当地老百姓还在种菜的实际情况，需要放农具、粪桶，商品房确实不方便。通过反复论证，然后决定：在碧水河居委会的其他组规划出一块地，用于安置这些拆迁户。

为了尽快拆迁，这时，项目指挥部又出台了一项新规定：在规定时间内签字的，可以得到 5000 元奖励，还可以领 5000 元租房补贴。他在心里嘀咕：看这情形，迟早是要搬迁，早签字还有奖励。何乐而不为呢？

建新前几年买的幺爷爷的房子，让好伙计东升一家住着。后来，东升与媳妇按揭买了房，刚刚搬出去。现在看来，这房子又派上用场了，最起码，租房费就白白省去了。

他认为政府这个征收条件还算人性化，就将自己的想法说与其他组民听，但大部分人还在犹豫。

他就给家人做工作。群芳打听其他地方的征地补助情况，得到的信息也差不多。就这样，一家人虽然有许多不舍，房子还是征收了，他得到了应有的价格，获得了安置的地基。

之后，他这个组的居民看他签字了，也慢慢有人签字同意拆迁。他们有了安置的地基，得到了所预想的价格，就着手修建自己的新房子。很多人对他有了新看法，边建房子边叽叽喳喳议论他：

"要不是建新找那个蔬菜办覃主任帮忙查档案，我们老屋拆迁后，地基的补助款不知道要少好多啊。"

"对呀，还不知道是怎么少的。"

"你还莫讲，这个山上人还真有两下子。"

"是的，他一步一个脚印，有头脑，又能吃苦耐劳，将来肯定会发达的。"

在建房时，田建新不像其他居民那样，建三层住宅，而是将一楼立柱子，全部通畅，做成门面，二楼、三楼也是框架结构。通过放样，三大间摆正后，旁边还有一个小三角形，他建了一个化粪池，将下水道通入这个池子中间，大小便经过几层溶解过滤后，流了很远的距离，才最终流入碧水河上面的一个大水渠中。

而当时，许多人家直接将下水道通入碧水河的这个水渠中。一家人搬进了从幺婆婆那里买来的房子中。看着他这样建房，邻居们又在议论：

"建新将自己的一楼修成门面，二楼、三楼都是框架结构，修得像个酒店，我真搞不懂，这个地方哪有生意做啊。"

"讲不好的，他肯定有自己的打算，不要操那么多心了。"

"很多人直接将下水道通入碧水河的水渠中，而他，还单独修个化粪池，真是蠢极了。"

"这个就真正搞不懂了，不知道他究竟是怎么想的。"

第四十五章　失地补助

在田建新旧屋拆迁后新修房子时，碧水河两岸高楼林立，到处都在搞建设，人们相互提供信息：

"锦绣碧水开盘了，快排队抢靓号去啊！"

"清水花园楼盘业主答谢会开始了，快领礼品去啊！"

碧水河两岸经常会听到这种声音，房子越建越多，土地越来越少。沿河建成了防洪大坝、人行大道。防洪大堤上栽种着许多风景树，在花团锦簇的三月，樱花盛开，走在人行道上，花朵随着微风飘散。这时，那些扛着长枪短炮的摄影师，"咔嚓""咔嚓"个不停，不时有美女手托花瓣，摆着各种姿态，碧水、鲜花与美女交相辉映。

昔日绿油油的菜地，被各种各样的高楼代替，那些被征收了房屋、菜地的居民，补了地基的，用这点钱建了新房子。而那些拿钱走人的，两三层一栋的旧房子，有的置换来一套房子，有的买了几套房子，有的人换了一套房子后，余了大把钱。

这时，有人拿这钱交首付买了门面，有的去做生意。有的没有事干，就成天玩耍。就这样，五花八门的赌博场所应运而生了。有的利用居住在公路边的优势，将一楼房子中间的间隔打通，买几张麻将桌，一个简陋的麻将馆就开成功了。有的将家中的饭桌往中间一摆，用作扑克桌，扑克场所也开起来了。打麻将的，打扑克的，每个人都牛哄哄的，因为这个时候，他们手中都有钱哪。

对那些没有规划的人来说，在房屋刚刚征收的前两年，手头阔绰得很，打牌、斗牛牛时下的赌注也大，买地下六合彩也期期在场。他们每天乐呵呵的，过的简直是神仙日子。但是几年过去，征收的那点钱输光了，又没有做任何事，那些人猛然惊醒，口袋中没有钱了，感到茫然无措。

以前有菜地，还可以种点菜卖，现在菜地没有了，再加上几年来未做任何事，也不习惯做那些力气活了，怎么办？日子还要过下去，这时，有一部分头脑清醒者，就到处找事做：年轻点的，去超市打工；有驾照的，去租出租车开；有的人就只能去餐馆端盘子、洗碗；有的去打字店打字。

而个别好逸恶劳者，整天东游西荡，有的甚至做起了小偷，有的人干脆拦路抢劫，整个荣城被这些人搞得乌烟瘴气，荣城县110经常接到市民报案。公安干警经常抓的人，有大部分是碧水河两岸的征地拆迁户。

田建新的熟食店也有小偷经常光顾，他抓住几次偷盗者，都是周边的拆迁户，有的还是熟人，他恨那些游手好闲者，也同情他们的遭遇，就将这个情况反映给办案的公安干警。干警们将这一情况及时向上级反映，荣城县政法委将这一信息反馈给县征收办。县征收办主任姚道德，经常去给搬迁户做工作，有很多搬迁户他都认识。他抽出专门时间，对碧水沿河岸的棋牌室、娱乐场所抽样调查，发现了一个规律：那些游手好闲者，几乎都是征地搬迁户。

面对这个现象，姚道德感慨万千：这些人以前都是勤劳的种菜人及后代，这些种菜人长年累月种菜、卖菜，这样的生活过了几辈子。现在，房屋征收了，菜地没有了，而这些人除了种菜外没有任何特长，起先有了钱就赌博，赌博没了本后，就在社会上去混。

姚道德觉得很痛心，虽然怒其不争，但更哀其不幸。为了掌握更翔实的资料，他就到碧水河边多个居委会调查取证。

有一天，他来到一个老熟人家。那是一个夏日的傍晚，正是晚饭开餐时间，他走进这户人家，两位老人正在吃晚饭，见到他后，热情地叫他一起吃晚饭，他说自己吃过了，他往桌上一看，只见桌上摆着一碗酸菜，一碗茄子。

"你们每天就吃这些菜？"

老妇人听他这样一问，马上用手抹眼泪，哽咽道：

"姚主任，不怕你笑话，这样的饭菜恐怕也吃不长久了。"

姚主任听她说这个话，马上问道：

"是咋回事？"

老头子半晌没有说话，听姚主任问话后，不好意思地回答道：

"哎，你莫问了，都怪我养了个不争气的儿子啊。"

"到底是怎么一回事？"

见姚主任紧盯着问，老头子缓缓道来：

"自从那栋老房子征收后，只置换了这一套房子，儿子拿着剩下的钱天天赌博，输完了后，就去社会上混，已经几个月没有归家了。"

"有这回事？"

见姚主任紧追不放，老头子重重点了几下头。

姚主任发现这个情况后，又去了几家征地拆迁户，得到的结论如出一辙，他回家后陷入了深深的思考中，怎么会这样？他一遍又一遍地问自己。

通过反复思考，他得出结论：都是因为房屋征收后，这些菜农失了地，才导致这个局面啊。他恍然大悟：对，一定是这样的。于是，他查阅了大量资料，最后写出了《关于失地居民生活现状的调查报告》。写好后，他将这个报告呈交给荣城县政府分管征地拆迁的领导。

荣城县政府分管征地拆迁的副县长接到这个报告后，高度重视，马上给县长张锦程汇报，张县长及时召开县长办公会议，邀请姚道德主任列席参加。在这个会上，姚主任历数那些失地居民生活的困苦，特别是老年人，生活根本没有保障，建议政府从县财政拿出一部分钱，给失地居民适当补贴。

姚主任有理有据地发言后，其他几位副县长也一个个发言，都肯定他说得有道理，要给失地菜农最基本的生活保障，张县长也点头认可。

没有多久，荣城县出台了《关于对失地菜农基本生活保障的管理办法》。

就这样，碧水河沿岸被征收菜地的居民，按户口上的人口每人享受到了最基本的生活保障，每人每月 200 元。田建新家只有妻子李群芳和儿子田俊杰的户口在碧水河居委会，他家每月得到了 400 月的生活补贴。

群芳领到了意想不到的钱，自然很高兴，一家人开心地庆贺：想不到国家还每月给我们发钱，太好了啊！那些生活几乎陷入绝境的老人咧开嘴笑了：

"国家的政策好啊，要不然，我们生活都没有着落，这下不用愁了。"

"村集体土地征收后，给我们分了钱，现在我们没有地种了，国家还给我们基本生活费，这是做梦也没有想到的好事啊！"

那些好吃懒做者的说法就不一样了，他们抱怨道：

"这么点钱，还不够打一次牌的。"

"是呀，太少了，国家好小气的，有那么多钱，只给我们每月发这么点，太抠门了。"

第四十六章 遭遇火灾

田建新又在碧水河边建了房子，并得到失地补助款，一家人很高兴。而这时，他姐姐田秀丽两个小孩都在上学，为了给孩子一个好的学习环境，秀丽与在县一中教书的丈夫王兴国商量，将家安往县城去。可是王兴国进城迟，一中的教师宿舍已经分光了，他与几个教师合在一起办公，连一间单独的办公室都没有。县城的商品房看着价格飞涨，全家只有他一个人的工资，两个小孩上学要钱，秀丽在乡下种点田，只能维持一家人的基本生活，人情、学费等，都全靠丈夫那点收入。

通过丈夫的同事介绍，荣城有个占有廉租房的人愿意将房子转出去，价格是7000元。王兴国回家与妻子商量后，秀丽也认为只有这样了，于是王兴国从秀丽手中拿出7000元，交给这个房子的占有者，一起去房产公司办理了临时租用过户手续，结清了租金、水电费后，将房子的钥匙拿到了手。

秀丽来到这里一看，是两层砖木结构的房子，每层住着7户人家，这栋房子不知道是何年修建的，已经破旧不堪。木格子的窗框，旧木板壁，旧木头地板，7户人家共用一个走廊，每家的厨房都在自家房子的对面，以走廊自然隔开，厕所是公用的，要下楼后再走一段路才能到达。

秀丽看着这个两居室的房子，觉得比自己乡下的房子都差，但她为了两个孩子的前途，已经别无选择，况且弟弟建新已经答应自己在他熟食店帮忙做事，住在城里方便些。

她打扫干净这个转手得来的房子，将一些简单的家具从老家搬来，又在县城新买了几件家具，过年前选一个吉日，请亲戚朋友来"热火坑"。作为主头的建新给了姐姐一个5000元的大红包，然后商量着给她在熟食店安排什么事，建新笑着问姐姐：

"姐，你想在熟食店做什么事？"

"我什么事都干得，你随便安排都行。"

群芳看向建新，笑盈盈说道：

"我看姐就在门面坐镇收钱，那些脏事就不用干了。"

"那怎么成，我洗菜，在家里打帮手都可以的。"

建新用眼光扫了一下自己的姐姐和媳妇，在群芳再一次微微隆起的肚子上停留了好久，觉得媳妇应该休息了，熟食店有自己的家人坐镇也好。于是，他就大

胆对姐姐说道：

"就按群芳说的办，在门面坐镇收钱。"

姐姐与姐夫推托了一番后，见弟弟两夫妇坚持，也就不再说什么了，约好元宵节后再去上班。

荣城一年一度的元宵节热闹非凡，这一年更是不同往日，县政府早早就向全县人民发出了通知：今年将大办元宵节，各地都要筹备节目，准备参赛，拿大奖。

元宵节那天，荣城县城人山人海，人民公园搭起了好多戏台。乡下人从很远的地方赶来，在亲戚家拜年后，去会场中看热闹。舞龙灯的、唱花灯的、打三板鼓的到处都是。

碧水河合唱团、天界山合唱团、星光大道户外合唱团等团队，每队成员有上百人，统一了服装，歌唱着红歌，被社会各界媒体制成视频。县委书记、县长、专职副书记，随着人流，都挥舞着小红旗，高声歌唱着这些红歌。

小孩们买面具、彩灯，忙个不停。王兴国老家几个叔伯弟兄，也带着家人来到他家中，相邀去大街上看热闹。晚饭过后，大人小孩，全部涌入大街上的人流。秀丽在大街上转了一圈后，担心客人回来后进不了家门，就先回家了，在家中电视上观看节日盛况。

过了很久后，老家的亲戚们陆陆续续回来了，秀丽已经抹干净了木地板，在木地板中打好地铺。只有两间房，她准备打两个铺，老人睡在那两张床上，其他人，男人睡一间，女人睡一间。由于房间窄，又有这么多人，两间房子都铺满了棉絮，小孩回来后就在床铺上玩，男人们在客厅打扑克，女人们围观。

有个亲戚的小孩跑了一圈后，喊肚子饿了，秀丽就在走廊另一头的厨房热饭菜，在端菜进客厅的一刹那，猛然发现房间里面特别明亮，她下意识地走入房间，只见棉絮在燃烧，这一看不打紧，她马上反应过来：

"房子着火了！"

这一惊非同小可，她一碗菜掉到地上。听她这一吼，丈夫王兴国与那几个叔伯弟兄，马上丢下正在打的牌，在厨房中接水浇火，试图灭火。

秀丽敲开邻居家的门，要他们帮忙接水，共一面木板的邻居，知道情况后吓了一大跳，随即高声大喊：

"房子着火了，邻里们都来帮忙灭火啊，赶快准备水，不然，这十几户都要烧光啊。"

这一声凄厉的喊声，惊动了二楼的所有邻居，大家都在自家的水龙头提来水，一桶桶地传递着送来。王兴国眼看着火苗已经窜进了旧木板，他来不及多想，就与老家几个叔伯弟兄，冒着危险，站在木板下，将送来的水不停地往木板上浇。

有个邻居急忙打"119"，嘴里不停念叨：

"这都是连着的老旧木板房，这下全完了。"

不一会儿，119消防车来了，对着那些木板房不停喷水，总算将大火喷灭了。这时，消防人员查火源，邻居对那些人说：

"可能是线路老化引起的火灾。"

消防人员检查后，查不出什么原因，就按线路老化上报了引起火灾的原因。兴国送走消防人员后，在上下两层查看每户受灾情况。那些邻居见他文质彬彬的样子，脸上黑魆魆的，头发也烧焦了，感觉肯定不是故意的，也都没有为难他。

他对秀丽说道：

"我们楼下这一户肯定受灾最重，那么多的水都往楼下灌。"

他们来到自己下面的住户一看，果不其然，满屋都是水，无法下脚，两人马上向这户人家道歉，这家主人看着满屋的水，再看看兴国烧焦的头发，摇摇头，摆摆手。

兴国回到家，发现一个烧焦的灯笼柄，就问那几个小孩是否玩了灯笼，见他这样问，其中一个男孩吓得半晌没有出声，在他的一再追问下，这个男孩才怯怯地说：

"我回来后将灯笼放在铺盖上后，就出来看电视了。"

秀丽分析起火的原因：

"可能灯笼偏了，点着了蜡烛，应该就是这样着火的。"

那个大人见自家小孩闯了这个大祸，对准小孩的屁股就是几巴掌，边打边气愤地吼叫：

"叫你玩灯笼，看你闯了多大的祸，一栋楼十几户人家差点被你毁了。"

兴国见状，马上制止：

"小孩子，知道个啥，不幸中的万幸，总算没有酿成大祸。"

棉絮全部打湿了，这些人只好在秀丽家坐到天亮后回家，第二天，秀丽早早就上了街，买来一些棉絮、生活日用品，送给自己楼下，又将二楼那几家人接来屋中，吃了一顿饭，感谢他们帮忙灭火。

建新知道姐姐遭了火灾后，急忙赶来，送来一些日常用品，又送了一些钱，看着姐姐家这个房子，他心里不是滋味。考虑到自己现在新修的房子还没有钱装修，哪有现成的房子供姐姐一家人居住，心里很自责。

第四十七章　初开餐馆

从姐姐家回来后，田建新心里很难受，但日子还要照常过。一晃到了夏末秋初。有一次，滂沱大雨下了几天，荣城县的大街上到处都是积水，人行道上，用干沙子铺的地面砖，脚一踩上去，咕咕一响，一小股浊水便溅在鞋子上、裤子中，像花斑狗。

此时，几个农贸市场，那些做生意的人都在扫积水。建新所在的市场位于负一楼，位置在地底下，由于当时修这个商场时，四周的水沟没有挖多深，又是明沟，连续几天的大暴雨，四周的水都往这里灌，水沟的水就溢出来了，从中间冒出鸡屎、鸡毛，甚至人粪，臭气熏天。市场上的生意人都在抱怨，边扫积水边发牢骚：

"这鬼天气，天怕是要垮下来了，这样的暴雨连续下了好几天，好像没有停下来的意思，搞得人都没法做生意了。"

"可不是吗，本来这里就是个脏地方，卖什么东西的都有，很多人又不注意卫生，就越发脏了。"

人们骂骂咧咧，隔了一段时间后，暴雨停下来了，一个小伙子收住雨伞，走进市场，准备买菜，望一眼脏兮兮的市场，后退几步回去了，过了一阵后，又进来一个准备买熟食的，望一眼满地污水，捂住鼻子也走了。

就这样，市场上几天没有人来光顾了，那些卖东西的人急起来了，就向市场管理处反映这里的情况，市场管理员用眼角的余光扫一下来办公室反映问题的人们，无奈地说道：

"哎，在很早以前，有很多市民就来这里反映这个市场脏、乱、差，现在，加上这几场暴雨，就更加严重，我们也没有办法，你们的现实情况我跟领导们会如实汇报的，回去安心等消息吧。"

过了几天，果然有人来这里了解情况，工作人员看到的市场现状是：三三两两杀鸡的生意人正在扯鸡毛，满地都是，风一吹，鸡毛飞到其他摊位上；杀鱼的脏水正在往水沟中倒，不一会儿，水沟就满起来了，隔老远都能闻到臭味。

过了几天，楼上商场的负责人双手背在背后，踱着方步来到负一楼的市场，他嘴角一歪，感叹道：

"很早就有人向我反映，这个农贸市场环境差，杀鸡的、杀鸭的、杀鱼的，搞得到处脏兮兮的，客人来商场，臭烘烘的。开始，我还不相信，今天，总算开眼界了，还是眼见为实啊。难怪商场的生意越来越差，原来根子在这里啊。看来，不收购整个负一楼都不行了。"

市场上正在做事的生意人听到后，七嘴八舌叽叽喳喳：

"什么，你要收购整个负一楼？那我们到哪里做生意去？"

"这个吗，自然要为你们考虑的，在离这里不远处，政府已经征好了地，正等着招商建专门的菜市场呢。"

"那我们不是又要搬迁了？"

"肯定的呀。"

果然，没多久，就有人上门做工作来了。大雨过后，经过清理，这个市场干净多了，又恢复了往日的热闹。这时，这些店主就舍不得有了人气的市场，当工作人员来做工作时，他们抢着发言：

"我们在这里有了一些人气，有很多老顾客了，搬了家，又要从头开始，我们不想搬。"

"是呀，一切都要重新开始，多不划算啊！"

"那补偿是怎么算的，是以平方换平方还是拿钱走人？"

"这个可以协商。"

建新听到要搬迁市场的消息后，在考虑自己的情况，几年前买了幺爷爷的房子，征收旧房后，又修了新房子，花了很大一笔钱。虽然有拆迁款，但还是欠了很多账。前几天，手机上还收到银行发来的信息，说自己在银行的借款就要到期了，必须马上归还，不然将会影响自己的征信，房子也没有钱装修。

可是这一段时间，由于受暴雨影响，熟食店没有生意，做好的熟食卖不出去，只好关门大吉，别说赚钱了，还要亏本。想到这里，他觉得还是拿钱走人的好，自己有房子，何必要在这里做生意呢？在家中做不行吗？俗话不是说得好，酒香不怕巷子深吗？主意已定，他就与群芳说了自己的想法，群芳思考后，觉得丈夫分析得有道理。

两人商量好后，田建新首先在同意搬迁的合同上签了字，拿到钱后，就一心一意装修自己新修的房子。他请人将一楼装修成餐馆的模样：他叫东升打帮手，两人用白色油漆将墙壁粉刷得白亮亮的，请木匠打了餐柜，置办了专门的锅灶、餐具，在每张就餐的小桌子中间钻了一个圆孔。然后去市场上自己的门面上写广告：此熟食店已经迁往碧水河居委会旁边的个体城，由熟食店转型成餐饮店，欢迎新老顾客前去品尝。

在开业前，他与东升到处张贴广告：碧水河居委会旁边个体城的碧水河餐馆开业，开业前十天，每天打七折，消费满200元的可以送一份熟食。

隆冬，鹅毛大雪纷纷扬扬。田建新准备就绪后，选择了一个好日子，小餐馆开业了。开业那天，建新在房子中间，烧了满满一盆炭火，慕名而来的人们对屋中一望，红红火光映照着人们的笑脸。墙上挂着卫生许可证、税务登记证、个体工商业营业执照。他和群芳分别站在餐馆大门口两边迎接客人，亲朋好友到来后，两人笑嘻嘻恭候：

"欢迎光临，请坐。"

东升马上给人搬来板凳，身旁是烧得红红的炭火。

"感谢关照，请进。"

凡桂英马上将瓜子、小吃端出来供客人品尝，田秀丽忙着给客人倒茶。

"恭喜发财，祝生意越做越好。"

提着花篮的黄胜利来道贺。

"开业大吉，财源广进。"

搬起发财树的表哥凡新钢笑盈盈地。

带盆景的，送对联的亲朋好友，都来光顾他这个小餐馆。那天，客人吃饭后都陆陆续续走了，他将黄校长和表哥留下来，询问老家的人和事，诉说离别之后的境况。

黄校长告诉他：

"自从建整扶贫工作队来天界山后，山上发生了翻天覆地的变化，已经有人开始建新房了，我家的经济状况也缓解了许多。"

"那就好。"

建新与钢娃异口同声赞叹道。

田建新转而问表哥：

"师傅与师娘怎么样？都还好吧。"

表哥叹口气：

"哎，他们现在身体都没有什么大碍，就是体力不行了，我一个人力不从心，外卖难维持下去了。"

"那你现在有何打算？实在不行就来我这里吧？"

"依我看，干得，两老表有个帮衬，何况钢娃还可以当作大厨用。"

黄校长极力撮合。

钢娃想了想后，爽快答应下来。当时，群芳生二宝后，在家休息，建新请来钢娃和东升，在厨房忙碌，他和姐姐秀丽每天笑嘻嘻地迎接来餐馆的客人。开业过后几天，他的同学、同乡、以前的同事，都不约而同地来餐馆照顾生意。他每天考虑菜单的品种花样，客人们每天进进出出，笑呵呵的。

10天过去了，他算了一笔账，每天来这里消费的人是不少，但打了七折后，再送一份熟食，除开出的工资外，并没有赚到钱。

于是他又想出新点子：实行会员制度，在这里登记的会员才能打九折，消费满300元送20元消费券，下次来这里消费时，消费券可抵现金用。

这样一来，餐馆有了回头客，生意也渐渐好起来了，周围的人又在纷纷议论他：

"就建新点子多，一会儿卖菜，一会儿卖熟食，现在又开起餐馆来了。"

"那是人家脑子灵活，你眼馋呀。"

"看来跟着时代脚步走，没有错。"

罗金莲知道他又在开餐馆的消息后，逢人便说：

"建新只知道折腾，开餐馆，房子又不在县城中心，不亏？我改姓。"

"别看他餐馆现在红火，几天新鲜劲过后，谁还会照顾他生意，等着关门吧。"

第四十八章　母亲手术

田建新购买了幺爷爷的小房子，又建好了酒店式的框架结构三层楼，市场上的门面征收了，餐馆才开张，也没有赚到钱。二宝要吃奶粉，一大家人要开销，他只有奋力拼搏。疼爱他的母亲时常为他着急，总想为儿子分担点什么，以减轻他一点负担。

眼看大孙子已经上学了，家务事减少了很多，以前，她为全家人做早、晚两餐饭，现在，儿子开了餐馆，在餐馆里面吃饭。白天，老伴负责接送孙子上、下学，她只负责拖地、洗衣。群芳生二胎后，时常在娘家。

这样一来，凡桂英认为自己还有空闲时间，习惯了做事的她感觉浑身不自在。她白天就在居住地周边转悠，看到有人将喝水后的塑料瓶丢掉，壳子纸甩了什么的，就捡起来，打包堆在楼梯间的拐弯处。建新每天早出晚归，见两个老人也没有什么异常，也没有在意这些。

直到有一次，天刚蒙蒙亮，居住在同一栋楼的邻居，那天老家打电话过来，说母亲得了急病，那人心里急得慌，便匆匆出门，不小心踩在凡桂英拾来捆好的一堆破烂上，摔了一跤，本来就心情不爽的邻居便破口大骂：

"是哪个缺德鬼做的这个事，将楼梯口都快堵塞了？"

凡桂英听见后，连忙出门去道歉：

"对不起，我等会马上卖掉。"

"哼，一家人还开餐馆，用拾荒的手做的东西怎么有人敢吃啊。"

建新听见这番对话，仿若晴天霹雳：

"妈，你去拾荒了？你是没有钱用吗？为什么要做这个事？"

"我，我不是想添点家用吗，那，那我以后不去拾荒了。"

见母亲像做错了事的孩子，田建新也不忍心再责怪母亲了，只是一再叮嘱她：

"别再做这个事了，没有钱，你向儿子我要啊。"

凡桂英见闯了祸，就不再拾荒了。一天上午，她去群芳娘家看小孙子，听见群芳父亲说：

"建新请我帮厨去，说要我给他传授做辣锅鸡的技巧，今年就不打算种地了，那两厢地邻居如果有人种，可以成全人家。"

凡桂英马上接口：

"亲家，你如果不种地了，你家的那点菜地我曾经和群芳去过，知道地方，我来种，供应两家人吃菜，你看好不好？"

群芳看一眼婆母，急忙制止：

"不行，你年纪这么大了，种菜时发生意外怎么办？"

群芳父母也说不行，凡桂英急了，当着大家发誓：

"我如果出现什么意外，不要人管，自己负责，总可以了吧？"

说完这些话后，她就回家了，从家中找出以前从山上搬下来的锄头，便跑到亲家菜地里挖起地来。

这样日复一日，她将原来的两大厢菜地分成了几个小块，在春天分别种上辣椒、茄子、西红柿、小白菜，她除供应两家人的吃菜外，还在周边卖一些，由于是自己种的菜，她一般比别人卖得便宜。这样，凡桂英每天种菜，在接近放学时，她知道那是人流高峰期，就带点菜，在孙子就读的小学门口卖。

这样过了一段时间，学校整治周边环境，就赶这些卖东西的，凡桂英就干脆在大街上卖。她从菜园中带点菜去卖，再买点别的菜回家，将家中祖孙三人的伙食弄得可口爽心。

一天，凡桂英又去菜园中经营菜地，猛然感觉头有点晕，捧着头马上奔到小区卫生室，医生在给她检查时，她头痛欲裂，越来越厉害，还不停呕吐。

居委会卫生室的医生检查不出凡桂英得了什么病，将她按在座椅上，叫她别动，马上叫人去餐馆找田建新。

不巧的是，那天建新和姐姐进城买菜去了，都没有在餐馆，钢娃得到消息后，马上跑到群芳娘家，将凡桂英的情况告诉了群芳。群芳听到这个消息后，与钢娃一起急忙奔到医务室，见婆母还在呕吐，有气无力的样子，急忙打县人民医院的120急救电话。

不多时，县人民医院的120急救车来了，马上用担架将凡桂英送入车厢内，进行简单施救，群芳急忙问医生婆婆到底怎么了，医生告诉群芳：

"老人疑似脑血管破裂，到医院后看是否脑中有淤血，如果有血就麻烦了。"

这样一路到医院，群芳不停地叫：

"妈，你要挺住啊，马上就到医院了。"

群芳一边叫，一边给建新打电话告知这事。田建新和姐姐丢下刚买的新鲜菜，急忙赶来。交了钱后医生开出CT报告单，田建新就将母亲往CT室推。

检查结果出来，医生告诉建新田母脑有积血，于是收入县人民医院的神经外科，收入重症监护室。在这里，家属除每天下午五点可以按规定人数进行探视外，其余时间是见不到病人的，凡桂英不停地在里面吼：

"我的妈呀，你快接我走啊，我疼得要命。"

"快放我出去，我在这里受不了啦。"

田建新在门口听见这撕心裂肺的声音，心如刀割，但是有什么办法呢？

田建新每天去医院打听母亲病情，主治医生告诉他：

"如果脑中的积血吸收后，脑中没有其他东西，就没有什么问题，如果有东西，就麻烦了。"

他在心里默默念叨：

"我妈的头脑中千万不要有什么东西啊。"

母亲在重症监护室住了几天后，医生建议进行骨穿刺，这样吸收得快一些，需要家属签字，田建新与姐姐商量，姐姐拿不定主意，怕出意外。犹豫了一阵后，田建新签了字，同意这样治疗。

经过 20 多天的治疗，母亲脑中的积血减少了很多，医生又开出检查头部的报告单，说是看看脑中是否还有其他东西，经过核磁共振扫描，发现母亲的头脑中还有一个血泡。

田建新听后，急问医生到底对病人意味着什么，医生告诉他：

"你母亲之前的病症是脑血管中的一个血泡破裂，现在头脑中还有一个血泡，不定什么时候会破裂。"

田建新又急着问：

"那对病人有多大影响，有生命危险吗？"

医生抬眼看向他：

"一般像这种血泡破裂，有一半的病人当场就会丧命，如果那个血泡再次破裂，那基本上没命了。"

听后，田建新犹如五雷轰顶，吓得倒退了好几步，哆嗦着问道：

"那，那如何是好啊？"

"最好是手术，但手术同样有风险，有的病人可能下不了手术台。"

田建新又与群芳、姐姐、姐夫商量，他们都不知所措。见他们这样，田建新便斩钉截铁说道：

"手术有风险，但是不手术就一定没救，看来，只能赌一把了。"

田建新第一时间告诉医生自己的想法，医生要他考虑清楚后签字，他颤抖着手，在手术同意书中签下了自己的名字。医生问他要不要请省城的专家，他毫不犹豫地说：

"要。"

他花高价请来了省城专家来给母亲做手术。

那天晚上，田建新将母亲推到手术室门口，眼看着母亲被送入手术室，他与姐姐静静等在外面，不停祈祷：

"我妈千万不能出事啊！"

时间一分一秒过去，田建新忍受着内心煎熬，每推出来一个病人，他都第一时间冲上去，看是不是自己的老母亲。就这样，几个钟头过去，一个清晰的声音传来：

"凡桂英家属。"

他忙问母亲手术情况，那个医生摘下口罩，长长地舒了一口气，告诉他：

"手术非常成功，等麻药醒后就可以出来了。"

"谢谢，谢谢！"

田建新激动得差点落泪。

几个钟头，好漫长，母亲终于手术成功了。

不一会儿，母亲被推出来了，田建新一个箭步跑上前，看见母亲一只手在动，他欣喜异常，急忙抓住不放：

"妈，你感觉怎么样？"

见母亲轻轻点头，田建新一颗悬着的心真正放下来了。

经过一段时间治疗，母亲出院了。

他结清了医药费，将母亲接回家中，柔情地看向母亲：

"妈，你以后别再种地了，听见没有？"

母亲郑重地点了几下头，忙问他菜地现在怎么样了，他告诉母亲：

"菜已经摘完了，以后不要再种了。"

母亲虽然舍不得那些菜地，但她怕自己生病后，再给儿子添麻烦，就狠下心不再管那块菜地了。

在给母亲治病的这段日子里，田建新很少过问餐馆的事，家中本来就欠下了一些账，为母亲治病，他又到处借钱。那些人看他的餐馆生意还不错，才肯给他借钱。但欠账太多，也不是办法啊，如何才能还清这些账呢，他又一次陷入了深深的苦恼中。

第四十九章　摄影大赛

田建新所开的"碧水河餐馆"，生意逐渐好起来了，一家人开心地经营这个餐馆。来客中，传递着各种各样的信息，其中有几个人说起了天界洞。一个女人首先发话：

"相传女娲炼石补天时，因为最后那块石头太小了，没有将天补齐，留下了一个洞，名叫天界洞。"

"是的，关于这个洞，有很多神奇传说，据说哪一年天界洞涨了水，哪一年国家就会出事。"

其中一位老人抢过话来说：

"可不是吗，我一生只见过那个洞涨了两次水，每一次都应验了，众人皆知的是 1976 年，那一年的 1 月，天界洞涨了洪水，结果那一年，国家出了天大的几件事。然后好像是 93 年，那一年涨洪水，很多地方遭受了水灾。"

然后，一个小伙子也不甘示弱：

"那天界洞的水，是从石壁中斜着往下滴的，水滴像雾一样，常年随风飘忽不定，周边的人说起天界洞，好像都带着敬畏神情。"

说者无意，听者有心，一个外地年轻开发商听了这些话后，便来到这一桌，仔细询问这个天界洞，并花钱请老者带自己去这个洞中考察。车开在洞下面停下，再走 999 级台阶，两人来到洞中。年轻开发商仔细观察这个洞后，久久不愿离开，心里琢磨：

"这个神秘的天界洞有何商机呢？"

苦苦思考后，年轻开发商有了主意，决定办一场前无古人，后无来者的赛事，最好是轰动全球的，办什么样的赛事呢？各种想法在头脑中反复过滤后，年轻人得出结论：办一场世界级别的飞行大奖赛，让世界各国的飞机在天界洞中穿洞而过，在规定的行程中，看谁穿洞用的时间最短。

而要办这样的大奖赛，这个开发商知道，就算自己肯出钱，发奖金，但不是政府行为都是办不成功的。于是，他将自己的想法向县旅游局局长汇报，局长拿不准，就叫他一起给分管旅游的副县长汇报，这个副县长也是个年轻人，虽然觉得这个开发商想法大胆、奇特，很有创意，但还是拿不准，就找县长，县长也不好定夺，就和副县长一起找已经升任为县委书记的张锦程。张书记仔细研究开发商的实施方案后，又征求专家意见，最终认为这个想法可行，要副县长亲自抓落

实这件事。

张书记吩咐副县长：

"要把这个事搞好，必须以县委、县政府的名义举办，承办单位为县旅游局、开发公司。"

"好，书记定了调，我具体操作。"

没有多久，这个开发商将方案进行具体完善，比赛日期在当地各种媒体上进行广泛宣传。

田建新晚上看电视时，看到了这个广告，家人们很高兴，国家举办这个大事，都期待着到时看热闹去，而他，只盯住后面的大奖赛：有征文大奖赛、摄影大奖赛。

田建新看着一家人住在这么小的房子里面，只有两间房，再加一个客厅，一个卫生间，儿子没有单独的屋子，经常在客厅的沙发上睡，影响学习成绩。自己新建的三层楼房他想做生意，而不愿作为住宿的地方。那只有再买大一点的房子，如果得了奖金，就可以交首付款了。

他仔细分析自己的特长，就目前而言，摄影还是个门外汉，而自己最擅长的就是写文章，想想自己很久没有动笔了，很多字怎么写都忘记了，而他又很想拿下这个大奖，到时，自己按揭买房就有钱了。他想来想去，还是决定试一试。

他仔细研究这次的写文要求，在晚上温习一下功课和写文的各种准备工作，再亲临现场，添加各种细节。

离比赛没有多久了。这时，荣城县各个角落都在传这个大赛的消息。餐馆里面也热闹非凡，逢人必讲这个大赛。

比赛那天，人山人海，天界洞周围都进行了警戒。田建新也早就在规定的观察点选好了位置，但他只看见人头攒动，远处的飞机在洞中飞来飞去，具体怎么飞的，哪架飞机最先到达，他都很难搞清楚。

当比赛结束时，他只能在电视上知道，是哪个国家的哪架飞机得了第一。他利用这点信息，写出了一篇文章，发到指定邮箱。

后来，电视上公布了这次征文大奖赛的获奖名单，没有自己的名字。尽管早有预料，他还是有点失望。但他很快就想通了，自己算哪根葱，那么多文学大咖，怎么会轮得到自己？

这个活动将天界洞传出了名，举办企业也无人不晓。没过多久，这个企业又如法炮制，要在天界山顶举行翼装飞行大奖赛：这次是世界各国的真人，身穿翼装，从这座山飞向那座山，同样是县委县政府举行，县旅游局和这家公司承办，他们在各种媒体上打广告，有征文大奖赛、摄影大奖赛等。

建新一家人在电视上看到这个广告后，都异常兴奋，觉得这个比赛在老家举行，到时一定要上山看热闹去。而他，又在琢磨怎样参加这个大奖赛，最重要的是怎么拿奖。

他仔细分析后，对比自己的实力，认为写文自己没有什么优势，那就只能拿摄影大奖了。虽然自己以前用手机拍了一些照片，但要想拿奖还得用相机，然后找师傅学习技术，他马上想到了自己的姐夫，对，找姐夫去。晚上，他来到姐夫家问王兴国：

　　"这次摄影大奖赛，喜欢拍照的你，是否有兴趣参加比赛？"

　　姐夫看姐姐一眼后，笑道：

　　"我只拍你姐和两个孩子，对别的事从来没有想过。"

　　"那你能否教会我怎么取景？"

　　"当然可以啊。"

　　姐夫王兴国就将家中的相机拿出来，手把手教他怎么选景、拍照，怎么做照片，他用心学，不停追问，只一夜时间，他就学会了怎么拍照。

　　田建新向姐夫借了相机，在空余时间反复揣摩，餐馆里面的顾客看见后，就笑嘻嘻问他：

　　"田老板，转行搞艺术去了？"

　　"哪里，闹着玩的，为翼装飞行活动做准备。"

　　"你是御用摄影师？"

　　"不是，我自己瞎弄的。"

　　此时，小县城人人都在讲这个翼装飞行活动：

　　"听说是真人飞行的，世界上的顶级飞行高手都来参赛，好期待呀。"

　　"是呀，这下天界洞更出名了，之前的天界洞飞行活动还没有过去多久，天界洞真人飞行又来了，看来，天界洞要飞出国门了。"

　　"天界洞早飞出国门了，这次是锦上添花。到时再怎么忙我都要去，哪怕店子关门。"

　　"是的，人活着经历不了几次这样的趣事，莫留下遗憾。"

　　"当然，这样的活动都办到了家门口，怎么不去？一定要去。"

　　"好，我们找建新当向导去，他是天界山上的人。"

　　罗金莲从众人口中知道建新要参加摄影大赛后，笑弯了腰：

　　"建新也不掂量自己到底有几斤几两。"

　　"他想拿奖，呸。"

　　比赛前些天，建新一有时间就捣鼓他从姐夫那里借来的相机，在大街上反复取景、照相，做照片，一次又一次的试验后，他掌握了照相的很多技巧：光圈、速度、曝光度要协调好，人物取景要掌握好九宫格。他怕照相时自己手抖动影响效果，又买了一个三脚架用于支撑照相机。

　　田建新又去现场踩点，他从小就在山里生活，爬山是把好手，他从广告中知道比赛现场就在那相邻的三座山上。

　　比赛开始前，在天界山两座山的山顶，画出了警戒线，他再次踩点时，知道了是哪两座山，他爬上了相邻的另外一座山，用三脚架支撑着相机试着拍照，一次次试验，看站在哪里是最佳拍摄位置。

他从小就知道，山顶最高峰有一块岩石，很陡，很难爬上去，他折回家，用刀砍树，用野葛藤绑紧后，做成梯子，然后，他挎着相机爬上去，对准那两座山拍照，很清晰。这一发现，使他惊喜不已。

比赛那天，他带着家人和东升等几个好伙伴，早早来到这块岩石上，等待着比赛开始。他们放眼望去，那比赛现场的两座山上，只见人流不断涌入，执勤的警察将那些人一拨拨赶出红线之外。而他这座山上，只有他们几个人，东升看到这个情形，对他竖起了大拇指。

一声震耳欲聋的喊声响起，比赛开始。田建新屏住呼吸，举着相机的手不停颤抖，他马上用三脚架支撑好相机，在心里默默祈祷：

"一定要捕捉到最精彩的瞬间啊。"

嗖的一声响起，一个人打开双翼，像鸟儿一样，立即起飞。田建新按住快门，咔嚓、咔嚓，对着那个起飞的人，不停转换相机的角度，从起飞，到降落，记录下整个过程，特别是刚起飞时，那人张开双翅确实像鸟儿一样在飞。

第二人、第三人，他都这样眼睛盯着相机不停按快门。直到比赛结束时，他才觉得手臂麻木，原来这样的姿势，自己竟然坚持了整整两个钟头。

回家后，他将这些照片进行了整理、筛选，从中选出了三张照片，第一张，起飞时，他起名叫"鸟人"；第二张，正在飞行，他起名叫"展翅"；第三张，落地时，他起名叫"栖息"。

做好这一切后，他将这几张照片送到这次大赛组委会，然后在家等消息。没过多久，摄影大奖结果出来，他的"鸟人"得了一等奖，奖金有8万元，照片作为成果在各种媒体刊出。

站在颁奖台上，田建新接受领导颁奖和群众掌声，心里美滋滋的。老家的乡亲们和碧水河边的邻居都在议论他：

"建新真心不错，没想到连才学的摄影都能拿大奖。"

"是呀，他学什么都容易，是个人才。他为咱天界山人争了光，太好了啊。"

"建新给碧水河添了彩，好样的。"

"是呀，天界山给了他吃苦耐劳的精神，碧水河更增添了他的聪明才智。"

罗金莲还是不服气，幽幽说道：

"建新这次完全是运气好，选到了好位置拍照，不然，这么好的事，哪有他的份。"

第五十章　按揭买房

翼装飞行大奖赛后，田建新得到八万元奖金。他提着这八万元，心想：这下好了，要想买商品房，首付款也差不多了。想到这里，他抑制不住兴奋，嘴角时常咧开着。餐馆新近请来的几个服务员给他道喜：

"恭喜老板获大奖，一看我们老板就是有福气的人。"

"老板得大奖了要请客啊，让我们也分享一下，沾点喜气。"

"是呀是呀！"

东升亲眼看着他怎么拍摄的，分享了他得奖的全过程，也跟着起哄。

他早就准备好了。当天，就在餐馆摆了几大桌，将居委会领导、餐馆员工聚在一起，共同庆祝这次获大奖。在席间，他首先举杯：

"感谢大家齐心协力在餐馆做事，我才能安心搞摄影，取得今天的好成绩。当然，也得力于老家有这个好现场。"

他走到钢娃面前，给表哥敬酒：

"谢谢你，可惜这次你要当大厨，下次有机会我一定带你出去玩。"

钢娃嘿嘿笑着：

"没有什么，你心里有我就行。"

建新点点头，一大杯酒他一口就干了，之后，居委会王书记代表居委会给他敬酒：

"感谢田老板来我们居委会，你得了奖，我们也跟着沾光啊。那次龙舟赛，还为咱碧水河居委会争得了荣誉。"

然后，餐馆员工都给他敬酒，他一一回应、喝光，直到天空现出满天星斗，几桌人才尽兴而归，他当晚喝得酩酊大醉。

他手中攥着 8 万块钱，眼下，家中住房紧张，必须购买按揭商品房，一夜反复思考后，他认为买房的时机成熟。但他不确定群芳是否同意买房子。夜深人静时，田建新将自己的想法说给了媳妇听，群芳之前每次看着儿子在客厅的沙发上睡觉都很心疼，想换大一点的房子，但又觉得修有三层私房，也考虑手中没有多余的钱，就从没有说出口。

现在，丈夫说出了这个想法，尽管与自己不谋而合，她还是犹豫了一下，主要是担心还不起按揭。建新向她保证：

"咱们餐馆有固定收入，再说我还有勤劳的双手，请你放宽心。"

她看着他坚定的眼神，才答应买房。

第二天，田建新就在各个楼盘转悠。清水湾楼盘售楼部，售楼小姐热情接待了他，在一个玻璃框中有楼盘的模型，他一看是小高层，最高七层，第六楼与七楼是复式楼，均价是每平米 2000 元。他很想买这个复式楼，一算，有 200 多平方米，况且这里没有电梯，父母年纪大了，上下楼不方便，于是便放弃了。

他又转到桃花坞楼盘，售楼处沙盘中的房子也很入眼，均价是每平方 2200 元，是电梯房，但唯一的缺陷是没有车库。当他在售楼处说出自己的困惑时，售楼小姐指着楼盘两边的马路告诉他：

"你看这楼盘，前后都是马路，哪里停不了车，还要车库车位干什么？"

"大街上可以随便停车？"

"你自己看，大街上哪里不是停的车。"

他在心里盘算：随着城市的发展，这大街上乱停乱摆的现象，终究会被制止，以后买小车，将是每个家庭的必备选择，没有车位不行。他经过慎重考虑后，放弃了这个楼盘。

他辗转来到碧水花园售楼部，一看不打紧，我的妈呀，只见售楼部大厅排起了长长的队伍，他站在队伍最后，问前面排队的人：

"怎么有这么多人排队？"

"抢前面的号码啊。"

"抢号码？"

正在他迷迷糊糊间，只听见售楼小姐对着大屏幕，举着喇叭在介绍楼盘：

"碧水花园是全县最高档，设施最完善，最舒适的楼盘，你们看，这里是商场，这里是健身中心，这里是幼儿园，还有地底下，为每个住户准备了一个车位。"

"好，样样俱全。"

不知是谁这样随声附和着。

他看见大屏幕上出现的各个户型，对比之前自己看过的几个楼盘，他觉得这里的条件最好。那么现在最担心的就是价格了，他刚想问一下价格，只见那个售楼小姐又在介绍：

"这样舒适的楼盘价格究竟怎么样呢？我告诉大家，每平米均价只要 2500 元。"

"2500 元呀，这么贵？"

"贵吗？你们可能也打听了其他楼盘，那些没有电梯，没有车位的楼盘，每平米比我们少不了多少，算算性价比，哪个划算？"

田建新在心里反复比较，这个楼盘前面是碧水河，背后是天界山，可谓依山傍水，有电梯有车位，价格虽然比其他几个楼盘略高一点，但自己一生也买不了几次房子，还是要买个满意的。他观看了一下排队的人群，在心里嘀咕：英雄所见略同啊，怪不得有这么多人来排队了。

终于轮到他了。田建新得了一个号码，是 125 号。售楼小姐告诉他：

"三天之内，凭这个号码预交诚意金，交 1 万抵 3 万，交 5 万抵 8 万，交 8 万抵 12 万，将来凭这个号码选房子，如果没有选到满意的房子，就当场退还所预交的诚意金。"

在得到号码的第二天，他拿出那 8 万元资金，预交了诚意金。大约三个月过去，一天晚上，他正在餐馆忙碌时，接到了售楼小姐的电话：

"你是田建新吗？碧水花园楼盘开盘了，请你明天上午 8 点带着收据和号码来选房子，另外还要带点钱，要当场交齐首付款。"

第二天，他早早起床，找出交诚意金时的收据和那个排队得来的号码，又将几个月来餐馆的收入银行卡带在身上，做好这些准备后，他来到售楼处，一看，大厅中挤满了人，人们相互打招呼：

"你也来买房子啊，准备买几楼？"

"我想买 10 楼，楼房那么高，这样，万一停电了走下来也不是很远。"

"不会停电吧？"

"谁说得准呢？"

田建新心里早就有了预想中的楼层，他想：既然买了，就买个满意的。他看了价格，这个房子共 25 层，以 7 楼为基准，往下每楼少 50 元，往上每层加 50 元，到 18 楼后又往下降。

他看上了第六栋一套房子，125 平方米，在 15 层，但是又怕前面的人选走，于是，他又在模型中选了 16 楼的 130 平方米的房子，他与那些等着选房子的人站在大厅中等候。

工作人员在叫号：1 号。这时，一个老太太走进里面的小屋去了，大约过了几分钟后，只听见锤子敲得震天响：

"6015 选中，请去财务处办手续。"

喊声又响起："2 号选房。"又一个年轻人走进去了，同时老太太从另外一边走出来，眉开眼笑：

"我选到中意的房子了。"

6015，那不是自己选中的房子吗？他急忙奔到老太太身边，一看，确定是自己选中的房子。他好失落，但他马上又想开了：

"自己的号码排在那后面，看来自己现在选好了房也没有用，还是顺其自然吧。"

隔一会儿，他看那个小伙子出来时垂头丧气的样子，就忙问是怎么一回事。小伙子告诉他：

"我不知道什么时候将那次排队得来的号码弄丢了，没有选到房子。"

喊号还在依次进行，他的心提到了嗓子眼，他捏着手中的号码与收据，忍受着内心的煎熬。过了好久，终于轮到他了，他深吸一口气，镇定地走进去。看了

看前面人选剩下的房子，已经没有多少套了，工作人员又在催他：

"看准哪套房子赶紧下手，每人只有 3 分钟选房时间。"

于是，他选择了 5 栋 2 单元 12 层的一套房子，130 平米，三居室，还可以装修成个小书房。他在屏幕上用手轻轻一点，擂锤咚的一声震天响起：

"5212 房选中，请去财务处办理手续。"

他攥着选号与收据，去财务室办理相关手续，一算账：他之前为幺爷爷买房子时，用了自己的首套房子资格，这次是第二套房子，首付要交百分之四十，那么，这次的首付款是 143000 元，再加上办手续的各种费用 25000 元，一共要交168000 元。他之前用 80000 元抵了 120000 元，这次，他还要交 48000 元，他拿出自己带的卡和收据，交清了首付款。

又过去了一周，售楼小姐通知他去建设银行办理按揭手续。他准备好相关资料，来回跑了好几趟，终于办理好了按揭贷款。听说他买了商品房，很多人搞不懂，就叽叽嘎嘎议论：

"田建新不知道是怎么想的，自己修了三层私房，还来买商品房。"

"他肯定是赚的钱没有去处了才这样干的。"

"是呀，他这次摄影大赛得了 8 万元，运气怎么那样好啊。"

第五十一章 老有所养

半年后，房子竣工了，交付使用。田建新进行简单装修，过年前，一家人搬进了新居。

贤惠的群芳，时常想起建新姐姐家的住房情况，在买了大商品房后，群芳建议田建新将从幺婆婆那里买的房子，原价转卖给姐姐秀丽。建新也常常想起姐姐那次向别人借钱帮自己买户口，之后，又要姐夫时常帮自己的许多好处来，总觉得自己有了小家后，各种牵绊，考虑不到姐姐那去。见媳妇出了这个主意，看来群芳是真心实意帮自己的姐姐，就依了她。从此后，秀丽一家人才算真正在城里安顿下来。建新用卖房的钱装修了新房。

现在，望着这个新房子，一家人个个眉开眼笑，特别是儿子，兴奋得一蹦三丈高：

"现在好了，我终于有自己的卧室了啊。"

两位老人推开窗户，望着前面碧水河上的公园，也高兴地感叹：

"现在，我们观看外面的风景也方便了。"

群芳更是喜上眉梢，她娘家人更高看他们一眼。

搬进新居不久，群芳娘家人、老家的亲戚，都来到新居"热火坑"。有的搬来一棵"发财树"，有的送来几盆花，有人送来微波炉，大部分人送的是红包。

见到这些亲朋好友带着礼物来家中道贺，凡桂英边倒茶边抿不拢嘴，眉毛上的那颗大黑痣不停抖动：

"破费了，大家赚点钱不容易呢。"

老父亲搓着双手，不好意思地跟着附和：

"真是难为亲戚们了，我家的事实在太多了。"

那些人回敬他们：

"自家亲人，说这些客套话干什么，应该的。"

"是呀，是呀，就这一个外甥！"

"就这一个侄女。"

亲朋好友参观各个房间后，感慨道：

"建新与群芳小两口确实不错，结婚也没有多少年，做了好多大事啊。"

建新在餐馆摆了四桌，他们个个喝得酩酊大醉。直到暮色四合，客人才摇摇晃晃、东倒西歪下酒桌。田建新还将老家人安排在餐馆附近的酒店住了下来。这些人又对他羡慕不已，再一番议论：

"建新确实可以，唉，你们知道不，听说卫民也买了这里的房子。"

"是吗？"

"是的，就在建新楼下，不久也会搬过来的。"

没有多久，田建新晚上从餐馆回来，在楼下遇到了一个老家人，他忙问：

"你也买了这里的房子？"

"我哪里有钱买这里的房子，是卫民买的，他今天搬进新居，难道他没有请你？"

"可能是以前有些误会吧。"

建新回到家后，反复思考：这楼上楼下的，抬头不见低头见，又是一个村子里的人，还是远房亲戚，总不能像仇人一样吧，但他一想到那个舅妈这些年来对自己的态度，就又放弃了下楼道贺的冲动。

一家人在新居中开开心心地过了春节。正月初八早上，细雨霏霏。田建新推开窗户，发现天刚蒙蒙亮，便急忙穿衣，准备今天餐馆开业。没有想到的是，一阵又一阵吵闹声传入他的耳膜：

"我哪有钱让你住院治疗啊，这点小病买点药吃不就得了。"

"我养你这么大，我生病了你就不管不顾了，真是白眼狼。"

之后，老女人的号啕大哭声清晰传来：

"天哪，我的命怎么这样苦啊，我养了一个什么样的儿子啊。"

继而，年轻女人的哭声传入耳膜：

"这日子没法过了，大过年的，就这么胡搅蛮缠，寻死觅活的。"

"凡卫民，你看怎么办，要不然，咱们离婚算了。"

建新很想下楼去调解，又担心舅妈认为自己是看笑话去的，就止住了脚步，卫民经不住两个女人纠缠，摔门而出，他听到重重的关门声后，从窗户上看见凡卫民走向了碧水公园。

他尾追其后，卫民发现他后，想躲着他，但已经来不及了，又见他真诚地看着自己，于是，便向他吐槽：

"建新，这么些年，我也听说了你很多事，在天界山人心目中，你简直成传奇人物了。只是没有想到，我们会以这个方式见面。不怕你笑话，你可能也听见了，一个妈，一个媳妇，都是半斤八两，我夹在中间不好做人哪。"

田建新急忙询问：

"到底是什么情况啊？"

"唉，说来惭愧，我妈不是身体不舒服吗，要上医院检查，你知道的，我之前上班的那个供销社，早就垮台了。后来，我也没有找到好事做，这些年一直给别人打零工。这次买房子的首付款，大部分是借来的，我现在哪有钱给她看病，给她买了药，她不吃，非要闹。"

他知道原因后，从口袋中掏出几百元钱递给卫民：

"给老人看病去吧，别弄出大病来。"

"我怎么好意思用你的钱。"

"什么你的我的，我们不是亲戚吗？"

卫民拿着钱，走回家，拽着母亲上县人民医院去了。田建新往碧水公园一望，河堤上是来来往往跑步、走路的人影，宽阔的广场上，有几路人在跳广场舞；一个角落，有人在舞剑；而另一角，有人在打太极拳。他感叹道：

"这人与人之间，差别实在太大了啊，有的人连看病都没有钱，有的人开始追求起生活质量来了。"

他没有急着去餐馆，而是折回家将父母拉进碧水公园，要他们看看城市中其他老人是怎样生活的。两位老人看到这幅景象，开了眼界，在公园中走来走去，他们受到感染，也计划以后来这里锻炼身体。

之后，他又去医院看望远房舅妈，罗金莲听儿子说了建新给钱让自己看病的经过，有点不好意思地责怪起儿子来：

"你怎么可以要那个人的钱？"

卫民懒得理她，只是摇头。当田建新走进病房时，主治医生正在对卫民训话：

"老人得的是急性胰腺炎，再耽误就会有生命危险，你知道不？怎么做儿子的，哼。"

罗金莲看见建新进来后，开始时将头扭向一边，不理睬他，田建新也不放在心上，真诚地嘘寒问暖。过了好一阵，罗金莲受到感染，转过头来老泪纵横：

"建新，舅妈这么多年对不住你啊，到头来，还是你拿钱救了我的命。"

"舅妈，你安心养病，咱们不说这些，好吗？"

罗金莲重重点头：

"好，我们现在又是邻居了，以后，我一定与你一家人好好相处。"

"是呀，现在的碧水公园建得好漂亮啊，你以后早晚也去那里锻炼身体去。"

"嗯。"

之后，他又借给卫民一笔钱，卫民才将自己母亲的病治好。

不久后，国家号召居民购买合作医疗保险，自己出一点，国家补贴大头，住院后可以报销大部分费用。当时，有很多人不愿意购买，村组干部上门收取时，好多人还是不交。

当碧水河居委会干部来到建新家里收取这个钱时，田建新马上为全家人购买了，他又发动卫民也购买了这份保险，卫民想起母亲当时的情形，吓得也筹钱购买了。

再后来，国家对60岁以上的老人每月给了固定补助，每月从70元，之后逐渐涨，从80元再到103元。罗金莲第一次得到国家给自己的固定补贴后，第一

时间跑上楼，她激动地告诉建新：

"我也有属于自己的补贴了，以后，有点小病再也不用伸手向儿子要钱了，真正太好了啊。"

建新父母也高兴地随声附和：

"是呀，是呀，国家想得太周到了。"

大孙子上初中后，不用送了，小孙子群芳自己带，田祥军没有什么事，就早晚去一趟公园锻炼，其他时间玩扑克牌。凡桂英每天一吃早饭，洗了全家人的衣服后，就下楼叫上罗金莲，两人在公园里这里走走，那里望望，在东边看人玩扑克，在西边观看打麻将，在南边看人跳舞，在北边学人唱山歌。她们在唱山歌这个地方停了下来，凡桂英对弟媳说：

"金莲，你听这些山歌，就是我们年轻时在天界山唱的歌，有薅草歌、插秧歌。"

"是呀，要不，我们也跟着唱。"

"这样好吗？"

"怎么不好？"

两个人也试着小声唱道：

"韭菜开花绿茸茸，有心恋郎莫怕穷，只要二人情义好，冷水泡茶慢慢浓。"

没想到，她们刚刚一开口，就有很多老年人前来听她们的山歌，两人见有人围观，仿佛激发了某种天性，便不再忸怩，索性放开嗓子唱起来：

"远看大姐白又白，十根指头像藕节，走路好像风摆柳，眼睛好像萤火虫。"

她们歌词原始，声音高亢、纯正，赢得了一阵又一阵掌声。

就这样，两位老人在这里找到了自己的位置，每天相邀着去碧水公园，她们每天唱个不停，引来很多市民前来听歌，形成了公园一道亮丽的风景线。

天界山人知道后，感叹不已：

"多年的冤家，如今像亲姐妹一样，世事难料啊。"

"两个老姊妹还天天在碧水公园唱山歌，胆子够大的。"

"你还不知道吧，她们年轻时就是唱歌能手，曾经代表天界山村参加过歌咏比赛呢。"

"是吗，还真的看不出来！"

"是呀，这才叫生活啊！"

第五十二章　担任河长

凡桂英与罗金莲两人形影不离，天天在碧水河公园唱歌、玩耍，又引来天界山很多老人羡慕。他们都感叹两人命好，各自养了一个好儿子。

荣城县城迅速发展，高楼大厦林立。为方便行人通行，减轻公路承载量，分散人流，县政府在几个主要路口架上了立交桥。

随着城市发展，私家车越来越多，加上公车改革，很多单位的车子交给了县委机关服务中心，有的卖给了个人。这样，私家车就更多了。

新建的电梯房地底下有车位，而那些建得早的小高层，一楼大多是门面，连停车位都没有，更别说停车库了。大小车辆乱停乱摆，大街小巷车子停满了，就连人行道上都摆放着车辆。各种摩托车更是在人行道上任意穿行，还有人在碧水河几座桥上的人行道上穿人而过，市民叫苦不迭，不知道在哪里行走是安全的。

有人就向有关部门反映这一民意。分管领导得知这一情况后高度重视，派专人调查，得知这一情况属实，于是召开专门会议，解决这一难题。决策者们作出决议：利用现有资源，合力解决这一关系到千家万户的难题。

于是，县政府对新修的楼盘进行了硬性规定：凡是报批新楼盘的，必须承诺给每个住户建地下停车位，否则不予批准。

县政府又在几个公共场所建起了大型的停车场，还将城区几条主公路上画出临时停车位，又派交警在人行道上执勤。凡是发现摩托车随意上人行道的，直接强行拖走，在公路上乱停乱摆的，依交规进行处罚。

这样一来，乱停乱摆现象才得到基本解决。城市发展越来越快，活动举办得越来越多，垃圾乱丢现象越来越严重。

很多市民建私房时，将污水直接排放在污水沟里。这样一来，行人走在水沟边臭气熏天，看到这番光景，就有人发出抗议：

"这种事到底有没有人管？"

县政府接到举报，又派专人调查，发现情况属实后，又统一治理，在居民集中地段建起了大型化粪池，对几条水沟进行了疏通，新修排水管、排污管，进行污、水分流。

碧水河居民当时建房时，很多人将排污水的管道，从家中直接流入碧水河的水渠中，沿河两岸的排水渠污水横流，行人走在上面，一阵阵风吹来，吸入鼻孔的也是微微臭味。

随着高层提出绿水青山就是金山银山的决策，荣城县委县政府一班人，面对这长期颜色微黄的碧水河，再也坐不住了。怎样才能将这一河浊水变清呢？决策层经过专家反复调研，决定下大力气对碧水河的岸上、水中同时治理。

碧水河居委会正在召开党员组长大会，在这个会议上，王自清书记扫大家一眼后，严肃地对居委会成员说道：

"为了贯彻上级创卫生城市精神，居委会要对辖区内每家每户的下水道进行排查，凡是将下水道直接埋入碧水河排水渠道中的，严令再建化粪池，如果实在不听的，直接用水泥浆填塞流入碧水河水渠的进口管。"

"这个恐怕难度大啊。"

"有控违拆违难度大吗？"

"大家要搞清楚，这个也是与大家的帽子和福利挂钩的，听明白没有？"

众人你看看我，我望望你，之后，便默不作声了，书记看这件事大家提不出反对意见，接着说道：

"各位要教育自己管辖区域居民们，实行门前三包，对公用道路，各位要到户到人进行捡拾垃圾。"

"什么，让我们捡垃圾？"

"很丢人吗？我告诉大家，现在全县各单位都划分了管辖区域，每个干部职工都要在分配的溪沟、大街小巷捡垃圾，连县委书记、县长都不例外。"

集中打扫卫生这一天，全县机关干部职工几乎全部出动，大街小巷都是打扫卫生的人影，在一个餐馆门前，一个女干部正在对餐馆老板讲话：

"老板，你们前要放垃圾桶，垃圾不要丢在大街上啊。"

"知道了，管得宽。"

另一个商店门前，一个男干部在给店主做工作：

"老板，你门前要注意清洁啊，每天要打扫干净，这样才能给客人一种好的环境。"

"晓得，这事轮得到你来管？"

碧水河边，居委会干部和各组组长，挨家挨户地清查下水道的出口，凡是指不出化粪池的，都要求他们再建化粪池。这样一来，那些居民便骂骂咧咧：

"出新鲜事了，祖祖辈辈都是将下水道通入碧水河中的，难道现在就不行了？"

当这些人来到田建新餐馆门前时，他将工作人员带到后面的那个小三角形地带，指出了自己的化粪池。居委会干部查了这么多天，终于看到了这个标准的化粪池，都情不自禁地夸奖起他来。

经过办事处和居委会干部反复做工作，凡是房子旁边有点空地的居民，迫于压力，都新建了化粪池，并主动填塞了流入碧水河上面排水渠道的污水管道。

居委会干部又在河边逐一排查，发现还有少量的管道流入碧水河排水渠道，干部们又逐户排查、做工作，没有一个人承认是自己家的。反复追问都无人承认，居委会又在人群集中处发出公告：有几个污水管流入碧水河排水渠道中，责令辖区内居民一周内自行建下水道、化粪池，填塞流入碧水河的管道。

一周后，有两户人家自动建了化粪池，填塞了流入碧水河的污水管，还剩三个管道的脏水流入碧水河上面的排水渠道。在反复询问无人承认的情况下，居委会干部用塑料桶提着水泥浆，直接将那三个管道填上了。有一天，建新正在餐馆干活，只听见邻居家在吵闹：

"我那年修房子时，叫你像建新一样自己建个化粪池，你偏不听，说别人都是这样将脏水直接流入河中的，现在好了，又没有地方建化粪池，流入河中的管道被那些干部强行填塞了，搞得满屋都是脏水，怎么办？"

"是哪个填塞的，老子找他拼命去。"

"你好大的胆啊，人家都这么干的，就你能？"

"那怎么办呢？"

建新听得真切，邻居确实没有空地，现在房子也修建好了，在哪里建化粪池去？这么多年来，邻居与自己友好相处，时常照顾餐馆的生意，该是对他报恩的时候了。

于是，他来到邻居家，男主人看到建新后，递过一支烟，面对满屋的脏水摇头叹息，他接过烟后点燃，猛吸一口后，对邻居说道：

"你就将污水管接入我的化粪池。"

"真的呀？这让我怎么感谢你呢？"

"谁让我们是邻居呢。"

于是，邻居家男主人马上买了塑料管，将下水道接入建新家的化粪池中，自动填塞了流入碧水河中排水渠道的管道，其他两户听说后，也找到建新，要接入管道，将污水流入建新家的化粪池，建新一一应允，几家人都对他充满了感激之情。

在对沿河两岸居民进行教育，治理环境的同时，在碧水河中，有关部门派之前的艄公驾着小船，将河水中的漂浮物进行打捞，河边拐弯处，淤积的塑料瓶、烂草树枝，一一打捞在小木船上，然后丢入固定的垃圾站中，进行集中处理。

几个月过去，河水恢复了碧绿的颜色。为了巩固这一战果，荣城县政府决定开展保护母亲河行动，春日融融的一个周末，在人民广场召开启动仪式。由县水利局牵头，各个单位组成了志愿者队伍，那些户外队伍知道这件事后，也纷纷报名，其中有个"星光大道"户外迈步队，组织人员100多人参加这个活动。在这个活动中，碧水河居委会组成一个方阵，田建新的碧水河餐馆组成一个方阵，"星光大道"户外迈步队组成一个方阵，各个方阵的领头人都是河长，建新也被任命为河长。

活动这天，分管水利的副县长一声令下：

"保护母亲河，沿河徒步活动现在开始。"

听到口令后，那些红色上衣上写有"保护碧水河，实行河长制"的人员，密密麻麻地在碧水河上行走。

建新穿着印有"河长"字样的绿色衣服，走在自己的方阵前列，沿途高喊着口号：

"保护母亲河，实行河长制。"

"保护母亲河，人人有责。"

看到建新穿着河长的衣服沿河行走，那些认识他的人又在叽叽喳喳：

"建新当上了河长，是个什么官啊？"

"听说居委会主任才能当河长，他怎么当上了？"

"他那个餐馆开得好红火的，又肯帮人，他不够资格谁够？"

"其实河长无人开工资，完全是为社会尽义务。"

第五十三章　儿上大学

田建新当河长，忙得不亦乐乎。转眼间儿子田俊杰就上了初中。田俊杰怀抱着要进重点大学的美好希望，带着父亲的重托，从小学起就努力学习，刻苦钻研。

田俊杰刚上小学时误伤的那个同学，之后交上了几个学习成绩差的朋友，加上那个单身母亲，又经常在儿子面前教唆他报仇之类的话，那个同学便时常骚扰俊杰。起先，有爷爷早晚接送，加上田俊杰在学校尽量避开那些人，又都是小孩子，也没有闹出什么大动作。

但这给田俊杰造成了很大的精神负担，小学几年时间，他都是在战战兢兢中度过的。他见父母都很忙，就没有将这些事告诉大人们。最后，他以较好的成绩，考上了荣城县排在第二的初中，尽管这所学校不是全县那所最好的，但也不差。

田俊杰想，现在总算摆脱那些"烂仔"了，没有想到的是，那个小学同学的户口在这所学校周边，分学校时除招考外实行属地管理原则，那同学理所当然地要在这所学校读书。不巧的是，还与他编在了一个班。当他在这个班上看到这个同学时，心中就有了不祥的预感：

"看来，初中又没有好日子过了。"

刚进初中，这个同学看见他后，嘻嘻笑道：

"没想到以前的学霸也与我一样进了这所学校，还在一个班，真是有缘啊。"

"你要干什么，小时候的事，你难道还要纠缠不成？"

"当然啦，谁叫你招惹过我的。"

"什么事总有个度吧，还没完没了啦？"

"我就黏上你了怎么样？"

田俊杰见说服不了这个小学同学，也懒得理他，一门心思读书，他心里想：

"在初中时再加把劲，三年后，考上了全县最好的高中后，就可以摆脱他了。"

初中后，田俊杰看学校离家不是很远，又见父母忙着做生意，爷爷奶奶年纪这么大了，就叫他们不用接送自己了，坚持独自上下学。他有个要好的同学，家中买了一辆小型摩托车让他自己骑着去学校，他经常坐这个同学的车。

有一天，他与那个曾经有过节的小学同学为一件事争执了几句，放学后，这个小学同学与一个大个子便守在校门外，等着田俊杰，准备打他。那个骑轻型摩托的同学眼瞧着不对劲，就叫他赶快上摩托车，那个小学同学见田俊杰上了车，马上拦住一辆出租车追赶他们。

田俊杰感觉到后面有辆出租车好像在追赶自己，就叫同学开快点，再开快点。快到家中时，摩托车加大速度，没有稳住方向，发觉不对劲后，俊杰同学猛地一踩刹车，由于惯性，冲进了一个花池。坐在后面的田俊杰往前一扑，直接扑在地上，眼镜摔碎了，一根树枝插进了左眼，当时鲜血直流。眼看后面出租车里面的两个人追来了，骑摩托车的同学大声喊道：

"救命啊，田俊杰眼睛出血了。"

那两个同学正准备搞事，出租车司机吓唬他们：

"你们把人家眼睛都搞出血了，别人不找你也就罢了，你们还想打人家，不占理啊。"

那两个学生一看见这个阵势，也就退下了。这个骑摩托学生的求救声，惊动了居民楼的很多人，好多人推开窗子观看。田俊杰爷爷那天刚好在家，老人也推开了自家窗户往下一望，那身影好像自家的宝贝孙子，田老汉马上下楼到花池一看，自家孙子眼睛在流血。

田祥军马上拦着一辆出租车急忙去医院，一路央求司机：

"麻烦师傅开快点，我孙子眼睛不能出事啊。"

田俊杰也大声叫着：

"好疼啊，我眼睛是不是要瞎了。"

田祥军抱着孙子，不停安慰：

"乖孙儿，快到医院了，坚持一会儿。"

在县人民医院眼科，医生进行了紧急处理，止了血。经过几天观察治疗，还好，没有伤到眼球，但一段时间内不能看书，医生还建议去省城进行复查。

田建新知道儿子遭遇了这个祸事后，心想：儿子正在读书阶段，眼睛可千万不能坏啊。他放下生意，专门在医院陪儿子治疗，有了好转后，又带儿子到省城检查，在确定无大碍后，才同意出院。

出院后，田建新找到学校，要求肇事者向儿子赔礼道歉，并赔偿损失。直到这时，他才搞清楚儿子长期以来受到的干扰，在学校综治办主任及分管校长的协调下，那个小学同学才极不情愿地向田俊杰道歉，家长也赔付了医药费，并赔了打碎的眼镜，并签下了保证书。

田俊杰左眼很长一段时间不能看书，就用眼罩罩住，本身就近视的田俊杰只能用一只眼睛看书了，他时常受到同学们的取笑：

"看，我们班上有个独眼龙。"

那个小学同学更嘚瑟了：

"这个独眼龙，很酷啊，可以当黑社会老大了。"

田俊杰心里本身就很憋屈，这一切都是这个同学造成的，眼睛受了伤，很长一段时间没有上课，影响了学习，还这样受人嘲笑，心里自然不平，正值青春期有点叛逆的他，也想报复这个同学。但他惧怕父亲的严厉，也只是想想而已。

几个月过去了，田俊杰的眼睛恢复了正常，但落下的功课怎么也赶不上了。本来每次考试成绩总是在班上排名前五名的他，期中考试时排在了倒数几名，较大的落差，让俊杰的心里更加不平衡。

还好那个有摩托车的同学与田俊杰形影不离，随着时间的推移，田俊杰的心情好转了许多。初中就这样平稳度过了。田俊杰后来发奋追赶，以优异成绩考入了县一中。

当他带着录取通知书去报到时，发现这个小学同学也去报到了，又分在了一个班，原来是这个同学通过关系，也进来了，看来，真是冤家路窄啊。这一下，田俊杰实在受不住了，开朗的小伙子回家后一言不发。

田建新发现儿子情绪不对劲，便与儿子畅谈，田俊杰对父亲敞开了心扉：

"爹，那个小学同学又与我分到了一个班，我怕高中几年又不得安宁。我在这个学校学习心里有阴影，怎么办？"

田建新得知这一情况后，就找到姐夫王兴国，请求姐夫托人为儿子转学。王兴国找到自己民师时的同学，现在另外一个县的高中当班主任。那个班主任查看了田俊杰升高中时的分数，从中得知田俊杰是个学霸，便很高兴地接收了田俊杰。

群芳将二宝交给自己的母亲照料，就去那个县租房子陪儿子读书。田建新也时常去看望母子俩。生活有人照料，又没有人再骚扰，田俊杰一心读书，心情很愉快。

唯一的难处就是做作业时，不懂的地方问母亲，初中毕业的群芳，很难回答儿子。

田建新知道这一情况后，就给儿子报了一个补习班，田俊杰也很争气，每科排名都在中上。田建新觉得儿子还没有发挥最佳水平，要是自己能亲自辅导儿子学习就好了。但如果自己丢下生意不做而专门去陪儿子，一大家人吃什么啊，他心里很纠结。

一边是赚钱养家，一边是就要升大学的儿子，田建新挣扎了好久。最后一个学期时，田建新还是觉得要陪儿子去，毕竟就这几个月时间了，孩子的前途要紧。他与群芳商定后，群芳回家，自己亲自照料儿子，帮儿子辅导作业。

他来到外县出租屋，将儿子的高中课程预习了一遍，然后，逐门功课找出重点，让儿子强记。儿子起先不相信他，就从语文试着用他指点的内容重点复习，哪知道，建新找的重点真的很准，儿子考试成绩更加喜人。

这一下，田俊杰就完全信服了爹，发觉儿子的转变，他自豪地对儿子说道：

"儿子，告诉你吧，你爹我之前就是个学霸。"

田俊杰更对父亲刮目相看了。从此后，父子两人一个指重点，一个用心学，田俊杰在最后一个学期得到父亲的真传，按照父亲的指点发奋学习，最终，以优异成绩考上了理想大学。

见得儿子的录取通知书时，建新感慨万千：

"儿子，你终究没有让我失望，考上大学啦。"

"现在好了，我的梦圆了。"

群芳接过红彤彤的录取通知书，欣喜地看着儿子，激动得说不出一句话来。

爷爷脸上的皱纹一颤一颤地，对孙子竖起了大拇指：

"咱老田家，还是与大学有缘啦。"

奶奶眼睛眯成了一条缝，脸上笑成了一朵花，眉毛上那颗大黑痣又抖动不停。

田俊杰笑着对家人们真诚说道：

"我考上好大学，有爹很大功劳，若不是他给我指出那些重点，我恐怕考不出这么好的成绩。"

第五十四章　为人治病

田俊杰考上了重点本科，一家人都很高兴，将儿子送到大学后，田建新继续经营自己的餐馆。

有一天中午，他去医院看望一个亲戚时，猛然听见外面有人大声呼救。他随声望去，看见从 120 急救车担架上，推进来一个小男孩，在大声吼叫着：

"救命啊，我快疼死了。"

身穿白大褂的医生来了，医生检查了孩子的身体后告诉家长：

"孩子可能是皮肤感染。"

那个孩子在急诊科进行各种检查后，送入皮肤科。建新从小就见过父亲给人烧过灯火，知道哪些病烧哪个地方，他从那个孩子掀起衣服狂抓身体的症状中，隐隐约约看出了是什么病。

见小孩疼得可怜，想了想后，他征询孩子父母意见，能否让自己看一眼，孩子父母见孩子已经疼成这样，医生一时半会儿也没有诊断出来是什么病，见有人要看孩子的身体，就像看到了救命稻草一样，于是，就同意让他查看。田建新揭开小孩的衣服一看，告诉孩子父母：

"看这症状，好像是蛇斑疮。"

"蛇斑疮，那要怎么治疗？"

"你们相信偏方不？"

那对父母相互望了一眼，又见孩子疼得打滚，就异口同声道：

"相信。"

"那你们在这里等我。"

田建新回到家中后，就急急忙忙找父亲。父亲不在家，他急得满头大汗，转了几个圈，终于在老父的一个棋友那里找到了父亲，不由分说就拽着父亲来到医院。在出租车上，他才讲了小孩的病情，父亲一听，也急了，就叫司机将车开快点。两人来到急诊科，小孩正在吊水，疼得吼来叫去。

来到病床，建新向孩子父母介绍了自己的父亲，孩子父母相互对望了一眼后，那个父亲点点头，小孩妈妈才焦急地掀开孩子衣服让建新父亲检查。

田祥军一眼就认出这个小孩得的是蛇斑疮。小孩的整个腰部都快被缠满了，情况非常严重。田祥军见状，急得头上出汗，他怕自己的情绪影响孩子和孩子的父母，就赶忙用衣袖揩汗，并急忙安慰这两个年轻人：

"你们不用担心，待我治疗后，就会药到病除。"

孩子父母将信将疑点点头。父子两人回到家中，没想到，那次从山上带回家的那点干草药用完了，桐油瓶也干了。

救人要紧，父子二人对望了一眼后，来到用钢架棚搭建的临时市场上，找天界山那些卖菜人回去的车。等了好久，才有一辆上山的车。但是由于他们没有在计划之内，连拖斗中都坐满了人，眼看天已经不早了，而这辆车也是最后上山的车了。

建新给司机说自己事情很急，要他想想办法，司机望着这一车人，告诉他：

"建新，你自己看着办，如果要赶时间，只能挤了。"

他在驾驶室中看见有个年轻人坐在司机后面的座位上，就央求能否让给自己老父亲，但这个人只对他笑笑，屁股根本不动。他没有办法，只能先将老父亲推上车，然后自己挤上去。

货车在山道上蹒跚着行驶，好不容易到了山上。老父亲在袁老六那里找来灯草、桐油，袁老六一再交代：

"祥军，你们扯好药后，就来家中吃晚饭啊，今天在山上住一夜，咱俩老伙计叙叙旧。"

"要救人，以后再说。"

田祥军边走边回复袁老六。

建新和父亲两人走到一处岩壁下面，他叫父亲在小路旁等着，自己像猴子一样爬上岩壁，摘来草药，拿给父亲看。

父亲一眼就认出不是这个草药，只在那一堆青叶子中找出几小棵有用的。建新眼看着费了九牛二虎之力采来的草药，却是假的，很是着急，没办法，只能继续攀上绝壁，按照手中的样本，爬几个岩壁后，寻得一把草药。

田建新正准备翻下绝壁时，由于心急，将脚崴了，脚痛得厉害，但救孩子要紧，他只好强忍住疼痛，捡来一根木棍当作拐杖，撑着再给自己扯来一点草药，用嘴嚼烂后，敷在脚上，然后一拐一拐地慢慢往小路上挪。

等在小路上的父亲，见儿子爬山岩壁后这么长时间了还没有回来，他怀疑儿子受伤了，但也没有更好办法，只能等。很久，儿子拄着拐杖，手中攥着草药，才来到老人身边，将草药拿给父亲查看，父亲点点头。

见到儿子这个样子，老人什么也没有说，默默地为儿子揉揉腿，然后，走到山沟水里洗净草药。之后，他们手捧着这点好不容易得来的草药，寻找下山的车。但山上的几辆车，都说要等下半夜才能下山。

父子二人看着快黑的天色，也想留下来在袁老汉家中吃晚饭，好好歇一下，但一想到需要救命的孩子，儿子顾不了疲劳和伤痛，父亲也焦急，怕蛇斑疮缠满身，那这个孩子就没有救了。他们凭着双脚一路向县医院奔去。建新的腿还时时疼痛，田祥军上次腿受伤后还没痊愈，一路奔忙后，也疼起来，父子俩只能走一会儿停顿一下，直到天完全黑下来，他们才赶到那个医院的急诊室。

建新一打听，小孩已经转入疼痛科，他微微有点失落，但转念一想，也理解了孩子父母的做法，对他们而言，自己毕竟是不知道底细的陌生人啊。既然这样，那就算了，但孩子在床上难受打滚的样子，又浮现在他眼前，他又觉得应该为小孩治疗去。正在纠结时，一个护士看见了他，给了他那个孩子父亲留的疼痛科病床号。

两人一开门，孩子父母马上认出了他们。田祥军征求孩子父母意见：

"你们商量好了没有，是不是确定让我为孩子治疗？会很疼的。"

孩子母亲问田祥军：

"你是不是会烧灯火？"

田祥军一惊，问他们是怎么知道的，小孩父亲告诉他：

"你走后，我们一边在这里治疗，一边问家中老人，蛇斑疮怎么治，老人说天界山上有个叫田祥军的老头子会烧灯火，但这个人现在不知道去了哪里，后来一打听，你可能就是那个田医生，我们就一直等着你来。"

田祥军对小孩父母说道：

"这烧灯火需要你们全力配合，掀开孩子的衣服后，再帮忙按住小孩的腰，千万不能让小孩动，不然，找不准七寸，就治不好了。"

孩子父母吓得额头上起了细密的汗珠，田老汉对两个年轻人说道：

"我这个绝活其实早已经传给我儿子了。"

建新与那对年轻父母同时一惊，田祥军用眼神鼓励儿子，见田建新会意，再安慰小两口：

"你们不用怀疑他的技术，他行的。"

那对父母也不好再说什么了，就配合他烧灯火。两人用力按住孩子，田祥军手指着"七寸"。田建新将灯草沾点桐油，用打火机点燃，对着那个叫"七寸"的地方连连点了好几下。小孩疼得哇哇直叫，烧灯火后，田建新取出草药，然后用嘴咬烂，敷在孩子伤口上。

刚一忙完，进来一个漂亮护士，忙问他们搞的什么名堂，孩子父亲挥挥手，示意她出去，说这里没有她什么事，不用她来操心。那个护士扫他们一眼后，随手带上门出去了。

第二天晚上，田建新又来到医院，看见孩子已经不喊不叫了，正在笑嘻嘻地吃饭。他又给孩子上了一次草药，揭开一看，昨天鼓出的疹子已经从红色变成了白色。孩子父母对他千恩万谢，田建新咧开嘴，笑着说：

"举手之劳，现在孩子都金贵，让小孩受罪，不能啊。"

孩子父亲一拳砸在他肩上，笑笑：

"好，来日方长，老兄，以后有用得着我的地方，只要不违背原则，尽管说。"

第五十五章 修产业路

一天中午,一个老家人来到田建新餐馆,喝了二两酒后,感叹道:

"交通不便还是长期困扰天界山村经济发展的主要原因啊。"

其他客人搭讪道:

"天界山不是通公路了吗?感觉通公路后,山里人进县城卖菜方便多了。"

那人叹口气,回答道:

"哎,山地离主公路太远啊,村民种作物要走很长时间的路才能到达地边,挑点肥料,从太阳刚升起,日头当顶了才能到达;收割作物时,挑一担东西回家,也要从天刚刚黑时,走到伸手不见五指。"

面对这种现实情况,村支两委一班人看在眼里,急在心里,他们深知一个道理:大路大富,小路小富,无路不富。于是,他们召开村支两委与组长会议,得到的结论是:在土地集中处修一条产业路,沿途所占的土地、山场都无偿使用,再筹钱请挖机,就这样,各组就这事召开群众会征求村民意见。

建新老家所在组组长由卫民爹换成了一个"老把式"。初冬的一天早晨,朔风呼呼吹,这个组长搭农用车来到县城,他一路缩着脖子,双手交叉着插在衣袖中,隔老远就大声叫建新。

这时,田建新正在餐馆忙碌,隐隐约约听到叫喊声,忙问是谁时,见老家的组长已经来到他门前。他忙问那个组长有何事,组长要他回老家开群众会去,他看看坐等着上菜的客人,迟疑了一下,忙问有什么事,能否在这里先说。

组长便将村里的决定告诉了他。他听后眉开眼笑,告诉组长:

"修产业路是好事啊,我大力支持,如果占了我的山场,我二话不说。你尽管放心。"

得到肯定答复后,组长就回去了。冬日的夜晚,凉飕飕的,每家出一个人开组上的群众大会,踩得积雪咯吱咯吱响个不停,众人陆陆续续来到组长家,他们不知道有什么事,就相互询问。

组长家用干柴蔸烧着大火。组长赔着笑脸给每个人搬来板凳,叫他们烤火,大多数人都将冻得红红的手指伸向火苗上面取暖,有的干脆脱掉鞋子,倒出溅入鞋子中的白雪,伸脚烤鞋子、袜子。

看应该到的人差不多了,组长轻咳一声,大声说道:

"村里决定修条产业路到土地集中处,各组都有占地,所占的地都要无偿献出来，希望大家支持、配合。"

群众听出了修条路要占地没有钱补。组长一说完，顿时炸开了锅，每个人都抢着发言：

"我就问一下，那条路具体往哪里走，如果直接通到我地里，那占我的山地我不要钱，如果通到别处，我就不客气了，占我的山场没门。"

"我卖菜时打听了，别的村修路占老百姓土地都是补了钱的，怎么到我们村就不一样了？"

就这样七嘴八舌吵吵嚷嚷，组长根本控制不了局面，群众会不欢而散，没有任何结果。之后，这个组长问了村书记李中民具体产业线路设计图，书记明确告诉这个组长：

"还没有找人设计，请挖机的钱都还没有着落呢。"

继而，李书记又看向这个组长：

"你找田建新了吗？他是什么态度？"

组长欣喜地告诉村书记：

"他呀，百分百支持，说山场尽管挖他的。"

书记听后很高兴，拍了拍组长肩膀：

"明天我俩再找他去。"

冬天的早晨，田建新照例在餐馆忙个不停，老家的书记和组长找到他，说了修产业路的事，他听明白了，这次不是要他带头签字出山场，而是要他帮忙找蔬菜办覃春来主任，帮助点资金请挖机。

他看了看正在排队的客人，又望了望老家的父母官，纠结了一会儿后，大声告诉群芳：

"我要出去办点事，你和姐姐几个照看好店子。"

姐姐好奇地问村书记：

"山上又要搞什么建设？"

"修路，修产业路。"

东升更好奇：

"什么是产业路啊？"

"就是在有产业的地方修条路。"

村书记一一回答他们。

群芳对跑来跑去的小儿子笑道：

"你自己玩啊，小心点，我要做事去了。"

建新对家人和伙计们笑笑，再用抹布擦了一下手，就与那两个人一起找覃主任去了。

来到覃春来主任办公室，没有找到人，被告知下乡去了，几个人快快而回。田建新请那两人回到小餐馆吃了中饭后，叫两人在店中歇一会儿，下午再去蔬菜办看看去。两人在店子中坐立不安，他们知道再回去迟了就没有顺风车上山了，到时天黑了都到不了家。

见老家人着急的样子，田建新给覃主任打电话，问他是否回到了办公室。覃主任知道是建新要找自己后，笑呵呵告诉他，自己刚刚回到办公室。

于是，他又带着老家父母官找到覃主任，说明来意，覃主任面有难色：

"临近年关，资金都按计划拨付下去了，如何是好？"

老家那两人搓着手：

"那可怎么办呢？"

建新见家乡人急成这个样子，就鼓起勇气对覃主任说道：

"开春后，就没有空闲时间修路了，趁现在没有人种地，也没有什么障碍，修路是最好时机，能否帮忙再想想办法？"

覃主任见他这样说了，犹豫了一会儿后，答应他：

"我再与几个班子成员商量一下，你们等我电话。"

第二天，覃主任就告诉他有了结果，从其他项目中拨3万元给天界山，用于请挖机。

落实了请挖机的钱后，李中民就请人画出了简单图纸，对所需占的地钉了桩。

之后，各组再召开群众会，这些群众中有消息灵通人士，知道了村里在蔬菜办筹集了钱，对所占的地就要求补钱，而且分文不让。

建新经常打听山上修产业路的情况，自己的地块、山场，大都在那条规划的产业路旁，如果路修通了，将来种地，或者搞个农家乐什么的，也方便些。

群众会多次召开，却没有结果，村干部就与组长一起，逐个做工作。山上大多数人认为田建新头脑灵活，见多识广，进城办事时就顺便来到他餐馆，探一下他的口气。

田建新就趁机给村民做工作，这样，当村干部再来做群众工作时，有一部分人同意了。就这样，一户户突破，大部分群众想通了，公路沿途所占山地无偿占用，但还是有少部分人不同意。

时间不等人，眼看快过年了，村干部就决定先开工。几挂鞭炮一放，挖机开挖了，山里人大多数欣喜若狂，工程在一步步推进。当进行到中间一段路时，那个山场主人死活不同意，当挖机开到时，他横躺在山场上，挖机师傅只好停工。

田建新时常打听那条路的修建情况，当知道这个结果时，他决定上山看一下去，了解情况后，他顺带给那人做工作，但那人就是油盐不进：

"没有钱，谁说都不行。"

田建新将这个规划图纸与实际山场对照，觉得稍许修改一下也可以，这样就不用占这个人的山场了，而修改后的山场大部分是自己的，只有一点点是东升家的。

这一发现，令他兴奋不已，他将自己的想法告诉了村支书，李中民高兴地赞叹道：

"这样一来，占你家的山场就最多了啊。"

"没有关系的，修路随便占吧！"

他又给东升爹做工作，袁老六虽然觉得占了那点地有些舍不得，但看建新家主动占了那么多地，还来给自己做工作，况且儿子还在人家餐馆做事，也不好说什么了，就这样，修产业路的占地问题总算解决了。

有了资金，山场没有人阻拦，没有多久，一条通向山地的毛公路就挖好了，村里结清请挖机的钱后，还余下一点，就顺势从田建新的山场上挖来沙子，请车拉了铺在毛路上。

一个冬天过去，一条像模像样的产业路就这样修通了。山里人高兴得逢人便说：

"这条路修通了，以后我们种地就方便多了。"

"唉，多亏了建新帮着筹钱，出山场，出沙子，如果没有他，不知道什么时候才能修成功呢。"

"建新站得高，看得远，肯吃亏，确实不错。"

第五十六章　回乡受阻

天界山上通了公路，引来了山泉水，还接通了高压电，修了产业路。真的是栽种梧桐树，引来金凤凰：原来开发天界洞的那个开发商看上了这山清水秀之地，在这里建了休闲度假别墅区。居住在这里的都是收入高、讲究生活质量的高端人群。有人居住，就有商机，别墅区中每家每户都有私家车。

天界山人看准商机，建起了加油站。在离别墅不远的公路旁，村民三三两两挑着自己的蔬菜、大豆等农产品，还有鸡、鸭、土鸡蛋等到这里来卖。久而久之，这里形成了天然的菜市场。在这里卖完菜后，还可以回家侍弄菜地，既能赚钱又不耽误种地，这个简易市场，给村民们带来了极大的方便，又有可观收入。

山里人有了钱，首先想到的是修建房屋。今天买砖，明天买瓦，聚少成多，备齐材料后，相互帮工，两层楼房说不定什么时候就修建成功了。这样一来，山里很多房屋都翻修一新，很少有一层的旧房子存在了。

袁东升看大家都在修房子，也坐不住了，他请了几个月假，将坐落在田建新房屋左边的旧房子翻修一新。住在建新房屋右边的黄彩霞弟弟，也新修了房子。

田建新的老家自从两个老人搬下山随儿子居住后，就没有人居住了，除房子的正大门那面是砖块外，其他几面都是土坯。长年累月风吹日晒，房子摇摇欲坠，夹在两栋新修的楼房中间特别显眼。

田建新自从开小餐馆后，生意越来越好，本来有了点积蓄，可是后来母亲生病，田建新又借了钱，之后，才慢慢还清。现在，他手上又有点积蓄了。

有了一点钱后，田建新来到天界山，看着自己的老房子，试着将房子卖给别人，同村人来了几拨看了这个房子后，有的摇摇头：

"这个房子拆下来没有什么建材，就只有一个地基，这个地基也不宽，还夹在两边的房屋中间，根本没有什么作用。"

有的看了后，说与家人商量，就再没有下文，两旁的邻居，房屋旁边都有大块空地，没有必要购买。

思来想去，田建新认为将来的天界山发展前途很大，况且，这里是他的根，他也不想就这样弄丢了，他回家与家人商量，群芳倒没说什么。两位老人听儿子说要翻修老房子，就异常兴奋：

"住在这个像盒子一样的房子里面，像坐牢一样，翻修老家的房子后，我们就可以回家住了，落叶要归根哪。"

两个老人的话，提醒了他，是该考虑天界山上的房子了，或者整修，或者翻修。他坐在自己位于碧水河的家里，仔细观察现在的房子：客厅、餐厅装修得敞亮大气，两个卫生间简洁明亮，厨房餐具样样齐全，三间卧室温馨实用，还给儿子装修了一间书房。

　　餐馆生意逐渐好起来，随着客人越来越多，田建新用手中的钱，将二楼装修成餐馆的包间。过一段时间，客人源源不断，又赚了点钱，他又装修了三楼做包厢。

　　但他翻修老家房子的想法始终没有改变，他通过打听，父母年纪大了，七十多岁的人，只能在原址改建老房子，而要移址改建，只能是五十岁以下的，而且还要在户口所在地。那现在唯一的办法只能将自己的户口再迁回天界山上。

　　拿定了主意，他就准备着手办这个事，他找到天界山村书记，开门见山说自己想将户口迁回来，李书记为难地对他说道：

　　"这个事恐怕我做不了主，你要在县公安局问明白，现在非转农卡得很严，不过，你作为一个老天界山人，我是欢迎你回来的。"

　　他托熟人在县公安局户籍股打听，反馈的情况是：如果父母身体不行，又只有唯一的供养人，可以按照照顾老人的名义申请回乡。他得知这一消息后，兴奋不已。于是，他又去天界山找村书记，告诉李书记：

　　"转户口的流程我已经打听清楚了，现在只等村里的意见。"

　　他边说边将事先写好的申请报告递给书记，李书记看他轻车熟路，以为他已经在县公安局打通关节了，自己何必卡他呢，于是刷刷给他签了字，然后在村秘书那里盖了章。

　　田建新带着自己与父母的户口本和申请报告，去辖区派出所，派出所内勤人员给了他一张表，他填写好后，又返回村里盖了章，再返回派出所。

　　那个内勤人员对他翻了一下白眼后，面无表情地告诉他：

　　"你在家等着，我们将你这个情况呈报给上级，什么时候批复了，就再给你办。"

　　他再三请求，说自己正等着户口申请老房移址改建手续，他很着急，声音就有点大，那个内勤看他这样，眼睛对他一鼓：

　　"你吵什么？回家等消息去。"

　　他还想解释，那个内勤对他手一挥，不耐烦地告诉他：

　　"别胡搅蛮缠了，你这人怎么这样？"

　　正在这时，一个身穿警服的人从楼上走下来，听到争吵声，转过头来看了一下，一看不打紧，这个警官马上认出他来，热情地握住他的手，连声感谢：

　　"你就是我孩子的救命恩人哪！"

　　他看这人好面熟，不过今天穿了警服，他有点不敢相信地问道：

　　"你是？"

"我啊，就是你烧过灯火的那个小孩家长。"

那个警官向内勤了解情况，内勤如实告诉了他。

那个警官将他所准备的资料仔细看了一遍后，在最后一栏刷刷签上自己的名字，然后递给内勤，歪着头吩咐：

"这人我了解，家中的父母身体不好，需要人回家照顾，给他办吧。"

"是，局长，我马上办。"

"你是公安局局长？"

"我不是，只是分管户籍的副局长。"

"啊，那我今天遇到贵人了。"

"不是，你是好心有好报！"

那个副局长握着他的手，再一次感谢他那次救了孩子的命，说孩子现在已经没有任何疤痕了。

他的非转农户口，就这样办理成功了。

第五十七章　喜通高铁

天界山修通了产业路，山上人种菜方便多了，手扶拖拉机、小四轮等都可以开到菜地边，施肥收菜都容易得多。这样，种菜的人多了起来，相比较种稻谷，种菜收入就可观得多。

这样一来，山里人就不想种稻田了，很多人就打起了山下那十几亩秧田的主意，总觉得那些田是别个村划拨过来的，又在别人的地盘上，不保险，说不定哪一天就成了人家的，还是统一卖了，将钱装在口袋里稳当些。

率先吃螃蟹的田建新老家所在的组长，决定召开本组群众会。开会前，这个组长通知了田建新，田建新叫老爹回村参加这个会议去。

深秋的夜晚，山风阵阵刮，侵入肉体里，凉气袭人。组长在家里烧了一火坑柴火，见需要参加会议的人来得差不多了，便眼光划过众人，缓缓说道：

"现在，咱们这里通了公路，不久前又修了产业路，可能大家也有比较，那就是，种菜比种稻谷收入要高一些。"

"可是大家都不种稻谷了，吃什么啊？"

"市场上卖米的多了去了，难道你有钱了还怕买不到米吃？"

经组长这么一分析，众人也觉得在理。于是，七嘴八舌讨论了一阵后，组长的这一提议，很快得到了大多数人响应，田祥军也同意卖田。

于是，这点分布在邻村的秧田就在本村放信卖，有想将房屋修在山下的几个人抢着购买，很快就卖掉了。其他组知道这一消息后，也跟着效仿，不久，分布在邻村的秧田就这样全部被卖光。从此以后，山里人彻底告别了种稻谷的历史，他们种菜卖，之后买米吃。

老爹揣着这点钱回家了。卖秧田后没多久，有小道消息在山里传播：

"听说国家修高铁要从我们这里路过，要征地、征房屋，这样，有人将要发财了。"

"真的呀，恐怕到不了我们这个山顶上来，你从哪里听到的消息？"

"俗话讲得好，无风不起浪，可能真有这个事。"

这样的消息传了一阵。冬日的一天，一抹暖阳照耀着大地，阳光驱散雾霾，小山村的天空，现出了这个时节很难见到的蓝天白云。村书记李中民从镇政府开会回来，嘴巴就没有合拢过，抑制不住喜悦，逢人便说：

"国家修高铁，有一段要从咱们天界山上路过。"

没有多久，就有专业人员在天界山上用专门的仪器测绘，之后就钉桩划线。

隆冬，朔风呼呼刮，雪花纷纷扬扬。在村级组织活动中心，高铁工程项目负责人、镇政府包村干部、村支两委在召开协调会。镇政府包村干部第一个发言：

"我们真的运气好，国家的重点工程项目在我们这里有一段，我希望在座的村支两委全力支持，首先成立项目工程指挥部，在规划的地段严禁村民动土，所占的山场、地块、房屋按国家的规定价格征收，任何人不得故意抬高价格。"

李书记对镇政府干部望一眼，那人异常平静，没有任何表情，于是，他便鼓起勇气说道：

"当初修那条产业路所占山场，是没有补助一分钱的，现在，国家修高铁给所占的山场补了钱，那些原来出了山场的人，会要求按这个价格补齐山场钱的，如何是好？"

镇政府干部环视了一下众人，然后，打断了李书记的话：

"我可告诉你们，不要扯以前的事，在规定的时间内，村组干部千万要将规划用的山场、土地给我征收到位，我不问过程，只要结果。"

之后，又召开了组长会，统一思想后，组长就在各组召开群众大会，传达会议精神。

在各组群众会上，起先，大伙欢欣鼓舞，人人憧憬着美好未来。当组长公布每户所占的山场面积，应补偿款的数字时，众人又炸开了锅：

"我打听清楚了，坪区所征的地价怎么比我们高一些？"

"房屋征收的价格别的地方都高些，我们这里怎么这么低？"

"当初修那条产业路，占我的山场没有给我补助一分钱，现在，国家修高铁所占的山场就有钱，那我们原来出了山场的人，就吃大亏了，也要给我们补齐山场钱。"

镇、村、组干部逐一给老百姓解释，说国家修高铁有统一的补偿标准，山场、山地都是集体的，现在国家要搞建设，作为使用人理应服从国家需要，至于以前的产业路，那是方便自己种地，不要与这事混为一谈。通过不断磨嘴皮子，高铁所需征收的山场、山地、房屋总算征收到位了。

那个高铁离天界山村的产业路不远，所需材料从场房拉出来，经过主公路运来后，要经过这条产业路运到工地。设备、钢筋、水泥等从厂家直接购买，所需的沙石可以就地取材，经过专业人员勘测，那次铺产业路所用的沙石合乎质量要求。那就是在建新的山场挖的沙石。

建新来到另一个高铁工地，打听沙子是怎么算钱的，得到的结论是：按大货车拉的车数或者堆成的立方数算价格。

于是，田建新就暂时放弃了在山上修房子的想法，马上去镇政府安全生产办，办理了沙石开采许可证，正式办起了沙厂。

当那些工程管理人员通过村支书找到他问沙子怎么卖时，他便提出了自己的想法：

"与工地签合同，工程用我开采的沙，价格每立方比市场价略低一点。"

那个工程管理人员通过在周边几个沙场进行比较，得出的结论是：建新开采的沙，质量最好，价格最低，而且离工地最近，车费也最低。

就这样，双方签订了合同，建新将餐馆交给群芳、姐姐等几个人打理，自己全身心投入到这个沙厂中。那些村民见他的沙厂生意红红火火，也请来挖机，开采沙厂。这样一来，山上到处是沙厂，周边修房子用沙的，修路用沙的，修保坎用沙的，都去天界山拖，山上人来人往，上上下下都是拖沙车，路面几经摧残，好不容易才打的水泥公路路面，便坑坑洼洼。

有一次，已经升任为市委专职副书记的张锦程回家祭祖，他开着小车上山，目光所及处，都是拖沙车，他看见那个与自己年龄相仿的鹏娃，坐在大货车的驾驶座中，就问山上这么多拖沙车到底是怎么一回事。

鹏娃便将山上到处是沙厂的现实说给张书记听，张书记要司机开到那些沙厂看看去。张书记到现场一看，挖沙机正在伸出铁爪子往山上挖，铁爪子不停伸进伸出，眼前一块绿郁郁的青山，马上就变成了白茫茫一片。

等待装沙的大货车、小四轮一辆接一辆往沙厂开，铲沙的铁铲摆满了工地，铲沙的工人黑压压一片。

张书记又走了一段路，前面也是沙厂，他惊出一身冷汗，记忆中，这好端端的青山，没有多长时间就变成了这个样子，他怒从心中起，就叫人把村书记找来，劈头盖脸就是一阵训斥：

"你吃豹子胆了，谁容许你们这样破坏生态的？"

李中民赔着笑脸，被市委副书记这一骂，糊涂了，争辩道：

"这不是给村民增加收入吗？况且，高铁也需要沙石啊。"

"有这样靠破坏生态环境增加收入的吗？哼！"

张书记回去后，将这一情况反馈给荣城分管的县长，责成县长亲自派人调查，县长来到天界山，一见这个情况，马上召开整顿会。

鉴于修建高铁需要沙石的实际，除办了正式手续、签订了正规合同的沙厂暂时保留外，其他私自开采的沙石场，要全部关闭。通过清理，只有建新的沙石厂办理了合法手续。于是，整个天界山，只剩下他的沙石场留了下来。

这样一来，那些被迫关停了沙厂的人，就对他恨之入骨，他们唾沫星子乱飞：

"就允许田建新一家沙厂存在，我们都要关停，对我们太不公平了。"

"是呀，都是一样开沙厂，我们说什么也不服气。"

这样吵吵嚷嚷一阵后，整顿工作人员再次找到建新沙厂调查，得知他确实办理了正规开采手续，而且还与高铁工地签订了供沙合同。那些人就不再找他麻烦了，风波渐渐平息。

田建新看到满目疮痍的山体，也很痛心，他给工作人员表了硬态：

"待高铁修通后，我也会自觉关停沙石厂的。"

　　他谢绝了那些前来买沙的人，只专门供应高铁所需的沙石。

　　他在开办这个沙厂的过程中，得到了很多收入。他对着眼前的沙场，默默地想：当初村里修产业路时，自己无条件献出山场，现在，无意中得到一个沙石场，这样，给高铁工程项目部长期供货，不愁赚不到钱啊。

　　他赚了钱后，觉得没有车子跑来跑去实在不方便，他认为买一辆皮卡车最实用，这种车既可以坐人，又可以装物资，一举两得，但他一想起那次在群芳父亲生日时所受到的屈辱，又想买一辆小轿车，思来想去，他还是购买来了一辆小轿车。

　　为这事，天界山人对他是既憎恨又敬佩，还不自觉地高看他一眼，他成了山上人饭后的谈资：

　　"就建新一个人聪明些，知道开沙石场要办正规手续，还与高铁项目部签订了正规供货合同，有文化的人就是不一样啊。"

　　"当初他支持修产业路，现在有了回报，他看得远啊。"

　　"是呀，那时无偿占用他的山场最多，他还主动将山场让出来修产业路，好人终究有好报啊。"

第五十八章　沙厂获宝

田建新按照与高铁项目工程部所签订的合同，为了供应高铁所用的岩砂，他一门心思经营自己的沙厂，为了方便工人们起居，他在那条产业路沙厂边，搭了几间临时小棚子，专门作为工人们的生产生活用房。

他用软水管接来山涧水，请人煮饭，这样一来，挖沙、装沙的工人，就吃住在沙厂。运沙的司机，赶到饭点时，也在这个厂子中吃饭。随着高铁建设的进度，沙厂的生意也更加红火。

很长时间过去，在天界山段的高铁终于修通了，山里人像过节一样欢欣鼓舞，在离高铁桥墩不远处，总是要多看几眼，啧啧称赞：

"没想到咱们这山旮旯也能通高铁，真是三十年河东，三十年河西啊！"

"我们这里还真是风水宝地，那我们离发财不远了啊！"

建新也感慨万千，记得小时候跟着姐姐一起看火车，两个人趴在半山腰，只听见呜呜一声长鸣，一条长龙就开过来了，自己当时眼睛都没有眨一下，直到那列火车轰隆隆开走。眨眼间，这里竟然通高铁了，国家的建设速度真快啊。

高铁修通后，他沙厂的生意减少了许多。后来，国家对生态环境保护力度加大，就下令对天界山进行了封山，不允许任何破坏生态环境的矿石进行开采，他的矿厂关闭了，他嘱托东升爹，顺路时照看一下临时搭建的棚子情况。

再后来，这里要搞综合农业观光园开发。原来修别墅的那个开发商征收了大片土地，要在这里建农业观光园，需要对那条产业路进行扩宽，他的这几间临时搭建的棚子也在规划区内，通过协调，田建新的临时搭建的棚子被征收了。

一个硕果累累的秋日，天高云淡，休闲度假项目剪彩。有关领导神采飞扬，喜笑颜开地参加了剪彩仪式。

当天，挖机就开挖了，不几天工夫，就挖到了他的临时搭建的棚子边，开挖机的是李书记的侄儿李大鹏，他将铁爪子伸向临时搭建的棚子，没有几下，临时搭建的棚子就挖垮了，再往下挖时，有一个硬东西挖不破，他跳下车一看，好家伙，下面竟然有一个铁罐。这消息不胫而走。

在家的山里人闻讯后，都跑来看热闹，东升爹也及时赶来了，众人正在叽叽喳喳：

"真是稀奇事，在这个山旮旯竟然还埋藏有这种东西，也许是以前土匪逃命时埋下的。"

　　鹏娃挖到这个铁罐后，在那几个工人的惊呼声中便停了下来。袁老六一看是个铁罐，不知道里面是什么东西，他首先想到的是：这是建新在自己的山场中搭建的棚子，那棚子下面的这个东西也应该属于建新。

　　袁老六怕东西被别人抢去，就在众人的惊奇声中一把将铁罐抢过来抱入怀中，那些看热闹的人马上明白过来，有人试图要争夺这个铁罐，老人愤怒地瞪着那些不怀好意的人。袁老汉生怕弄丢铁罐，就死死抱住不肯放手。

　　看这样僵持下去不是办法，有人喊来组长，组长马上派人喊来村书记。李中民一边叫组长与袁老六一起往村委会走，一边派人下山喊建新上山。在村委会办公室，三个人一起守着这个铁罐，等着他来取走这个东西。

　　报信人很快找到田建新，田建新以为是开自己玩笑的，不肯相信。报信人急得直跺脚，一再说是村书记派自己专门来叫人的，田建新才将信将疑地随着上山。

　　在天界山村委会，几个人眼睛都鼓得大大的不敢眨一下，众人打开了这个铁罐，原来铁罐中藏着100枚"袁大头"。众人看得眼睛都直了，然后叽叽喳喳恭喜他：

　　"建新，这下发财了，你祖辈留了这一罐东西给你。"

　　"这是什么？可以换多少人民币？"

　　"一个应该可以换几百元吧。"

　　"这么多啊。"

　　这消息像长了翅膀，传到了山下叔伯哥哥田发旺耳朵里，田发旺是田思祖大哥家的唯一孙子，他从这个事件中，联想起传说中的自己爷爷，他经常听爹说起以前的事，说自己爷爷以前当过土匪，还为这事害死了祖爷爷。由此推断，那个铁罐一定是自己那时当土匪的爷爷埋的，对，一定是这样的。

　　想到这里，田发旺当天就请车赶上山，寻找建新。田建新刚到村委会打开这个铁罐，正在议论时，田发旺就到了，这个小伙子看到这些银圆，当着村组干部的面，就说这个铁罐是自己爷爷当时埋下的，就要据为己有。

　　几个人见他这样蛮不讲理，就问他有什么证据，证明这些东西是自己爷爷当时埋下的。田发旺哪里拿得出来，李书记见这人胡搅蛮缠，就哈哈大笑道：

　　"这个刚刚挖出来的铁罐，埋在建新山场棚子的地底下，你现在说是你的，真是太可笑了。"

　　田发旺还在纠缠：

　　"那些钱币埋的时间那么长，应该不是建新爷爷埋下的吧，再不济，也是祖爷爷那一辈人，或者上一辈人留下的，我也是他们的后代，难道不该分一杯羹？"

　　田建新看这样吵下去终究不会有什么结果，就拍拍堂哥的肩膀，真诚地劝道：

　　"旺哥，要不这样吧，我们将这个东西换成人民币后，换来的钱为祖辈立碑怎么样？"

　　田发旺气愤地回敬道：

"为祖辈立碑，为哪几个人立碑？"

田建新回答他：

"为祖爷爷、祖奶奶，你爷爷、奶奶，我爷爷、奶奶，还有不久前去世的幺爷爷，给这么多人一起立碑怎么样？"

田发旺还在纠结，他那个组的组长马上劝道：

"这样一来，也算是对你们祖辈有一个交代，功德无量啊。"

袁老六也跟着随声附和，李中民瞪着田发旺，大手一挥：

"就这样处理好了，你们两个人当中如果再有人有意见，就打官司去。"

田发旺看建新和村书记都这样说，在头脑中将这些人刚才说的话仔细过滤了一遍，认为打官司自己占不了什么便宜，只好勉强答应了此事。

就这样，建新开车，与田发旺一起在银行中换来了钱，将这些钱，给祖爷爷、祖奶奶、自己的爷爷、奶奶，田发旺的爷爷、奶奶，他们的幺爷爷都在岩匠那里定了碑，之后择日立了碑。给先人打碑，在天界山的方圆百里还是很少的事，周边知情人又在议论纷纷：

"建新得了白来财，首先想到的是孝敬先人，为祖辈立碑，真不错。"

"那些东西本身就是先人们留下的，理应要还给祖辈啊。老一辈人可能记得，建新祖爷爷从山下逃难来到这里时，曾经在那个山场开过荒，种过地呢。"

"说不定这钱，还真是他那个以前当土匪的大爷爷留下的呢，你想啊，他爷爷那时穷得叮当响，哪有钱埋在地底下，只有土匪才可能有这些钱。"

"别乱说，你还不知道吧，因为他那个在那边的幺爷爷回来后，建新堂哥怀疑那个幺爷爷拉扯他，那个叫什么发旺的，与他家关系淡了许多啊。"

"有这样的事，哎，人为财死，鸟为食亡，在金钱面前，亲情也不值钱了啊。"

"是建新好心，换作是我，在我屋地下挖出的东西，我一分钱都不会给别人，他想要，去法院告我啊。"

第五十九章　山中奇遇

田建新给祖辈打了碑后，时常去祭祖，他向先辈承诺：自己一定会尽孝道，定期给先人们扫墓、烧纸钱，孝敬自己的双亲。在搞好自己的非转农户口后，他攥着一点闲钱，去老家打听建房情况，李书记告诉他：

"你只有一个名额，要么修新房子，要么翻修旧房子。"

李书记眼光划过他，神秘一笑：

"当然，还有一种可能。"

他不知道李书记葫芦里面究竟卖的什么药，急忙问道：

"什么可能？请书记明示。"

李书记见他急于想知道原委，心想：或许建新有这个能耐，于是，定睛看了他一眼后，缓缓说道：

"政府正在发动我们这里建一个有土家族特色的农家乐，需要的投资有点大，我正在为这事发愁呢。不知道你是否有这个兴趣和实力。但如果建这个农家乐了，就不能修新房子了，你自己划算。"

他在头脑中迅速将书记刚刚说的事过滤了一遍后，赶紧问道：

"具体有什么标准？"

"当然有啊，要完全按照图纸修建，不过，如果你有兴趣的话，现在就可以报名竞争。"

"好，麻烦书记帮我报个名，我新房子不修了。"

在老家，不能修新房子了，将来的农家乐图纸还没有下来，也不知道自己能不能竞争得上，山上的投资，那就只能缓一缓了。

田思祖去世后，田祥军时常在梦中见到父亲，父亲似乎有很多话要对自己说，但每次都没有说出口，田祥军默默地想：莫非父亲是叫自己不要把祖屋弄丢了？他仔细分析，可能就是这件事。于是，他催儿子马上办这个事。

自从将户口迁回天界山，田建新在新修房子与翻修旧房子之间徘徊。那次回家，他在听了村书记的一席话后，停止了新修房子的打算。

他看着自家老屋，左右两旁房子都是两层高的楼房，且占地很宽敞，而自己家的房子夹在中间，前后左右都没有多少空间，他觉得很丢人，如果要新修房子，那只能选择另外一块地。

他反复冷静思考：建房子是用来住人的，而自己在碧水花园买了大房子，又修建有酒店式的楼房，在天界山再修房子真的有人住吗？两位老人倒是时常提起要落叶归根，但他们年纪都这么大了，能住多长时间呢？

父亲可能真心想回山上。母亲天天与罗金莲去碧水公园唱山歌，早已经习惯了这样的生活。况且，自己现在手头上也没有多少钱，借钱修一个大房子在这里，真的有必要吗？自己要在这里建房的目的是否有攀比的成分呢？他反复问自己后，觉得没有必要建大房子，如果两位老人实在想偶尔回来住，将那老房子整修一下，也很方便。

知道自己内心需求后，为了了却父母心愿，他准备将老家的旧房子进行修整，将小青瓦换成机瓦，旧檩子可能有烂了的，也要换一下。他便在乡林管站办了砍伐证，带着斧头去自己的自留山上砍树。

他正在山上砍树，有人经过，就问他：

"建新，要修新房子啊，准备木材？"

"没有，只是将老屋整修一下。"

过了一段时间，他将旧屋整修好了，带两床铺盖，买几样简单炊具，一个简单的家总算有模有样了。

眼见大儿子已经读大学去了，群芳生了老二后，说是以前急着赚钱养家，对老大没有照顾好，亏欠了他，现在对这个中年得到的小儿子，自己一定要好好管教。她就将小儿子带到餐馆，与自己吃住在一起。

这样一来，建新父母就没有什么事了。田祥军欢欢喜喜地拿着那把常年握在手中的竹制烟袋准备上山，老伴凡桂英听说儿子想在山上建农家乐，自己一个人住在偌大一间房子里，觉得无趣，也跟着上山了。

老两口上山后，凡桂英操持家务，为两父子做饭吃，再去自家的自留地中种点菜，忙得不亦乐乎。

田老汉上山后，天天与袁老六一起去打猎。天界山上有野兔、野猪等，秋收后，两个老人在山上经常打点野味给晚辈们改善生活。他们经常在野兽出没处放上铁夹子，隔一段时间，就去山上看一下有没有夹到野味。

深秋，天界山上万山红遍，层林尽染。有很多外地人相邀着来这里看红叶。

秋阳高照的一天，田老汉吃过早饭后，又准备去山上查看有无收获。他叫袁老六一起去，不巧，这天袁老头家中来了客人，去不成。田老汉只好自己一个人上山去。一想起儿子在自己建的房子中开了餐馆，不久前，刚刚又买了新房子，而今，又买了小轿车，田祥军就觉得心里特别爽，边走路边哼着歌儿。路人遇到他这样，总是对他羡慕不已：

"田老头，你家建新混得不错啊。"

听了这话后，老人眉毛上扬，呵呵笑着：

"托大家的福，勉强糊口。"

田祥军成天被喜悦包围，隔老远就能听到他唱山歌的声音。岩壁上有回音，他越发大声地唱。他也想用歌声逼着那些野兽乱窜，好将腿卡在自己预备的夹子上。这样边唱边砍柴，不多一会儿，他就砍够了一堆柴，打捆绑成担子，将柴挑到小路上，再去查看那些放的夹子中有无夹着野货。

他弯着腰，轻手轻脚地来到所放的夹子中，隔老远就有一个黄色的东西映入他的眼帘。走近一看，好家伙，好像不是野兔，像一只黄麂的脚被夹住了。不会吧，他揉揉眼睛，定睛一看，确实是黄麂。他兴奋不已，暗自想：看来，人走运时，什么都如意啊。

他刚想伸手去捉这只黄麂时，猛然听到了不远处一声凄厉的叫喊声。他来不及多想，用长满老茧的双手扒开刺，寻着呼叫声找去，在一处灌木丛中，他看见几个年轻人正在焦急地大声呼叫：

"救命啊，有没有人啊。"

原来有人受伤了，这时，有人建议马上将伤者抬去医院，可是这里离医院好远啊，怎么办呢？所有人都不知所措地走来走去。

当田祥军来到他们身边时，他们像看见救星一样，苦着脸，央求他救救这个患者，几人都差点给老人磕头了。田祥军忙问是怎么一回事，几个年轻人指着一个人的腿，颤抖着说道：

"他的腿被蛇咬了。"

田祥军往前一望，只见一个小伙子腿肿得很大，他急中生智，忙奔扑到那个小伙子身边，在那些年轻人惊恐的目光中，老汉二话没说，镇定自若地就将柴刀口子吐几口唾沫，手起刀落，往肿胀处划出一个口子，马上用力往外挤出毒血，边挤边用手揩一下额头上的汗水。众人你看看我，我望望你，一齐惊呼道：

"哎呀，那流出来的血，颜色怎么全是黑色的？这毒血会不会窜到全身啊？"

田老汉来不及回答这些问题，时间就是生命。只见老人用手挤后，又用嘴吸那人腿中的血，吸出一口向外吐一口，一直见到鲜红的血液时，老人才停止这个动作。

话说那段时间，建新成天打听农家乐的事，他忙了一天后，回到家里，只看见老妈一个人在家，他看天色已经暗下来了，担心爹一个人回家看不见路，就问爹的下落。老妈告诉了他父亲经常去的几个地方，他将小轿车摆在自家门口后，一处处寻找，终于在一座山的小路上找到正在忙碌的老爹。

田老汉看见儿子后，赶忙吩咐：

"快，扯蛇药去。"

他来不及多想，马上翻岩爬壁，在陡峭的山巅拐弯处，寻到几味药后，他赶忙拿给父亲。老人看一眼蛇药，在嘴中嚼烂后，然后双手一搓，敷在刚才的伤口上，然后撕下自己衣袖，将年轻人的伤口包扎好，然后大口喘粗气，几个年轻人见状，茫然不知所措。

见到爹这个样子，又看看这些年轻人，田建新傻眼了，急忙大声喊叫爹。爹清醒后，几个年轻人告诉了田建新刚才发生的一切。

田建新赶忙背起那个伤者往家里赶，他爹还担心自己砍的柴和夹子中的黄麂，田建新摇摇头，告诉田祥军：

"爹，都什么时候了，还想着黄麂，人命关天啊。"

田祥军便不再说什么了。几个年轻人试着挑柴，都以失败告终，田祥军要自己挑，被儿子制止了，但田祥军哪里舍得，强行挑着那担柴回家。

田老汉为那个小伙子放血、吸血之后，又挑着一担柴回家，到家时，肚子饿得咕咕叫，身体也摇晃起来了，他刚放下柴，也顾不上吃晚饭，上气不接下气喊老伴：

"老婆子，快将那解蛇毒的干草药熬点给我和这个小伙子喝。"

凡桂英一听，吓得腿都软了，来不及多问，赶快搭木梯子爬上木梁取干草药，熬成汤后，用大木瓢倒来倒去，稍许冷却后，叫老头和这个受伤的小伙子喝。

那个小伙子起先疑惑不敢喝，田老汉便自己大口喝起药水来，见田老汉喝了汤药后，精神了许多，那个伤者才苦着脸，皱着眉头，试着慢慢喝，不一会儿，小伙子腿上的疼痛缓解了许多。

老伴看田老头脸上蜡黄的颜色恢复了一点血色后，才问他是否被蛇咬了，建新马上便将怎么救那个不知名小伙子的情形说与母亲听。凡桂英听完，对他瞪了一眼：

"你一大把年纪了，以为自己还年轻吗？"

他嘿嘿一笑，回答老伴道：

"你不知道当时的情况，就算为子孙积点阴德吧。"

凡桂英早就给父子两人弄好了晚饭。建新认为救人要紧，虽然喝了解蛇毒的草药汤，但是不能保险。父亲不以为然地说：

"我几十年都是用这个药救人的，你还担心什么，不碍事的。"

他没有依老爹的，马上将伤者放在小轿车里面，叫人扶着，让老爹坐在前排，一并上医院检查。老人怎么也不肯去，他不依不饶，凡桂英也想跟着去，但车子已经挤不下人了。就这样，一行人往县人民医院奔去。

医生检查后及时进行了救治，对他们说道：

"幸亏处理得及时，如果那些毒血深入到内脏后，就没得治了，现在治疗还来得及。"

小伙子通过几天住院治疗，痊愈了，没有留下任何后遗症。他们很想再回天界山感谢老人去，无奈假期已到，要急着赶回去，就向天界山方向鞠了一个躬：天界山，我还会再来的。

田老汉在医院打了消炎针后，也没有什么问题了。那天没有床位，老人是在走廊上打的针，刚好被一个来医院看望病人的天界山人撞见了，就问了情况，知道了老人救人的经过。很快，这件事便在天界山上传开了。

第六十章　成立公司

田老汉救了那个外地小伙子后，继续在天界山生活。村民无时不在传递这些消息：

"村里正在发动村民建农家乐，听说如果按要求建了，政府还有补贴，你知道不？"

"有这样的好事？"

"是的，要不你自己打听一下去。"

田建新经常听见这些话，觉得有必要去村书记那里了解清楚情况，一天早上，他来到书记家，书记家人告诉他：

"老头子下山开会去了。"

他只好晚上再找书记去，傍晚，他来到书记家，开门见山地问书记：

"李书记，你之前对我说的事是不是真的，按要求办农家乐后，政府有补贴？"

"是呀，我今天在镇政府开会，关于天界山的发展，就是其中一个议题，镇党委书记对这事专门作出了指示，要我们加大力度，你来得正好，我还准备去你家的呢！"

"那太好了，有什么具体要求吗？"

李书记叹口气道：

"唉，就是要求高啊，不然，我们村早就有人干起来了，要求整栋房子全是木质结构，不能出现一个钉子，要卯榫相合，还要有很大的接待能力。"

书记看他一眼后，笑着说道：

"你办餐馆有经验，你就将建这个农家乐的任务承担起来，再说，你也有资金做后盾，到时，政府还会有一定的补贴。"

他真诚地看向书记，问道：

"能不能将图纸给我？"

"图纸，要政府的有关人员对你的资格考察合格后才能拿到。"

"好，麻烦书记先给我报个名，让他们考察，我等你消息。"

第二天，天界山村书记来到镇政府，如此这般向有关人员说起了建新要求资质考察一事。工作人员受领导安排，马上对他进行考察，他们来到他在碧水河边的餐馆，对他的经营理念和管理模式很满意。

紧接着，一行人来到天界山，在他指定的承包地中，工作人员进行目测，这些人也没有将草图交与他，只是叫他等消息。

田建新拿着自己写的要求占地报告，自己与父母的户口本，找村书记签字，村秘书盖章后来到镇国土所，国土所长一看他建房子要占这么多地，傻眼了。他将村书记鼓励自己办农家乐的情形说与这个所长听，所长马上找到分管的副镇长，副镇长找到镇长，镇长一看，天界山建农家乐的主体是个人，就要他将报告放在镇政府。他也不知道到底是哪个环节出了问题，只好将报告放在镇长那里，回家给村书记报告这个事。

李书记得知这个情况后，与他一起来到镇政府，镇长扫他们一眼后，缓缓说道：

"这是个新鲜事，上级政府的要求是，以村集体的名义办理。"

田建新知道这个情况后，就不再过问这个事了。村书记上山叫村秘书另外以天界山村集体名义，写出了要求建农家乐的占地报告，在村里盖章后，又来到镇政府。这次，镇长一看，主体是天界山村，便掏出笔，刷刷签上自己的大名。于是，镇国土所、镇规划所，特事特办，马上对照图纸进行选址。选来选去，还是看上了建新那块自留地。

村书记来到他家，就农家乐占地一事与怎么样修建这个房子，征求他的意见。他看村书记说得实在，就掏心掏肺地给出建议：

"可以做个预算，再将所需资金折算成股份。"

"那怎么吸收股份？"

"每万元一股，天界山人都可以入股啊，这样，人人都是股东，大家都有积极性。"

"好，那就这么办。"

村书记当场将建新的自留地，按照周边村的征地价格，折算成10万元，记在账上。在得到建新愿意占地的意见后，又请来专业人员进行实地测量，划清了四至界限，没过多久，相关规划及占地手续就办好了。

在办理好了相关手续后，天界山成立了兴办农家乐筹备组，他们算了一下账：这种木质结构的房子，主要原材料就是木材，而现在，随着房子不停翻修、新修，木材已经越来越少了，价格也贵得吓人。按现行价格，光购买木材大约就需要100万元，再加上木工工资、其他材料、装修费用，没有200万元是建不起来的。

他们将这个农家乐算成200股，每股一万元。田建新在山上清理了一下现有成材林的数目，心里有底后，他找到村书记，自己供应所有的木材，算成60股。几位筹备组成员商量后，认为可行。

因为全是木材，田建新要多砍树，将树晾干后才能用。田建新要求书记以天界山村的名义再次写出报告，办理大量砍伐证，书记照办了。他又拿出准备建房的40多万元，交到村里入股，用于村里面前期的费用和木工工资。这样，他以土地入股 10 股，以木材入股 60 股，以资金入股 40 股，在总共 200 股中，占了 110 股。

村里面还在到处筹钱，他们算了一下账：木工工资、其他材料、装修费，还需要一大笔钱。

他现在是最大的控股股东了，就给筹备组建议：

"现在都在讲合作共赢，村里面留点股份，将来上级政府有补贴，可以折算成股份，起码要留 40 股，那么现在还有 50 股，就可以发动本村和周边群众入股了。"

筹备组经过协商，觉得他说得有道理：有一万元都可以入股，将来天界山很多人都是股东，可以激发他们开好农家乐的积极性，也解决了现实资金困难，何乐而不为呢？村里面还留有 40 股，每年也有固定收入。

方案确定后，他们在人群集中处张贴广告，在媒体上打广告：天界山农家乐股份有限公司欢迎天界山人及有识之士前来投资。

他见广告上已经有了公司名称，就建议办理正规手续。得到同意后，田建新用碧水河边的餐馆做担保，注册了这个公司。然后，他放出信息：欢迎各位亲朋好友及有识之士来天界山投资入股。

有个叫巧慧的生意人，是天界山有个农户的亲戚，得到这个消息后，找到村里，要求买那 50 股，筹备组几个人见每天来天界山打听情况的人不少，但真正拿出钱来的没有一个人，就交换了一下眼神后，准备与这个老板签协议。

田建新看着这个女人真诚的眼神，还是咬着牙说：

"只能给你 20 股，另外 30 股要留给天界山人。"

巧慧的天界山亲戚知道这个情况后，就到处在山上传送这个信息。大家之前认为农家乐是集体的，怕经营不善，投钱后打水漂，就犹豫着不敢拿出钱。现在，他们知道建新是最大的股东后，心里有底了，又见他有好事时想着大家，眼见他山下的餐馆开得那么红红火火，相信他有能力将山上这个农家乐开成功，况且，政府也支持，应该没有什么后顾之忧了。

他们纷纷拿出钱，你一万，我两万，连村书记也买了 2 股，30 股很快卖光，那些没有买到股份的村民成天吵吵嚷嚷，要求建新再让点股份出来，他被逼得没有办法，又给老家人出让了 5 股。再有人找他，他说什么也不肯了，他怕将来有人收购那些闲散的股份后，自己就不能控股了。

有了资金，木材也晾干了，田建新请来专门木工，历经大半年时间，终于将这个房子修建成功了，又按照要求进行了装修。他自己出任总经理，又到处走访，聘请来了名大厨，选聘来了服务生。

选择一个春天的吉日，天界山农家乐股份有限公司开业了，他请来了相关媒体和镇政府的相关领导，那个已经升任为市委书记的张锦程也专程回来了，已经升任为荣城副县长的原蔬菜办主任覃春来也来参加盛典。

那一天，天界山的主公路上，车来车往，川流不息，全村人都赶来看热闹，人们奔走相告，喜笑颜开：

"快占好位置，今天来了好多陌生人啊，看热闹去呀。"

"我们自己的公司就要开业了，捧场去啊。"

人流还在往公司这边赶，后面的人往前面挤。

开业庆典由村书记主持，两个漂亮女孩子牵着绸带，早上八点八分，村书记高声宣布：

"吉时已到，请总经理剪彩。"

田建新拿出早已准备好的剪刀，咔嚓一声，红绸剪断了。众人一片欢呼。紧接着是鞭炮声，燃放烟花，众人齐声高呼：

"天界山的农家乐开业了啊。"

"咱天界山也有这样气派的房子了，呵呵呵。"

这一天，酒菜全免费，天界山人家家户户关门来到这里，开的是流水席，张书记这一桌坐的有覃县长、荣城县分管领导、乡党委书记及随从、村书记、巧慧等。建新来到这一桌敬酒：

"感谢各位领导、老板光临，以后还望多多指导。"

乡党委书记看了几位领导的眼色后，拍拍他的肩膀，鼓励他道：

"田老板，你是勤劳致富的带头人，为天界山人开了一个好头啊，我们要感谢你才对，年轻人，好好干。"

其他几位领导也给他回敬了酒，张书记站起身来，一拳砸向他，笑得像个弥陀佛：

"你小子，确实有两下子，为咱天界山人争了光啊。"

他红着脸，语无伦次：

"哪里，我也是新姑娘上轿——头一回，还望领导们多多关照。"

天界山人喝酒行拳，开怀畅饮，欢笑声、打闹声不断。一直折腾到太阳下山，大家才依依不舍地归家。一路又是议论不休：

"建新真的作数，干什么都行。"

"是呀，人家从小就出类拔萃。"

第六十一章　来人报恩

　　天界山农家乐股份有限公司开业了，当地各级领导，天界山外出后有点名气的人，大都来公司庆贺，天界山人几乎家家户户都来品尝免费的开业宴，他们兴高采烈，开怀畅饮。

　　田建新的亲朋好友也都陆续来这里祝贺，给他照顾生意，他价格合理，尊老爱幼，很快生意兴隆。那些户处爱好者、探险者也开着车，来这里消费。

　　为了稳住这里的生意，他将碧水河边的餐馆，全权交给岳父、群芳和姐姐打理，自己和钢娃、东升上山，一门心思经营这个公司，他从公司忙完后，也回到自己简陋的家，陪陪父母，告诉他们公司的近况，父母有时也去公司转一圈，看儿子的生意如何。父亲总算在这里找到了归属感，成天与老家的那些老人们聊天，乐呵呵的。东升也时常回家看望父亲，袁老六开心极了。

　　凡桂英起先也很高兴，新鲜劲过后，也就有点不自在，她忘不了要去碧水公园唱山歌。建新隐隐感觉到了，但他觉得老两口应该住在一起，好有个关照，于是，他趁着群芳娘家人办喜事这个机会，就将父母一起送下了山。

　　一辆崭新的越野车，停在离他老家不远的主公路上，从中走出一个西装革履的年轻人，拥着一个派头十足的年轻人，在向一个老人打听：

　　"老人家，会治毒蛇咬伤的老人家在哪里？记忆中就在这个地方啊，怎么变化这么大？找不出来了？"

　　赶巧的是，这个老人正是袁老六，袁老头上下打量了一番来人后，就告诉了他们：

　　"田祥军家呀，就住在这下面。"

　　"那你能不能帮忙带一下路？"

　　"啊，你是他什么人，找他有什么事，是不是很急？"

　　"我是报恩来的，从很远的地方来，当然很急啊，我记得他的房子就在这附近啊。"

　　"好，我带你们去。"

　　袁老六将年轻人带到建新老家，年轻人看着这夹在新楼房中间的旧房子，看上去刚修整过的样子，架了两张床，有简单的灶具，年轻人对左右两边一看，再对比这个房子，心里不是滋味，忙问这个袁老头：

　　"那个老人去了哪里？"

袁老六将年轻人带到田祥军经常下棋的地方，没有找到田老汉，那几个经常在这里下棋的老头告诉他们：

"田老头已经几天没来这里了，不知道家中有什么事，要不，你们在他儿子的农家乐看看去。"

"他儿子开的农家乐？"

"那他们怎么住这个破房子？"

"破房子？这是他们的临时住所，真正的家在碧水河呢。"

"那麻烦一下这位老人，带我们去他儿子的农家乐。"

袁老六坐上年轻人的越野车，向天界山农家乐方向行进，车开出不远，远远望去，一栋木质结构的土家吊脚楼飞檐翘角，气势恢宏。吊脚楼边，身穿土家族服饰的漂亮女孩往来穿梭不停，大门前，两面大鼓前有几名年轻女孩恭候。

见有小车来，几名女孩用木槌敲响大鼓，身形不时变换，口中念念有词：

"远方的客人留下来，这里的风景美如画……"

年轻人见到这个阵势，仿佛穿越到战马纷飞的冷兵器年代：战鼓敲响，马蹄声声。正在年轻人凝神间，带路的袁老头告诉他们：

"农家乐到了。"

一行人下车，走入农家乐，走进一看，只见用竹木间隔的大小包厢，数也数不清：

天界山、神堂湾、清水塘、钓鱼池、神仙界、仙女峪……中年人仿佛走入原始社会，感觉一切都是那么原生态。

见此情景，年轻人几乎忘记了自己来这里的目的，一层层观看，都是这些原始的名称，木质的卫生间大门上写着"妹丫头""后生嘎"。他参观完后，感叹道：

"好，越是民族的，越是世界的，土家族文明值得传承啊。"

袁老头忙问建新在不在，值班的大堂经理东升告诉自己父亲：

"群芳家要办喜事，一家人下山去了。"

当年轻人知道建新一家人下山后，忙央求袁老六带自己下山找他们去。但袁老六不肯，于是，东升问明中年人的来意后，想派个人带中年人下山去找老板去。恰巧这时，村书记李中民来了，也是有事要找建新，他听到来人寻找建新时，就自告奋勇地答应带他们去。

李书记将年轻人带到建新的碧水河餐馆，也没有找到他，田秀丽告诉他们建新回岳母家吃酒去了，年轻人又在这个餐馆仔细观看一遍后，连连点头：

"好，好极了。"

餐馆工作人员知道来意后，将他与李书记带到建新岳父家，刚好岳父家在开席，众人正在赞扬田建新刚刚当上了公司的总经理。李中民找到田祥军，年轻人一眼就认出了他，兴奋地对他说道：

"恩人啦，感谢你那次从死神手里将我救回来，我今天报恩来了。"

说完，就从皮包里拿出一张卡，要交与田祥军，对他说道：

"卡中没有密码，你可以自己设置密码，具体数字你自己看，反正足够你养老了。"

田祥军犹豫着要不要接这个钱。田建新看见后，急忙制止：

"爹，我们说什么也不能接这个钱，难道你当初救他就是为了今天得到这些钱？"

被儿子这么一问，田老汉缩回了刚刚伸出去准备接钱的手。

年轻人一看急了：

"你不接钱，那怎么行，你想让我良心不安吗？不报答你，我晚上睡不安稳啊。"

田老汉见年轻人说得真诚，受到感染，也真心实意地说道：

"你大老远跑来，有这份心意就足够了，心领了。"

李强林笑嘻嘻地忙叫几人入席，正是中午饭时间，年轻人和李中民也不推辞，就近坐在酒席上，吃饭、喝酒，年轻人随李书记一样，上了份小礼。

年轻人看父子两人实在不接钱，不知道如何是好，在心里盘算了一下后，将田建新拉到一边征求他的意见：

"你们不要钱，那我在你餐馆注入资金怎么样？"

"可是天界山公司的股份已经全部卖出去了，我手里的股份不能卖的。"

"我去了你山上的公司，那你有没有考虑将山下的餐馆也实行股份制管理？"

见田建新没有说话，于是，这个年轻人如此这般地告诉了田建新怎么将餐馆折算成股份，自己注入一笔资金，取得一定股份。建新在心里盘算了一阵后，同意了这个方案。他们一起在工商部门办好了相关手续。

这个年轻人将资金首先打入新公司的账户，两人就这些钱，又收购了几家餐馆。之后，又专门花时间上下活动，将他在碧水河的餐馆，合并成了碧水河餐饮股份有限公司。建新占百分之五十一的股份。

之后，这个年轻人几经周折，将这个公司打造成了上市大公司。

新公司开业这一天，碧水河在欢腾，各路人马齐聚，庆祝新公司上市。

人们奔走相告：

"你们知道不，建新的碧水河餐馆都办成上市公司了？"

"怎么会有这样的事？"

"是真事，我看见电视上打了广告的。"

"那确实太神奇了，咱们荣城有了第一家餐饮上市公司。"

第六十二章　碧水流淌

天界山由于通了公路，各种自然资源得到了有效利用。外地有个儒雅的开发商决定挖掘这里的文化资源，开发商通过几次上山考察，认为这里民风淳朴，文化底蕴深厚，决定投资开发这里。开发商找到村书记协商对策，李中民书记告诉他：

"我们这里有现成的公司，能不能一起开发？"

那个开发商看了公司的资料后，决定将那些大股东召集起来，协商共同整体开发天界山的有关事宜。田建新作为最大的控股股东，很支持这个开发商。

就这样，开发商、大小股东、村里面，共同就怎么整体开发天界山，开了多次会，最后形成了一致意见：那就是将天界山的所有田地、山场折算成股份，村民们按承包田地、山场的多少取得股份，将来共同分成，再将原来的公司也折算成股份，这样一来，开发商、原来的大小股东、承包田地的人都是新公司的大小股东了，征地的难题也迎刃而解。

当他们将这个决定告诉村民们时，反应不一致：

"这下好了，坐在家中都有钱进。"

"好什么好，以后没有地种了，喝西北风去？"

特别是那些习惯了种地的老人反应更加激烈：

"我就指望着这点菜地的啊，说什么我都不会同意占地的。"

"皮包公司，害人精，不要打我地的主意。"

村组干部推行不动了，建新出马，他以自己的亲身经历告诉乡亲们：

"要看远点，靠种地是发不了财的。"

"你们看看我，从找工作到开手扶拖拉机，从卖菜到做熟食，从开小餐馆到开公司，都是一步步踏踏实实走过来的，如果没有创新，哪有我现在这个样子？"

通过田建新苦口婆心一家家发动，现身说话，天界山上的田地、山场都集中起来了，折算成了股份，新公司起名为天界山文化旅游开发有限公司。田建新在原来的公司中就是最大的股东，又有田地和山场入股，再加上又投入了现金，在新公司中，除那个开发商外，又是大股东了，再加上他了解山上情况，就被推选为总经理。

一个凉风习习的秋日，这一天，人山人海。天界山的有识之士，不论是山上的，还是山下的，都收到了请柬：天界山欢迎有识之士回家乡参加文化旅游开发有限公司的开业庆典。

田建新在前期准备工作中，经常回自己的母校，看望恩师，有困惑时，给黄胜利校长说说。黄校长时常给他出主意。他多次看到黄校长自己从山脚下运课本、作业本，都是坐卖菜人的货车，人货混装不说，还经常赶不上车，觉得很麻烦，很想为学校买一辆车，但总是心有余而力不足，现在，自己有钱了，就想将自己这辆车送给学校。

在注册完这个家乡的公司后，他回家与群芳商量，将自己回报母校的想法说给媳妇听。群芳虽然有点舍不得，但看丈夫说得在理，也就同意了他怎么做。就这样，田建新将自己正在开的这辆车送给了天界山小学。他还出钱将教师宿舍进行整修，又花钱购买了崭新的课桌椅，为学生们每人买来新书包和学习用具。

田建新给碧水河餐饮有限公司的管理层开完会后，由专职司机开着刚买的小车上山参加新公司的庆典活动。他的车刚开上山，沿途有识货的人都啧啧称赞：

"这个车好高级啊，沿途我只见到这一辆高级车，这是谁的车啊？"

"那肯定是张大毛的，听说他现在已经当上了市委书记。"

"他哪有这么高级的车，一般坐的都是公务车，肯定不是他的。"

"那是谁的呢，莫非是建新的？"

"不可能吧，他刚成立公司，哪有那么多钱？"

"你还不知道吧，他爹之前救过那个被蛇咬的后生，现在是一个上市公司的老总，前不久提着钱来谢恩，建新不许他爹要这笔钱，那个人就投钱帮他办了更大的公司，听说都上市了，现在他又在天界山这个公司任总经理，可以说是日进斗金，搞辆好车算什么！"

"人比人真是气死个人啊，罗金莲一直将儿子卫民与他比，现在呢，一个在天上，一个在地下了。"

"是呀，当年的几个读书人，卫民无法跟他比，东升当了他手下，彩霞离婚后，到外地打工去了，没有一个比得上他的。"

在山路上，关于这辆车，众人议论个不停，直到这车开到文化公司门前，他从车里走下来，众人嘴巴成了圆形：

"建新，真的是你啊，换好车了？"

他红光满面，笑呵呵答道：

"是的，刚换了一辆车，你们都来了，好，实在是好极了，大聚会啊。"

庆典按程序进行，其中有一项是总经理发言，他一路向众人挥手，缓缓走向主席台，侃侃而谈：

"我很荣幸被公司选为总经理，在这个庄严的仪式上发言。我首先感谢这个小山村，是它给了我生活的智慧。我更感谢各位父老乡亲，给予我长期以来的支持。要说公司有什么好经验，我也说不出什么，只知道要以公司化管理，不要搞成家族企业。在用人上要任人唯贤，知人善任；在管理上，要奖罚分明。"

"好，讲得很实在。"

他还未说完，台下已经掌声雷动：

"建新是好样的，为天界山人长了脸。"

"建新富了不忘乡亲，鼓励我们很多人买股份，棒极了。"

黄校长赶紧抢过话：

"建新将自己的车送给了学校，还为母校做了很多事。"

"建新真棒，为天界山人长了脸。"

听到这些赞美声，望着这些善良的老家人，田建新激动万分，有些哽咽着说道：

"再次感谢老家人这样高看我，我一定不负众望，将公司办好。"

参加庆典后，田建新给有关人员交代了几项事后，决定下山。

田建新之前下山读书时，习惯从山顶往下望，自从买车后，很少这么做了。今天，他特别兴奋，就想做儿时的事。于是，他叫司机在山顶停下车，自己坐在公路旁的一棵大树下，点燃一支烟，悠闲地吸着，他指给司机说道：

"你看，山下的景色多美。"

司机举着望远镜感叹道：

"确实很美，你看，城里的那些楼房像一根根竹笋朝天长着，那绕城的满河水，碧蓝碧蓝的，与天空成了一个颜色，叫什么，水天一色。"

他抢过司机的望远镜，举目张望后，感叹道：

"你看，那碧水河转了几个弯后，顺着县城环绕，这碧水河，就是护城河啊。"

他将望远镜向左右推移，左边的乡村：碧水河穿村而过，将这个乡村画出了一个标准的太极图，图上的稻谷金黄一片，他仿佛有所悟：难怪这个村要叫太极村了，确实名不虚传啊。

右边是绿色的果树，果树上挂满了红色的果子，好一派丰收的景象啊。

近处红叶遍山遍岭，一片火红。

两人在山顶上流连了很长时间，又一阵感叹。他们将车子停在公路的会车处，又引来下山的行人一阵阵赞叹。眼看参加庆典的车子一辆辆开下山，直到车声完全消失，他们才慢慢下山，一路欣赏着美景，他越发感叹，原来家乡竟然这么美啊。

两人到了位于碧水河边的总公司，他转了一圈后，回家吃了晚饭，一直赞扬母亲做的饭菜好吃，凡桂英笑眯眯地盯着他：

"你今天是怎么了，我一直都是这样做菜，从来没有听到过你讲好吃。"

"是吗？嗯，那我以后天天赞扬老妈做的菜好吃。"

母亲摆摆头：

"这孩子，今天可能太兴奋了。"

华灯初上，他来到碧水河边，拿着望远镜，仔细观察这座生活了几十年的城

市：只见整座城市灯火辉煌，那些高楼大厦中大部分亮着灯，夜市、咖啡馆里面，电子屏幕闪烁不停，几个大酒店墙壁上，电子人影不停晃动，像古堡造型的全县最大音乐厅，五颜六色，人员川流不息。昔日碧水河边的那些破旧小屋，已经完全不见踪影了。

碧水河的两旁，都是特色旅游式样的房子，人声鼎沸。防洪大坝上，风景树间隔着种植，红、黄、紫有序排列。碧水河公园里面，有人在散步，有人在挥剑，有人在跳舞。几座桥墩下，有人提来音响，在开免费个人演唱会，有人在拉二胡，有人在打鼓，不一会儿，那些观众不甘寂寞，也登台表演一番，引来一阵又一阵掌声。

田建新围着碧水河转了一圈，感慨万千：昔日破败脏乱的碧水河，已经一去不复返了啊。回想自己这几十年的人生际遇：从想下山糊口，到发展成上市餐饮公司老总，自己还担任了天界山文化旅游公司的总经理。自己所走的每一步，都一直与碧水河相依相伴，碧水河见证了自己的成长，也见证了荣城的发展变化啊。

清澈的碧水河静静流淌，他相信，碧水河还会见证这个城市更加繁荣昌盛。

后 记

继去年长篇小说《苍山作证》出版发行后，这本《碧水为凭》马上又要交给出版社了。之所以给这本书起这个名字，主要是想与第一本相对应。《苍山作证》讲述的是贫困户脱贫摘帽的事，主要战场在农村。《碧水为凭》述说的是下岗工人怎么奋斗而走向辉煌的过程，主要场景在小县城。

本意是想通过写长篇，反映这些年来家乡所发生的翻天覆地的变化，试图以点带面，描写祖国几十年发展的全景式过程。

前一本《苍山作证》出版发行后，得到了各级领导、文联、作协及文友的大力推介和充分肯定。

张家界市永定区委副书记程漫多次将《苍山作证》这本书在相关场所推介。

湖南省文联、作协将《苍山作证》评为梦圆 2020 主题文学征文活动三等奖，之后，张家界市文联名誉主席、一级调研员刘晓平专门打电话祝贺。

市文联党组书记、主席覃文乐，市文联党组成员、专职副主席彭义，市文联党组成员杨次洪等文联领导对这本书给予了充分肯定。

张家界市作协主席石绍河、秘书长黄真龙，将《苍山作证》大力向湖南省文联、作协推介。

永定区文联党组书记、主席鲁帮福，积极向有关单位和个人推介。永定区作协主席胡良秀，在小范围内对这本书进行宣传。

文友李文峰、田仲等，想方设法对这本书进行了推介。

所有这些鼓励和肯定，极大地鼓舞了我。在此，一并鸣谢。

在写作中，得到了许多支持，首先是我的指导老师，悉心指导、点评。但他一再强调，后记中不要提到他，他经常用李白《侠客行》中的句子"事了拂衣去，深藏功与名"来规范做人的原则，看来他想"深藏"。我尽管心里过意不去，也不好拂他的意。

《碧水为凭》这本书完稿时，我衷心感谢所在单位的领导和同事，他们给予过我不同程度的帮助。

感谢给我写序言的覃儿健主席，我们是多年的老朋友了，但一直都是君子之交。前不久，我请他为这本书写序言，他满口答应下来，没有几天就写好后交给了我。

永定区文联鲁帮福主席，经常过问我的写作情况，时时追踪，嘘寒问暖，并多次给予我参加市区组织的采风机会。借这个机会，感恩、感谢。

感谢我的家人，一直支持我完成人生梦想。

感谢我的家乡，给予我无尽的写作源泉。小说中的苍山也好，天界山也罢，都有我老家崇山的影子。碧水河也抹不掉所居住小县城澧水河的痕迹。

每次写作时，家乡的很多事，就会自动跳入我的脑海中，与我对话；许多家乡人，也会主动走到我面前，跟我倾心交谈。《碧水为凭》书中所写的很多事、许多人，都有许多老家人的影子。但这毕竟是小说，千万不要对号入座。

由于本人写作水平有限，很多想表达的东西，没有写到位；许多想写的人，没有写出特色，总感觉心有余而力不足。书中错误和疏漏在所难免，敬请读者谅解。

但请大家相信，我一定会笔耕不辍，写出更好的作品来。

田润

2020 年 3 月 25 日